司马辽太郎研究

东亚题材历史小说创作

关立丹 著

中国社会科学出版社

图书在版编目（CIP）数据

司马辽太郎研究：东亚题材历史小说创作/关立丹著.
—北京：中国社会科学出版社，2020.10
ISBN 978-7-5203-7169-8

Ⅰ.①司… Ⅱ.①关… Ⅲ.①司马辽太郎—小说研究
Ⅳ.①I313.074

中国版本图书馆CIP数据核字(2020)第169676号

出 版 人	赵剑英
责任编辑	马　明
责任校对	王福仓
责任印制	王　超

出　　版	中国社会科学出版社
社　　址	北京鼓楼西大街甲158号
邮　　编	100720
网　　址	http://www.csspw.cn
发 行 部	010-84083685
门 市 部	010-84029450
经　　销	新华书店及其他书店
印　　刷	北京明恒达印务有限公司
装　　订	廊坊市广阳区广增装订厂
版　　次	2020年10月第1版
印　　次	2020年10月第1次印刷
开　　本	710×1000 1/16
印　　张	16.75
插　　页	2
字　　数	242千字
定　　价	89.00元

凡购买中国社会科学出版社图书，如有质量问题请与本社营销中心联系调换
电话：010-84083683
版权所有　侵权必究

序　言

因为阅读关立丹教授研究司马辽太郎的著作，我找出书柜里司马氏的作品，在他的旅行记《从长安到北京》里，竟夹着一张登机牌：中国国际航空，大阪关西国际空港，目的地为北京。这让我记起此书购于空港书店。登机牌上印有登机时间，却没有日期，但书的版权页上写着2005年1月改版第6次印刷本，腰封上则印有一行"司马辽太郎没后十年"。这些信息都说明，我是在著者去世十年之后，在候机厅里开始阅读这本书的。

回想起来，我手上有的司马辽太郎作品，几乎都购于空港、车站或街巷里的普通书店，从这样的购书方式可知，当时是率性而为的"杂读"，而不是为了研究的专业性阅读。在这类书店，一般很少有专业性的学术书，实验性色彩明显的纯文学作品也不多见，却肯定会有司马辽太郎。"凡有井水处，皆能歌柳词。"以此想象司马作品的流行，绝不会过分。当然，司马以历史小说名世，笔下多叱咤风云人物，风格面貌恰和柳词的缠绵婉约相反。而司马作品的流行并不如风吹即过，从1962年其代表作《龙马行》《燃烧吧，剑》问世以后，直到去世将近四分之一世纪后的今天，其畅销势头始终不减，在书店里甚至比很多正活跃在文坛上的"现役"作家更惹人注目。司马屡屡被称为"国民作家"，显然和"他"被"日本国民"如此广泛而持久地阅读有关。

但在一般的日本文学史著作里，司马文学大都仅仅被轻轻带过，并不会作为重点对象评说。正如立丹教授指出的那样："日本近代文学

史介绍的绝大多数却是纯文学作品",而司马写作的"历史小说""时代小说",在近代意义的文学分类里,大都被归为"大众文学"或"通俗文学"之中,自然很难进入纯文学的正典系统。著名学者梅原猛曾就此做过很有意思的分析,他说:"司马辽太郎的文学被称为国民文学。而所谓国民文学,是被这个国家所有的人——无论老少男女所广泛喜爱,且能告诉读者人生为何,给予读者生活勇气的文学。作为日本文坛主流的纯文学不可能成为这样的国民文学,被广泛爱读之事自不必说,日本纯文学的第一流人物如太宰治、三岛由纪夫、川端康成都是自绝性命,自绝性命的人是不可能给予众多的人们以生活勇气的。"[①] 而立丹教授也是从对日本纯文学历史叙述的"不解"开始自己的研究的,她认为:"想了解一个国家、一个民族,只是阅读学院派的纯文学的经典是不够的,而是需要阅读家喻户晓的各类文学作品。日本也是一样,只是阅读纯文学作品是不够的,还需要阅读民众广泛阅读的历史小说、时代小说"。正是从这样的问题意识出发,立丹教授的研究由一个具体的作家论伸展到了文学史论,以作家论的个案研究拓展了纯文学史叙述的狭窄格局。

从某种意义上说,遭遇纯文学史的冷淡,应该也在司马本人的意料之中。他的作品或连载于报纸,或刊登于大众读物类期刊,却绝少发表在纯文学杂志上。他有意疏远文坛,多次表示不认为自己是作家,也不在意自己所写是不是小说,甚至说:"对我来说最不了解的世界就是日本文学史。"[②] 这自然不无司马式的自嘲,不可完全从字面上理解,因为有其他材料能够证明,他的日本古代文学知识相当广博,对现代文学的认识也颇多卓见,还曾明言是同时代作家大江健三郎的热心读者[③],表明其对前卫小说的探索也非常关心,但比较而言,在"小说"与"历史"之

[①] 梅原猛:「なぜ日本人は司馬文学を愛したか」,『司馬遼太郎の世界』,朝日出版社1996年版,136页。

[②] 参见司马辽太郎和ドナルド・キーン的对谈集『日本人と日本文化』(中央公論社1993年第33版)之「はしがき」。

[③] 参见司马辽太郎『歴史と小説』,集英社1989年12月第15次印刷本,279页

间，司马的着力点显然更在于后者。他甚至比学院里的职业研究者更为勤奋地穷尽式搜寻史料①，因为如同野口武彦所说，司马不像一般的历史小说家那样，仅仅满足于"给历史上的人物赋予表情"，而是要"从史料里发掘出表情"，这当然是学院里的史学家绝少考虑或力所难及的。野口说：司马辽太郎是"以小说作为方法的史家"，并认为：从1960年代起，"司马氏视为对手的，就不再是已有的时代小说，而是日本的史学"②，可谓恰中肯綮之论。如所周知，司马的小说成为世间热议的话题，确实大都因其有悖于历史学家的成说、历史教科书的教条式结论和刻板的叙述而引起的，而他的众多读者的关心所在，也主要是他讲述的"历史"，而不是他的小说写法。

司马辽太郎小说跨界混搭的文类特征，导致其在纯文学史叙述里的缺位，也映照出纯文学史解释能力的限度，同时也在呼唤具有超越纯文学之视野的讨论者参与。实际上，已经有历史学家表现出对司马文学的关注，在此不能全面综述，仅举我的阅读所见举两例说明。首先是日本著名的俄罗斯史研究者和田春树的皇皇巨著《日俄战争》，开篇即从"司马辽太郎的看法"提出问题，而在指出司马的小说《坂上之云》"在我国民众对日俄战争的认知过程中扮演了非常重要的角色"之后，和田通过对日文、俄文、韩文等多语言文献和档案的检证，分析司马小说所依据的史料，指出司马在文献上的所见和未见，考证绵密，下笔如刀斫斧凿，倘若司马本人能够读到，大概也会表示叹服。

但和田之所以对司马的小说下这样细致的"史源学"功夫，用意当然不在于和一位渊博的小说家比高低，而在于通过坚实的史料，重构日俄战争的历史，帮助读者树立健全的历史认知。特别值得注意的是，和田对司马小说的文本也有独特解读。他指出，司马在起笔写作《坂上之

---

① 作家井上厦讲过这样一则趣闻：在东京奥运会前后，他为了构思表现乃木希典生平的戏剧而每天去逛神田旧书店街，某日，有关乃木的资料突然在神田全部消失，问询店员，得到的回答令人吃惊："神田所有的相关资料都运到司马先生那里去了，大约三十多箱吧"。参见井上ひさし「筋道つけた偉大な先達」，『司馬遼太郎の世界』，140页。

② 参见野口武彦「史観超え手掘り『司馬史学』」，『司馬遼太郎の世界』，188—189页。

云》时,"原本想写一部'乐观主义者的故事',但在写作结束时,却呈现出了极其悲观的氛围,寓示出胜利在本质上是虚幻的,随之而来的历史是黑暗的"。和田注意到,在该作品的第二部"后记"里司马已经表达出这样的认识,所以写到第六卷整体结束,会自然收束到主人公秋山真之有意避开胜利后的阅兵式,前往已故友人正冈子规墓地的凄凉场景。和田说:司马"作为一个诚实的作家,遵从自己所描写对象的发展逻辑,逐步修正了作品原来的构想"①。这样的判断,显然不是源自对文献的考据,而是对小说文本的深刻体认。在和田所著《日俄战争》里,关于司马辽太郎所占比重很小,不过是序章部分的一个引言,看似著者信笔写来,却为我们提供了解读司马小说的一个出色范例。

成田龙一的《作为战后思想家的司马辽太郎》径直称司马为"思想家",即使在日本也难免让人感到突兀,但成田在《序章》里举出和司马同年去世的政治学家丸山真男、经济学者大塚久雄的名字之后,并未再做更多讨论,而是转而强调司马以小说、随笔、对谈等形式对"战后价值"的"体现",由此可知,在成田看来,司马"通过小说的形式所展开的"观点同样具有思想史的意义。

但成田此书更值得注意的亮点是他对"战后"的执着。和很多研究者关注司马所写的"历史故事"不同,成田更为关注司马的写作所处的"战后"这一时段,关注司马通过对"历史"的文学叙述所展开的对"战后日本"的思考。成田颇具创意地提出"中层思想史"的概念,明言他希望讨论的不是居于思想史顶点的人物,也不是态度极端倾向激进的思想家,他之所以选择司马辽太郎作为讨论对象,则因为在司马的背后簇拥着的庞大人群:既希望保守"战后"价值而又有意回避思想及意识形态的"'战后'保守派"。成田认为:这些"在人数上居多数的'战后'保守派没有自己的代表者也发不出自己的声音",恰恰是司马,"成

---

① 和田春樹『日露戦争―起源と開戦』(上、下),岩波書店2009—2010年版;中文译本《日俄战争——起源和开战》,易爱华、张剑译,张婧校订,生活·读书·新知三联书店2018年版。文见该书第一章第一节。

了他们的代言人"①。

成田从读者分析的视点考察司马文学的支持者,把所谓"'战后'保守派"聚焦于白领工薪族,他说:"就现象而言,白领工薪阶层在司马的支持者中占压倒性多数。结合司马作品大多发表于周刊这一现象考察,是白领工薪阶层在购买司马的作品,并作为最为热心的读者阅读司马。他们虽然并不发表评论,但以持续的阅读,对司马给予了最大的支持。"②按照成田的描述,我们不难想象,实际上是"沉默的大多数"支持了一个最大的发言者——"战后日本最大的国民作家"司马辽太郎。成田也指出了此种状况对司马辽太郎的影响和限制,特别分析了司马文学对近代日本殖民侵略历史缺少反省的原因,认为这恰好也是"'战后'保守派"共有的问题。换言之,司马文学所表现出的历史洞见和偏见,都近乎战后日本社会的中间值。这样的分析,确实发人深思。

成田龙一把司马辽太郎放在战后思想史的脉络里考察,从而把一位以讲历史故事见长的小说家历史化,这样的研究方法本身即颇有启示意义。但成田的讨论主线是"战后日本",对司马与东亚的关系虽有言及,却未能展开,就此而言,立丹教授的研究则表现出了明显的推进。近些年来,司马辽太郎的历史小说代表作大都有了中文译本出版,在中文世界里,如何阅读司马文学,也将成为问题,立丹教授的著作出版,可谓正逢其时。可以预期,这部著作会帮助中文读者更深入地理解司马文学,并透过司马其人其作更深入地了解日本和东亚。

王中忱

2020年8月8日,写于清华园

---

① 参见成田龍一『戦後思想家としての司馬遼太郎』,筑摩書房2009年7月,360—361页。
② 参见成田龍一『戦後思想家としての司馬遼太郎』,359—360页。

目　录

绪　论 ……………………………………………………………… (1)

第一章　司马辽太郎历史小说创作的开端 …………………… (13)
  第一节　忍者小说创作的尝试 ………………………………… (14)
  第二节　忍者小说中的阴翳 …………………………………… (21)
  第三节　残酷描写与平和追求 ………………………………… (29)

第二章　司马辽太郎眼中的日本 ……………………………… (36)
  第一节　对江户、明治时代的赞美 …………………………… (37)
  第二节　"脱亚论"与"国民战争"主题 …………………… (48)

第三章　司马辽太郎的中国题材创作 ………………………… (57)
  第一节　活力四射的古代文明 ………………………………… (58)
  第二节　灿烂的唐代文明与思考 ……………………………… (66)
  第三节　明清更迭的启示 ……………………………………… (76)
  第四节　不容忽视的民族主义立场 …………………………… (85)

第四章　司马辽太郎的朝鲜书写 ……………………………… (103)
  第一节　朝鲜后裔恋乡情结及古代中朝关系 ………………… (103)
  第二节　"征韩论"与日本近代战争叙事 …………………… (114)
  第三节　日朝古代文化关联的关注 …………………………… (125)

第四节　朝鲜儒教的批判 …………………………………（133）

第五章　司马辽太郎笔下的日俄关系 …………………………（143）
第一节　早期摩擦与人物形象塑造 ………………………（144）
第二节　日俄战争书写 ……………………………………（163）

第六章　司马辽太郎的儒学认识与东亚题材创作 ……………（189）
第一节　对儒学的思考 ……………………………………（189）
第二节　儒家人物形象塑造 ………………………………（196）
第三节　司马辽太郎的儒学批判 …………………………（204）
第四节　对华夷思想的反思 ………………………………（216）

结　语 ……………………………………………………………（223）

参考文献 …………………………………………………………（234）

后　记 ……………………………………………………………（256）

绪　　论

每一部文学作品都有其不同的历史、文化背景。日本在不同时代留下了众多的文学作品，反映了不同历史时期日本人的意识以及文化特征。日本从镰仓时代（1192—1333年）就开始了武士政权，并在江户时代（1603—1868年）被进一步强化，武士阶层成为最高统治阶层，其影响一直延续到明治时代（1868—1912年）。武士在历史题材的文学作品中不断登场，成为日本文学的特色之一。不仅日本古典文学中存在大量历史题材的作品，到了近代历史小说、时代小说层出不穷，纯文学创作也经常离不开历史时代的背景及影响。

明治维新（1868年）以后日本进入近代，为了赶上西方而开始效仿西方，作为西方意识形态核心的自我的确立也成为每个日本人面临的课题。这与日本传统的文化产生冲突，给日本人带来困惑，往往被当作写作对象，成为日本文学题材的主流。以上题材的文学作品多以纯文学作品的形式出现并一直受到重视，被认为是格调较高的文学形式。在纯文学作品中，时代因素逐渐减少，往往脱离政治，走进自我的世界。随之，作品中失去了宏阔的时代背景，只是在作品描写背后才可以窥视到时代的因素。

这样，随着对江户传统的"戏作文学"的摒弃，日本近代文学走上纯文学的道路。江户时代的人们喜闻乐见的近松门左卫门（1653—1724年）的净琉璃以及歌舞伎剧本、曲亭马琴（1767—1848年）的《八犬传》（1814—1842年）不仅不被重视，近世以来的庶民文艺的传统也被作为世俗之物遭到拒绝。

近代描写历史题材的小说统称为"历史小说",又细分为"历史小说"与"时代小说"。前者更贴近于历史,后者虚构的成分居多。在日本,历史小说、时代小说在书店里往往成为畅销书,读者众多,甚至超过纯文学的读者。而且,在这些文学作品中更能读出时代的文化与意识特征。而日本近代文学史介绍的绝大多数却是纯文学作品。这是很令人不解的现象。事实上想了解一个国家、一个民族,只是阅读学院派的纯文学的经典是不够的,而是需要阅读家喻户晓的各类文学作品。日本也是一样,只是阅读纯文学作品是不够的,还需要阅读民众广泛阅读的历史小说、时代小说。如果说日本人具有"表"和"里"两种不同表现的话,那么,在日本文学中,日本的纯文学就是日本的"表",而历史小说、时代小说则是日本文学的"里"吧。对二者的了解是不可或缺的。

实际上,虽然进入近代,但是历史题材的文学作品数量众多。1912年森鸥外(1862—1922年)开创了历史小说的先河,留下大量的历史小说作品。日本历史小说代表作品有森鸥外的《兴津弥五右卫门的遗书》(1912年)、《阿部一族》(1913年),菊池宽(1888—1948年)的《忠直卿行状记》(1918年)、《恩仇的彼方》(1919年),芥川龙之介(1892—1927年)的《罗生门》(1915年)、《丛林中》(1922年)等。之后出现的代表作家有海音寺潮五郎(1901—1977年)、井上靖(1907—1991年)、远藤周作(1923—1996年)、司马辽太郎(1923—1996年)。可谓历史小说作品众多,名家辈出。这些作品给日本民众带来很大影响。

如果说历史小说要受历史真实的限制,那么,时代小说就可以无拘无束地创作,从而更为大众所喜闻乐见。中里介山(1885—1944年)的《大菩萨岭》1913年开始连载,是日本时代小说的渊源之作、巅峰之作。① 这部小说受到读者的极大欢迎,一直连载到1944年作者去世,是战前发表的篇幅最长的时代小说。他塑造了一个虚无的主人公——机龙之助。此外,冈本绮堂(1872—1939年)的《半七捕物帐》(1917年)是一部福尔摩斯式的侦探故事,为时代小说提供了一个新的形式。1925

---

① 大衆文学研究会:『歴史・時代小説事典』,実業之日本社2000年版,第266页。

年，大佛次郎（1897—1973年）发表了《鞍马天狗》，1928年又发表了《赤穗浪士》，二者均获得大众的认可，销量极大。同时，另外一位为与大佛次郎竞争而被起用的作家吉川英治（1892—1962年）不断推出新作，《宫本武藏》（1935年）是其代表作，他是第二次世界大战结束前最著名的时代小说家，被誉为日本时代小说巨人。另外，子母泽宽（1892—1968年）通过寻访仍然在世的新选组幸存者于1928年发表了《新选组始末记》。其后，还有直木三十五（1891—1934年）的《南国太平记》（1930年）、野村胡堂（1882—1963年）的《钱形平次捕物控》（1931年）、林不忘（1900—1935年）的《丹下左膳》（1931年）、山冈庄八（1907—1978年）的《德川家康》（1950年）、山本周五郎（1903—1967年）的《枞木残影》（1954年）等。以上作品以及后来涌现的其他代表作品构成了时代小说的世界。

既然在日本除了纯小说之外，还存在着众多的受大众欢迎的历史小说和时代小说，那么我们进行日本文学教学与研究，该做些什么呢？首先让我们重新探讨"文学"一词的含义。

《广辞苑》对"文学"一词是这样解释的：

①学問。学芸。詩文に関する学術。
②想像の力を借り、言語によって外界及び内界を表現する芸術作品。すなわち詩歌・小説・物語・劇曲・評論・随筆など。文芸。

由此可见《广辞苑》的解释是认为文学广义上包括学术研究，狭义上是借助想象力对内部和外部的描写。如果说纯文学更注重对人的内心世界的描写的话，那么历史小说和时代小说就是对外部历史世界的描写吧。文学是离不开以上两方面内容的。因此，需要我们重视对历史小说和时代小说的研究。我们作为日本文学研究者，更是有必要用旁观者的客观态度来看待日本近代文学，在日本文学研究中给日本历史小说、时代小说一个适当的位置。这样才是一个全面的日本文学的研究。

可喜的是，20世纪末开始中国对日本历史、时代小说的译介逐渐重

视起来,《宫本武藏》《德川家康》《织田信长》《丰臣秀吉》《丰臣家族》《上杉谦信》等一系列小说开始被陆续推出,尤其是《德川家康》已经进入畅销书的行列。这反映了中国人希望通过日本文学更多地了解日本文化、历史的愿望。所以,我们需要进一步重视历史文化在日本文学研究中的重要性,帮助我们客观地了解日本文学,认识日本文学,并因而加深对日本文化的理解。

图 0-1 司马辽太郎（1923—1996 年）

司马辽太郎,原名福田定一,是日本第二次世界大战之后最有影响力的历史小说家。司马的历史小说是以史实为主的,属于与时代小说相并列的历史小说的范畴。司马辽太郎的全集多达 60 余卷,其作品发行数量已经远远超过了两亿册,这在日本文学史上是空前的。

司马辽太郎的历史小说不仅在文学界,甚至在政治界、企业界也有着广泛的影响,被称为"国民作家"[①]。从 20 世纪 60 年代起,其多部作品被日本唯一的国有电视台 NHK 拍成长篇电视剧整年播放,直至现今。在日本,不少读者通过阅读司马的作品来学习历史,他的历史观对日本国民的影响是极大的,对司马辽太郎的研究是极其必要的。

司马辽太郎的创作与东亚有着密切的关系。他的这个笔名来自于他喜爱的中国史学家司马迁,取"自己的水平距离司马迁甚远"的意思；司马辽太郎所学专业为蒙古语；20 岁应征入伍被派驻中国东北。他创作了多部中、日、韩、蒙、俄等东亚各国题材的作品,代表性作品有:《故郷忘れがたく候（故乡难忘）[②]》（1968 年）、《坂の上の雲（坂上之云）》

[①] 关立丹:《武士道与日本近现代文学》,中国社会科学出版社 2009 年版,第 228 页。
[②] 笔者译。本书中其他日文书名的汉译均在括号内注明,不再逐一标注。

(1968—1972年)、《翔ぶが如く（宛如飞翔）》(1972—1976年)、《空海の風景（空海的风景）》(1973—1975年)、《项羽与刘邦》(1977—1979年)、《菜の花の沖（菜花盛开的海滨）》(1979—1982年)、《韃靼疾風録（鞑靼风云录）》(1984—1987年)。其次，司马辽太郎从1971年开始到1996年去世连续撰写了多部《街道をゆく（街道行）》游记，还撰写了多部随笔。他的创作给日本国民的东亚认识以比较大的影响，有必要分析其东亚认识。

一 司马辽太郎研究综述

关于司马辽太郎的创作，国内外研究的现状和趋势是怎样的呢？

在中国，作为专著，除了论述司马新闻记者时期（1946—1961年）思想的《司马辽太郎的日本战后民族主义：以其记者时期的思想为中心》（王海，厦门大学出版社2020年版）之外几乎没有。另外有王向远《源头活水》（宁夏人民出版社2005年版）、关立丹《武士道与日本近现代文学》（中国社会科学出版社2009年版）等著作有所涉及。

关于司马辽太郎的学术论文发表有限。主要的研究成果有：李德纯《司马辽太郎的创作思想与艺术》（《国外社会科学》1978年第4期）、李德纯《司马辽太郎论》（《日语学习与研究》1988年第1期）、刘曙琴《论司马辽太郎的战争观——以〈坂上云〉为中心》（《日本学刊》2000年第1期）、佟君《司马辽太郎及其中国文化史观》（《日本学刊》2000年第1期）、佟君《论司马辽太郎的日本国家史观》[《东北师大学报》（哲学社会科学版）2001年第4期]、张惠贤《论司马辽太郎历史小说的若干艺术特色——以〈龙马奔走〉为中心》（《中国科技信息》2004年第24期）、王珊珊和汤美佳《试论司马辽太郎的中国之旅——以〈从长安到北京〉为中心》（《承德民族师专学报》2010年第3期）、高义吉和杨舒《司马辽太郎的历史小说研究——以〈枭之城〉为例》[《东北师大学报》（哲学社会科学版）2011年第3期]、王珊珊《试论司马辽太郎的西域观——以〈西域行〉为中心》（《大众文艺》2011年第2期）、李勇《由〈项羽与刘邦〉看司马辽太郎的秦代兴亡论》（《咸阳师范学院学报》

2012年第3期)、杨朝桂《论司马辽太郎的日俄战争观——以〈坂上之云〉为中心》[《云南民族大学学报》(哲学社会科学版) 2014年第1期]、杨栋梁和杨朝桂《在"理性"的名义下:"司马史观"新探》(《日本学刊》2015年第1期)、鲍同和原炜珂《司马辽太郎的"中国观"批判——以〈坂上之云〉为中心》(《日语学习与研究》2015年第6期)、李国磊《被湮没的诺门罕——司马辽太郎所疏离的战争视角》(《外国文学动态研究》2015年第10期)、李国磊《战争叙述与"被害"意识的预设——评司马辽太郎的历史小说〈坂上之云〉》(《广西社会科学》2017年第3期)。另外,近年有几篇博士、硕士毕业论文论述了司马辽太郎的作品。

在日本,司马辽太郎作品的读者面广,是一个被广泛关注的"国民作家"。研究成果虽然相对较多,但是以赞扬司马文学、支持司马史观为主流。对司马的研究不只局限于文学界,也出现在其他领域。

各类杂志推出了司马辽太郎的特辑,仅司马去世当年——1996年的悼念专集就有《追悼大特集 司马辽太郎、大遗产》(《周刊文春》)等各领域期刊40本之多。司马的历史观、国际认识、战争认识也开始受到部分研究者的关注。作为司马的研究资料,出版有《司马辽太郎 书志研究文献目录》(2004年)、《司马辽太郎全作品大事典》(1998年)、《司马辽太郎事典》(2007年),等等。

主要论著有:

• 尾崎秀樹『歴史の中の地図(历史中的地图)』(文藝春秋1975年)

• 谷沢永一『円熟期 司馬遼太郎エッセンス(成熟期 司马辽太郎的精髓)』(文藝春秋1985年)

• 田村紀之『考証 司馬遼太郎の経済学(考证 司马辽太郎的经济学)』(『現代思想』第23卷第3号,1995年)

• 鷲田小弥太『司馬遼太郎 人間の大学(司马辽太郎 人的大学)』(PHP研究所1997年)

• 遠藤芳信『海を超える司馬遼太郎(越洋的司马辽太郎)』(フォ

ーラムＡ1998 年）

●关川夏央『司馬遼太郎の「かたち」（司马辽太郎的"形态"）』（文藝春秋 2000 年）

●延吉实『司馬遼太郎とその時代（司马辽太郎与其时代）』戦中編・戦後編（青弓社 2002 年）

●岬龍一郎『司馬遼太郎「日本国」への箴言（司马辽太郎留给"日本国"的箴言）』（本の森出版センター 2004 年）

●石原靖久『司馬遼太郎の「武士道」（司马辽太郎的"武士道"）』（平凡社 2004 年）

●春日直樹『なぜカイシャのお偉い方は司馬遼太郎が大好きなのか？（为何公司高层喜欢司马辽太郎？）』（小学館 2005 年）

●高橋誠一郎『司馬遼太郎と時代小説（司马辽太郎与时代小说）』（のべる出版企画 2006 年）

●中島誠『司馬遼太郎と「坂の上の雲」（司马辽太郎与《坂上之云》）』（現代書館 2002 年）

●青木彰『司馬遼太郎と三つの戦争（司马辽太郎与三个战争）』（朝日新聞社 2004 年）

●高橋誠一郎『司馬遼太郎の平和観（司马辽太郎的和平观）』（東海教育研究所 2005 年）

●关川夏央『「坂の上の雲」と日本人（《坂上之云》与日本人）』（文藝春秋 2006 年）

●松本健一『司馬遼太郎が発見した日本（司马辽太郎发现的日本）』（朝日新聞社 2006 年）

●石原靖久『司馬遼太郎で読む日本通史（司马辽太郎笔下的日本通史）』（PHP 研究所 2006 年）

●備仲臣道『司馬遼太郎と朝鮮（司马辽太郎与朝鲜）』（批評社 2007 年）

●潮匡人『司馬史観と太平洋戦争（司马史观与太平洋战争）』（PHP 研究所 2007 年）

• 成田龍一『戦後思想家としての司馬遼太郎（"战后思想家"司马辽太郎）』（筑摩書房 2009 年）
• 中塚明『司馬遼太郎の歴史観（司马辽太郎的历史观）』（高文研 2009 年）

二 关于司马辽太郎东亚题材创作

关于"东亚"的界定一般包括中国、日本、韩国。但是，自古以来，日本、中国、朝鲜与同在亚洲东部的俄罗斯等各国之间就有着不间断的交流与往来的历史。因此本书的"东亚"界定为广义的包括该四国在内的地域。

文学作品中对于这些交流与往来的历史一定会有所认识以及描写。既然历史小说的创作涉及历史，那么历史小说家的创作自然会更多地涉及历史观。东亚是一个深受日本关注的地域，日本历史小说家司马辽太郎的大量作品描写了东亚各国。那么，他对东亚抱有什么样的认识？具体表现在哪些地方？这些都值得加以认真研究和分析。

首先，需要了解司马辽太郎是如何认识本国——日本的，也就是他的日本观。司马辽太郎亲身经历了第二次世界大战，感受到了战争的愚蠢，为日本发动这样的战争感到耻辱。他的历史小说创作动机在于探讨日本人到底是什么，何谓日本人这一问题。为此，他创作了《新选组血风录》（1962—1963 年）、《坂本龙马》（1962—1966 年）、《源义经》（1966—1968 年）、《坂上之云》（1968—1972 年）等以日本古代尤其是战国时期、幕府末期、日俄战争时期等风云动荡的时代为背景的长篇历史小说，同时出版了《この国のかたち（这个国家的形象）》（共 5 册，1986—1996 年）、《日本人を考える（思考日本人）》（1969—1971 年）、《国家・宗教・日本人》（1995—1996 年）等随笔集、对谈集，涉及到天皇制、明治精神、生死观、英雄观、善恶观等方面的内容。

其次，中国自古以来与日本有着密切的关系，司马辽太郎在大阪外国语学校（后为大阪外国语学院，现已合并入大阪大学）学习专业课蒙古语的同时，还学习了汉语课程。第二次世界大战期间曾经在中国东北

当兵。中日恢复邦交之后，他多次到中国访问。在司马的创作中，有很多中国题材的作品如长篇历史小说《坂上之云》（1968—1972年）、《空海的风景》（1973—1975年）、《项羽与刘邦》（1977—1979年）、《鞑靼风云录》（1984—1987年）等。通过与撰写过相关题材的陈舜臣（1924—2015年）、松本清张（1909—1992年）等其他作家进行对比分析，可以总结出司马辽太郎中国观的特征。

另外，司马辽太郎描写到了东亚各民族与日本的关联。《鞑靼风云录》描写了日本人与中国东北少数民族公主的结合以及民族意识上的矛盾。《故乡难忘》描写了江户时期从朝鲜半岛移民到日本九州的一群陶艺工匠在日本的生活。《菜花盛开的海滨》①描写了被俄罗斯抓为人质的日本人与俄罗斯人的碰撞与交流。以上作品以及众多的随笔体现了司马辽太郎就东亚各民族冲突与融合而进行的思考。对以上作品进行分析，可以看出司马辽太郎关于东亚各民族的认识的特征。

司马辽太郎的游记、随笔中大量论述到东亚各国与日本的关联，这些游记和随笔是分析司马辽太郎东亚观的重要文本材料。司马辽太郎在中日两国恢复邦交后开始访问中国大陆。1975年他参加以井上靖为团长的访华团，访问了北京、洛阳、西安、延安、无锡、上海；1977年他参加日中文化交流协会中国访问团，同时参加NHK《丝绸之路》的筹划工作，与中岛健藏、井上靖等人赴新疆天山北

图0-2　司马辽太郎纪念馆内部书墙

---

①　沿用1983年10月《译林》中黄来介绍本作品时的译名。

麓进行访问；1978年访问苏州；1981年访问江苏、浙江、云南等四省；1984年61岁的司马辽太郎又经由上海访问福建。除了中国之外，司马的足迹到过韩国、蒙古、俄罗斯等东亚各国。在司马辽太郎的作品中，有关这几个国家的游记出版有《韓国紀行（韩国纪行）》（1971—1972年）、《モーゴル紀行（蒙古旅行）》（1973—1974年）、《長安から北京へ（从长安到北京）》（1975—1976年）、《西域をゆく（西域行）》（1978年）、《中国・江南のみち（中国・江南之路）》（1981—1982年）、《中国・蜀と雲南のみち（中国・蜀与云南之路）》（1982年）、《中国・閩のみち（中国・闽之路）》（1982年）、《ロシアについて（关于俄罗斯）》（1982年）、《草原の記（草原记）》（1991—1992年）、《台湾紀行（台湾纪行）》（1993—1994年）等。同时，司马还撰写有多部对以上国家及其相互之间的差异、关联进行分析的随笔，如《日本の朝鮮文化（日本的朝鲜文化）》（1969年）、《中国を考える（思考中国）》（1977—1979年）、《这个国家的形象》（1986—1996年）等。通过以上著作可以对其东亚观进行系统梳理。

最后，司马辽太郎的东亚观不仅是他本人对东亚的认识，由于其作品对当代日本的影响面极广，司马辽太郎的东亚观也便给当代日本人带来极大的影响。可见，对此进行深入研究很有必要。所以，本课题的研究还包括：司马的影响体现在哪些方面？与历史、社会、时代的关联在哪里？以此分析出司马辽太郎的东亚观在当代日本的普遍性与特殊性。

三 研究重点

截至目前，国内外关于司马辽太郎的研究成果虽然已经有了一定的数量，但是从东亚这一宏观的视野加以研究的成果有限。同时，对其历史小说分析较多，而对其大量的随笔、游记等分析较少。事实上，这些随笔集中地反映出了司马辽太郎的思想以及他的东亚认识特征。其历史观、民族意识是分析其创作的切入点。所以，对司马辽太郎的研究有待于从其小说、随笔、游记、评论等各类作品入手进行全面的分析。

最近日本历史小说被大量译介到了中国，司马辽太郎的历史小说也

被大量译介，如《项羽与刘邦》（2006 年）、《丰臣家的人们》（重译本 2008 年）、《德川家康》（2009 年）、《源义经》（2009 年）、《新选组血风录》（2010 年）、《鞑靼风云录》（2010 年）等。之后《德川家康：霸王之家》（2013 年）、《新选组血风录》（2014 年）、《日本时代小说精选系列：幕末》（2014 年）、《新史太阁记》（共 2 册，2014 年）、《国盗物语·斋藤道三》（前编、后编，2014 年）、《城塞》（共 3 册，2015 年）、《源义经：镰仓战神》（2015 年）、《坂本龙马》（共 4 册，2015 年）、《功名十字路》（上下册，2015 年）、《风神之门》（2016 年）、《马上少年过：司马辽太郎历史小说选集》（2016 年）等中译本不断面世。在日本国内，对司马辽太郎的赞颂占了绝对上风。在中国，随着其作品，尤其是《项羽与刘邦》的销售量增大，对他的评价也随之升高。如何看待司马辽太郎的创作，需要对司马辽太郎的作品进行全面、客观的研究分析。

司马辽太郎的历史观通过各种途径给了日本人极强的影响。在日本，从整体来说喜爱司马辽太郎的读者占绝大多数。其历史观有何特征？为何被大多数日本人所赞同？在国内外，对这方面的综合性客观分析还极其欠缺。而且，仅仅在近年才出现了极少量的对其历史观进行批判性分析的文艺评论家和历史学家。如：中村政则的『近現代史をどう見るか——司馬史観を問う（如何看待近现代史——质疑司马史观）』（1997 年）、佐高信的『司馬遼太郎と藤沢周平（司马辽太郎与藤泽周平）』（1999 年）、成田龙一的『戦後思想家としての司馬遼太郎（"战后思想家"司马辽太郎）』（2009 年）等。对此，有待进一步进行客观研究。

历史小说与日本人的生活文化有着密切联系，即使是当代日本，历史小说的读者也明显多于其他国家。无论是日本还是中国，一直忽略对日本历史小说的研究，尤其是缺乏对历史小说作用的研究。

通过分析司马辽太郎的文学创作及其东亚观，可以进一步研究日本历史小说、近现代文学的特征，增强对日本近代文学的深入研究，加强对日本文化的理解。司马辽太郎历史小说的影响力说明了这些作品代表了日本近现代文学的一个侧面，需要加以重视。

总之，研究司马辽太郎的东亚观，需要分析历史、政治、思想对其

文学创作的影响，内容将涉及国家意识、民族意识、明治精神、生死观、英雄观、善恶观等诸多方面。同时需要适当采取比较的方法，将司马辽太郎与日本其他纯文学作家、历史小说家进行比较，分析其异同。另外，尝试采用比较文学的手法，将日本历史小说与中国历史小说加以对比研究。

第 一 章

司马辽太郎历史小说创作的开端

司马辽太郎从1946年开始在报社担任记者,虽然早期有一些创作,但是真正开始创作可以说是1956年由短篇小说《ペルシアの幻術師(波斯的幻术师)》获得第八届讲谈社俱乐部奖开始。这是司马第一次用笔名"司马辽太郎"投稿。1959年忍者小说《梟の城(枭之城)》(1958年4月10日—1959年2月15日《中外日报》连载238回)获得第42届直木奖。司马忍者小说的创作是司马历史题材文学创作的重要过程。

那么什么是"忍者小说",日本忍者小说创作情况怎样?我们先做一个简单回顾。

日本20世纪50年代末期掀起了第三次忍法热,此次忍法热最著名的作家是山田风太郎(1922—2001年)。他前后共创作了三四十部忍者小说,是日本忍者小说热潮中最受欢迎的小说家。1963年出版了15卷本的《山田风太郎忍法全集》(讲谈社)。

作为第二次世界大战之后的忍法热,追溯其开端,虽然有作家福田常雄(1904—1967年)的《猿飞佐助》(1948年)和林芙美子(1904—1951年)的《绘本猿飞佐助》(1951年)在先,但是都没有产生太大的影响。值得一提的是五味康祐(1921—1980年)的《柳生武艺帐》(1956年2月—1958年2月《周刊新潮》连载)。这部没有完成的长篇时代小说以忍者的角度读解日本剑法家柳生家,作家把其放在政治的旋涡中加以解读的创作方式十分新颖。

山田风太郎的《甲贺忍法帖》虽然1958年12月就开始连载,但是

直到四年后才受到广泛关注。实际上，促发了忍法热的还是司马辽太郎的忍者小说《枭之城》（1958年4月—1959年2月《中外日报》连载）、柴田炼三郎（1917—1978年）的《红色影法师》（1960年）、村山知义（1901—1977年）的《忍者》（1960年9—11月，日本共产党机关杂志《赤旗》连载）。

第一节 忍者小说创作的尝试

司马辽太郎的忍者小说《枭之城》获得的直木奖是日本大众文学的最高奖项，《枭之城》的获奖对忍者文学的流行起到很大的推进作用。同时，《枭之城》是司马辽太郎第一部历史题材的长篇小说。因为异想天开的虚构成分比较多，应该属于广义的历史小说、狭义的时代小说之列。司马辽太郎描写忍者的作品并不多，以忍者为主角的作品除了长篇小说《枭之城》之外，还有短篇小说《轩猿》（《近代说话》1960年4月）、《最後の伊賀物（最后的伊贺者）》（《オール読物》1960年7月）、《飛び加藤（飞人加藤）》（《サンデー毎日特別号》1961年1月）、《果心居士の幻術（果心居士的幻术）》（《オール読物》1961年3月）、《伊賀の四鬼（伊贺的四鬼）》（《サンデー毎日特別号》1961年11月）和长篇小说《風神の門（风神之门）》（1961年6月—1962年4月《東京タイムズ（东京时报）》连载）等。司马辽太郎的早期作品大多数充满了离奇的色彩。

《枭之城》是一部以忍者为描写对象的小说。忍者也被称为"乱波"，由于三重县的伊贺地区、滋贺县的甲贺地区是日本忍者的故乡，"伊贺者""甲贺者"也指忍者。忍者是从事隐秘工作的人员，一切都要求掩人耳目，所以忍者在世上留名的很少，技术传承也有限。司马辽太郎在《果心居士的幻术》中提到飞人加藤和果心居士两个人。果心居士之所以留名是因为他不是草莽忍者出身，而是生活在奈良兴福寺的僧堂中。由于僧侣中很多人擅长文字书写，于是他作为忍者的一些传说才得以被记录下来传到后世。这样也说明忍者的生活是不被众人所知的，这反而扩

大了文学的虚构空间。

所谓"梟"就是"猫头鹰",是一种夜间活动的飞禽。作品中提到忍者就是"梟":

> 忍者は梟と同じく人の虚の中に棲み、五行の陰の中に行き、しかも他の者と群れずただ一人で生きておる。①

以上是在1582年协助前田玄以(1539—1602年)成功完成救助织田家幼主任务之后受到前田玄以挽留时,甲贺"上忍"摩利洞玄所说的一句话。摩利洞玄拒绝加入武士集团,他认为忍者是个体性存在,隐藏在暗影中生活,发挥着武士所替代不了的作用。忍者受不了跟随主人并拥有自己部下的那种生活的束缚。如果把房顶上成群的麻雀比喻成武士的话,忍者就是"梟"。作品中还经常提到忍者与武士的差异:

> ……武士は如何ような手段を経ても出世が第一じゃぞ。源平の昔から、武士は朋輩を売り、抜け駆けをし、功名を焦り、おのれひとりの誉れをまもることを本義と心得てきた。②

忍者不像武士一样需要自报家门,华丽登场,也不需要留名千世,

图1-1 《梟之城》书影

---

① 司馬遼太郎:『梟の城』,新潮社1999年版,第244頁。
② 司馬遼太郎:『梟の城』,新潮社1999年版,第234頁。

而是需要隐姓埋名，默默无闻。这就是《枭之城》中所描写的传统忍者的形象。

在《枭之城》中，风间五平是这样给忍者下定义的：

> 忍者とは……風間は思う。——すべての人間に備えられた快楽の働きを自ら封じ、自ら否み、色身を自虐し、自虐しつくしたはてに、陰湿な精神の性戯、忍びのみがもつ孤独な陶酔をなめずろうとする、いわば外道の苦行僧にも似ている。①

这是1581年忍者在忍者故乡伊贺遭到织田信长（1534—1582年）集团灭绝时，风间五平的想法。他忍受不了忍者这种暗影中的生活，追求仕途，脱离了忍者集团，隐瞒自己的忍者身份，侍从于已经升职为京都奉行②的前田玄以。然而他脱离忍者集团的行为触犯了忍者的戒律，成为忍者袭击的对象。

司马辽太郎为什么要创作忍者题材的作品，忍者文学为什么会受到欢迎呢？

首先，是由于忍者与记者的相似性。司马辽太郎自23岁担任新闻记者以来已经工作了12年。

> 新聞記者も自分の存在を隠して、そして秘密の中枢、権力の中枢、政治の中枢に入り、そこから特ダネを拾ってくる。人間の実像、政治の実像、世界の実像がそこにある。それを発見するのがジャーナリストだと。③

新闻记者往往需要和忍者一样，作为一名记者深入内部，探寻各种

---

① 司馬遼太郎：『梟の城』，新潮社1999年版，第34頁。
② 京都奉行：京都最高行政长官。武士官职。
③ 篠田正浩：「『梟の城』に見る忍びの歴史と権力の本質」，『週刊朝日』増刊，朝日新聞社1999年版，第167—174頁。

第一章　司马辽太郎历史小说创作的开端　17

报道信息，默默无闻。司马辽太郎本人关于新闻记者与忍者的相似之处是这样说的：

> 私のなかにある新聞記者としての理想像はむかしの記者の多くがそうであったように、職業的な出世をのぞまず、自分の仕事に以上な情熱をかけ、しかもその功名は決してむくいられる所はない。紙面に出たばあいはすべて無名であり、特ダネをとったところで、物質的にはなんのむくいもない、無償の功名主義という職業人の理想だし同時に現実でもあるが、これから発想して伊賀の伝書などを読むと、かれらの職業心理がよく理解できるような気がしてきた。
>
> 戦国時代の武士は病的なほどの出世主義者だが、その同時代に、伊賀、甲賀で練成されて諸国に供給されていたこの「間忍ノ徒」たちは、病的なほどの非出世主義者だった。私は、かれの精神を美しいものとして書いた。①

司马辽太郎在此赞美了忍者的默默无闻，对武士追求出人头地加以批判。关于忍者与武士的差异在《枭之城》中多有体现，而被指出最多的就是以上差异。在司马辽太郎的现实生活中，京都也是一个权威区域，有着全国知名的京都大学，作为一名宗教记者，京都还有全国的宗教权威东、西本愿寺和东山的五山文化。在这种情况下，作品《枭之城》完全可以理解成"新闻记者之城"。而其中活跃着的伊贺忍者似乎是对自身的才能自我欣赏的朝日新闻社记者，甲贺忍者似乎是以赞助商为第一位的每日新闻社记者。②

其次，是由于司马辽太郎对"杂密"的兴趣。少时，由于司马辽太郎体弱多病，曾被带到奈良南部的大峰山灵场祈愿。大峰山也是修验道

---

① 司馬遼太郎：『歴史と小説』，集英社 2001 年版，第 275 頁。
② 志村有弘：『司馬遼太郎事典』，勉誠出版 2007 年版，第 198—199 頁。

和山伏的灵场。修验道是以役小角为开祖的日本佛教流派，其以日本自古以来的山岳信仰为基础，通过在山中修行以获得符咒能力，讲求与自然的一体化。山伏是为了增强通灵能力而在山野中生活、进行佛教修行的僧侣。司马在大峰山体验到了浓浓的神秘气息，那一年司马辽太郎13岁。在夜色中，他被山顶灵堂中千年不灭的明灯震撼了。而他幼年时生活过的奈良葛城山脚又是役小角的出生地。① 役小角是公元7世纪末的人物，来自于信仰古神道教、借助神灵的巫师集团，擅长巫术，但是最终喜好杂密，成为与杂密有着密切关系的修验道先祖，同时也被称为忍术的先祖。司马辽太郎笔下的忍者经常以山伏或修验者的装扮登场，很大程度上是受了少时的影响。杂密与忍者的神秘相通，可以说促成了司马辽太郎在成名作《波斯的幻术师》中对幻术这一神秘功能的描写，也促使司马辽太郎对忍者加以关注。

再次，与时代相关。1958年10月，日本民众开始反对修订《日美安全保障条约》，1959年至1960年掀起了全国规模的安保运动。这是因为《日美安全保障条约》签订于1951年，仅仅赋予了美军在日本驻留的资格，但是改订后的条约要求日美两国共同进行自卫能力的持续发展，当日本以及远东地区和平与安全受到威胁时必须进行共同协商，日本的任一区域受到武力进攻时，共同采取军事行动。安保运动反对日本附和美国采取共同行动，参加者包括革新政党、工会、学生团体、市民团体，是近代日本史上规模最大的民众运动。按照规定，该条约双方每10年确认一次。1970年到期时日本国内又掀起了新一轮的安保运动，但是政府发表声明坚持条约的持续，之后变成自动续约。美国要求日本加以财政支持并肩负维护远东秩序方面的责任。

1959年至1960年的安保运动规模特别大，尤其是1960年5月至6月，数万人连日游行，包围国会。虽然条约还是被修订，但是导致了岸信介首相在条约生效当日辞职以及第二个月内阁总辞职。同时，由于

---

① 磯貝勝太郎：「司馬遼太郎の忍者小説と山伏」，『大衆文学研究』第110卷，1996.5，第8—9頁。

经济的发展，日本开始进入欲望膨胀时期，但是经济高度增长时期还没有到来，消费欲望的扩大与物质供应不足之间产生了矛盾。忍者文学的出现满足了人们逃避现实的需求。

最后，媒体的发展与对忍者文学形象塑造的需求。日本第二次世界大战结束以后大众文学的发展首推"剑豪热"，它描写了狂眠四郎和机龙之助这样的虚无主义英雄。但是作为剑豪，只是剑术高超，其能力毕竟有限，这样就出现了对超能力文学形象塑造的需求，忍者登场，"忍法热"出现了。不只是文学创作，随着电影、电视等媒体的发展，忍者题材的电影、电视剧不断出现。1961年以柴田炼三郎原作改编的《红色影法师》、1963年以司马辽太郎原作改编的电影《忍者秘帖·枭之城》、1962年以村山知义原作改编的系列电影《忍者》陆续上映。1964年东京奥运会期间甚至上映了以山田风太郎原作改编的电影《くノ一忍法》（"くノ一"是"女"的分解笔画。女忍者题材）。同年还上映了以村山知义作品改编的电影《忍者·雾隐才藏》《忍者·续雾隐才藏》。①

忍者文学与中国文学有着密不可分的关系。首先，虽然忍者的产生是日本的特殊现象，但是忍术受到了中国、印度等外来文化的影响。司马辽太郎在作品《风神之门》中提到：

> 伊賀流忍術における幻戯は、源流を訪ねれば、おそらく中国の仙術とインドの婆羅門の幻術になるだろう。②

不只忍术受到了中国等外来文化的影响，忍者文学也受到了中国文学的影响。这可以追溯到江户时代的第一次忍法热。所谓忍者是动荡时期的活跃分子，是乱世的技术人员，如果一旦世道太平，忍者就失去了

---

① 寺田博：『ちゃんばら回想』，朝日新聞社1997年版，第222頁。山田宗睦：「風太郎忍法と映画」，『国文学』臨時増刊『大衆文学のすべて』，1965.1，第148頁。
② 司馬遼太郎：『風神の門』，『司馬遼太郎全集』第2卷，文藝春秋1977年版，第138頁。

用武之地。在《枭之城》中，葛笼重藏家的下忍①黑阿弥就对京都生活的平稳表现出了失望的情绪，因为这使忍者没有了协助政务工作的机会。②到了一切泰平的江户时代，忍者更是没有了用武之地，慢慢地销声匿迹了，随之而来的是江户时代中期宝历③前后虚构的忍者在虚构的世界中华丽登场，④产生了第一次忍法热。在当时的江户时代活跃的忍法作家是读本小说的作者以及歌舞伎狂言的作家。众所周知，江户时期中国明清文学作品大量流入日本，给日本文学以极大的影响，上田秋成（1734—1809年）的《雨月物语》（1768年）和曲亭马琴的《八犬传》就是读本小说的代表。读本小说虚幻、离奇、充满空想的写作特征是充分渗透了中国明清文学特征的体现。第二次忍法热是近代初期。第三次忍法热继承了前两次忍法热的特征，同时活跃着自身中国文学修养高的作家。司马辽太郎对中国文学的涉猎很广，自不必说。山田风太郎在创作忍者小说之前借鉴《金瓶梅》，创作了推理风格的《妖异金瓶梅》《秘钞金瓶梅》。⑤同是著名的忍者小说家的柴田炼三郎从小就喜欢阅读《立川文库》，在庆应大学攻读中国文学时又大量阅读了《三国志》《水浒传》等中国文学作品，在中国文学的传奇世界中遨游。⑥

但是，忍者小说又是日本特有的文学形式。在当时，美国推理小说盛行，日本也必然受到一定的影响。不过，日本的读者还一时接受不了美国式的推理小说，"纯国产"的忍者故事可以说是日本式的推理作品，满足了读者的需要，这是忍者文学大受欢迎的又一要因吧。⑦

综上所述，司马辽太郎的忍者小说就是这样应运而生的。

---

① 下忍：从属于上忍的低级忍者。
② 司馬遼太郎：『梟の城』，新潮社1999年版，第124頁。
③ 宝历：日本桃园天皇、后樱町天皇年号，1751—1764年。
④ 高橋千劍破：「忍者とは何か——その歴史の考察」，『大衆文学研究』第110卷，1996.5，第18—22頁。
⑤ 尾崎秀樹：『大衆文学の歴史』，講談社1990年版，第257頁。
⑥ 古山登：「娯楽小説の教本——柴田錬三郎の忍者小説」，『大衆文学研究』第110卷，1996.5，第10—11頁。
⑦ 尾崎秀樹：『大衆文学の歴史』，講談社1990年版，第259頁。

第二节 忍者小说中的阴翳

《枭之城》描写了日本 16 世纪末经历了织田信长的武力镇压之后幸存下来的在京都活动的两大对立忍者集团。分别是以葛笼重藏为代表的伊贺忍者集团和以摩利洞玄为代表的甲贺忍者集团。一个受到大阪富商今井宗久、德川家康（1543—1616 年）集团的支持，他们反对现政权——丰臣秀吉（1537—1598 年）政权；一个受到维护现政权的石田三成（1560—1600 年）集团的支持。作者刻画了葛笼重藏和风间五平两个伊贺忍者人物形象，描写了他们紧张的对立关系。他们师出同门，是伊贺忍者集团忍者下柘植次郎左卫门的徒弟。但是，葛笼重藏继续进行忍者活动，风间五平投身武士集团以捉拿处置忍者为己任。葛笼重藏被塑造成纯粹的伊贺忍者形象，经过多方努力，终于在夜晚得以潜入伏见城。但是，当他看到自己要暗杀的丰臣秀吉，见到自己的暗杀对象那么的衰老，他对自己的人生目标产生怀疑，他放弃了忍者活动，与心爱的甲贺名门出身的女忍者小荻隐居山间，过上了安静的夫妻生活。《枭之城》最初连载时的作品名为《梟のいる都城（枭活动的都城）》。由此题目可以清楚地读解作品描写的是忍者在京都活动的情况。而后成册出版时题目更改为《枭之城》，强调了忍者暗中操纵京都局势发展的一面。

《枭之城》中提到命中注定的忍者阴翳的精神世界：

　　なるほど、この僧の瞳の異常な明るさの前に置かれると、おのれの姿がにわかに黒々としてくるようでもある。重蔵は、少年のころから隠身の術を学んできた。しかし、ついには伊賀の術が持つ宿命的な精神の暗さまでを隠し終せるものではないことを気づかされたような気がする。
　　（伊賀で学んだ術も、この男のもつ瞳の明るさには勝ち目がなさそうじゃ）
　　太陽をのがれてこそ生命を保ちうる隠花植物が、太陽の下で花

をひらく植物へほのかな憧憬を抱くことがあるとすれば、重蔵がふと毒潭の目を眺めやった憧憬に似た気持は、ほぼそれに似ていた。①

在一个名叫"毒潭"的云水僧面前，葛笼重藏对照出了自己作为忍者的阴暗的一面。忍者是只能在见不得光的阴暗世界里生存的生物。忍者的这一特性在《枭之城》中被充分描写出来。

图1-2 伊贺流忍者博物馆忍者表演

在《枭之城》中，首先需要注意的是忍术的高超以及忍者对高超忍术的执着追求。忍者可以屏住气息，行动不被他人察觉；葛笼重藏可以像蜘蛛一样倒吊在房梁上；下柘植次郎左卫门的眼睛在昼夜不分，夜晚没有照明的情况下也看得清楚房屋内部；可以借助工具"水蜘蛛"在水上行走；不惜用自断手臂的方法转移敌手注意力加以逃脱；用幻术（めくらまし）迷惑人；伪装自己，掩人耳目……比如下柘植次郎左卫门就是如此。

---

① 司馬遼太郎：『梟の城』，新潮社1999年版，第438頁。

第一章　司马辽太郎历史小说创作的开端　23

　　次郎左衛門の語るところでは、伊賀郷士団が亡ぼされてから、京へ奔ってこの荒れ寺の住持になりすましていたという。もっとも、その間、伊賀下柘植の家にも住んでいた。十日に一度下柘植から消えては京へ走る。だから家人でさえ、伊賀の忍者下柘植次郎左衛門と京で寺領も檀家もない荒れ寺に住む仰山という雲水僧が同一人であることを夢にも知らなかったし、むろん、京の松原の町の人々のほうは、竹藪にかくれて天竺の苦行僧のように世を捨てきっているこの奇行の僧の素性が、伊賀から流亡してきた忍者のひとりであろうとは、気づくよしもなかったのである。①

　　下柘植次郎左卫门的忍术高超，在京都的枯竹叶中练功20年，熟悉竹子的生态，在枯竹叶底下可以销声匿迹，练就连葛笼重藏与风间五平在京都都认不出的一身忍功。忍术的关键就是便于忍者脱离光明，在阴影中生存。

　　忍者就是这样不断追求高超的忍术，同时陶醉在其中。"そういう伊賀者は、昔は居た。おのれの術の中に陶酔できる忍者が。……術を練磨し、術を使うことに陶酔し、その陶酔の中にのみ、おのれの生涯を圧縮し、名利も、妻子のある人並な生活も考えぬ伊賀者は居た。"② 风间五平在葛笼重藏身上看到了古忍者的天性。葛笼重藏就是陶醉在自己的忍术当中的忍者。这是忍者执着的一面。

　　其次，作为忍者的一个最重要的条件是：不能用情感，不管是自己人还是敌方，对人要残忍，同时随时面临生死。"ゆらい、乱波というものは、相手とおのれの心を詐略する仮装の心理の中で生きてきた。仮装を強靭にすることがお互いの正義であり、そういう仲間をかれらはすぐれた乱波として尊敬してきた。"③ 作品中描写忍者为了保护自己，往往极其善变，以及在需要的时候能用欺骗同伙的方式来保存自己的性

---

① 司馬遼太郎：『梟の城』，新潮社1999年版，第206頁。
② 司馬遼太郎：『梟の城』，新潮社1999年版，第478頁。
③ 司馬遼太郎：『梟の城』，新潮社1999年版，第153頁。

命。1581 年织田信长的大军进攻伊贺时，下柘植次郎左卫门见局势不妙，就临阵脱逃，但是这并没有受到徒弟葛笼重藏的指责。

> 重蔵は、この場になって逃げようとする次郎左衛門の行動を卑怯とは思わなかった。忍びの心には他国の武者のように一定の規律がない。常に事象に対して過敏に変幻し、ついには古い忍び武者になると、おのれの心でさえつかめなくなるという。次郎左衛門のこの場の行動は、味方を謀略する予定のものであったのか、この場に臨んで恐怖がそうさせた衝動的なものであったのか、それは次郎左衛門さえ自分を説明することはできまい。が、たとえ恐怖があるとしても、精神の虚実の操作の複雑な鍛冶を経てきた忍びには、常人の場合のような露わな反応が、その表情のどの翳にもあらわれなかった。
>
> 次郎左衛門は、この伊賀に棲む乱波に特有の皮膚に粘液をまとうた腔腸動物のような無表情さで、ひえびえと、本陣のむこうに燃えあがる火を眺めていた。この男は、自らの心の変幻さを、自ら批判することさえできぬまでの流動の中で生きている。それは、事実化生ともいえた。信長の伊賀掃滅は、そうした伊賀の不思議な心への、はげしい憎しみからも発していた。①

下柘植次郎左卫门作为一个有经验的忍者，处于危急时刻，会无意识地采取对自己最有利的行动，随机应变。即便是欺骗同伙在忍者的世界里也是行得通的，其本人已经没有批判自己的能力，而是将此当作理所当然。对于这一点葛笼重藏作为忍者是可以理解的，所以他并没有对师父的逃离采取谴责的态度。葛笼重藏之所以没有逃，只是因为他作为忍者当时还很年轻，而且要为被惨遭杀害的父母复仇的愿望令他不能摆脱俗世的烦恼得以超脱而已。

---

① 司馬遼太郎：『梟の城』，新潮社 1999 年版，第 39 頁。

《枭之城》中出现很多忍者杀人不眨眼的事件。对此，葛笼重藏是这样解释的：

> 伊賀者には伊賀者の、仕事を仕切る道がある。仕事のために人を斬った。伊賀では世間のようにこれを非道とはいわぬ。①

葛笼重藏知道自己将要刺杀丰臣秀吉的任务已经被人知晓，就出其不意地砍杀了正在与自己说话的小头目松仓藏人，以保证任务的机密性。虽然他也觉得松仓藏人被自己这样砍死很可怜，但是为了工作不得不如此。为了完成任务杀人对于伊贺忍者来说是理所当然的。忍者的残虐性使他们过着阴翳的生活。

一般的忍者之间如此，男女情感也是如此。葛笼重藏与小荻分属于伊贺与甲贺两个对立的忍者集团，二人虽是敌对关系，但是在不知不觉中产生了感情。可是身为忍者，他们又不得不克制着情感，不让对方看出破绽，不给对方可乘之机，他们继续在打斗中保持敌对关系，甚至小荻不惜派人刺杀葛笼重藏。而更有甚者，风间五平为了能够在统治集团内部继续往上爬，不惜欺骗并占有师父下柘植次郎左卫门的女儿阿簾（因脸长得像猴，外号叫"木猴"），还虚假地口头允诺给其婚姻以便更好地利用对方，同时不惜出卖师父。在逃亡中，任由未婚妻暴露在对手的追杀之下，自己却逃之夭夭。当他想到未婚妻可能会死去时，心里连一只猫死去的怜悯都没有，对方死了，就抹掉她忘记她。这种不可思议的生物就是忍者。②

> 伊賀甲賀の忍者にとっては、所詮、女とはくノ一にすぎなかった。くノ一の不幸は男の愛に感じやすいことである。これに愛をさえ与えれば、いかなる危険にも屈辱にも背徳にもたえうる至妙

---

① 司馬遼太郎：『梟の城』，新潮社1999年版，第69頁。
② 司馬遼太郎：『梟の城』，新潮社1999年版，第460頁。

のさがをもっている。伊賀の施術者たちはこれに偽装の愛を与え、真実に愛することを避けた。くノ一の術だけでなく、おのれの精神を酷薄に置くことによってのみ身を全うしうることを教えている。①

"くノ一"是"女"字的笔画，忍者的隐语，女人的意思。在忍者的世界里，与女人产生感情就代表着危险的存在。忍者只能与女人表面装作动情，而实际上避免动情，这才是保护自己的方法。风间五平就是这么欺骗师父的女儿阿簾来保护自己的。同样地，葛笼重藏虽然对小荻很动心，但是他不断地提醒自己：不能对小荻动真感情。他家的下忍黑阿弥也不断提醒他远离小荻，因为"忍びの権化のようなこの老人は、忍びの働きの中に女気の入ることを極度に嫌っている。入峰する修験者の物忌みに似た一種の信仰のようなものといってよかった"②。这个老人生活在传统忍者的精神世界里，他把人类当作草木一样看待，杂草就是需要毫不留情地割除掉的。这种无情才是黑阿弥眼中的真正的忍者灵魂吧。忍者是不需要感情的，没有情感的生活才是隐藏自己在昏暗中生活的最好办法。

另外，忍者依附于别人，以不断完成任务为己任，他们执着地为完成一个个使命而努力，没有自我的存在。在堺③商人今井宗久的眼里，葛笼重藏的目光极其特别：

この目は、自分の人生にいかなる理想も希望も持ってはいまい。持たず、しかもただひとつ忍びという仕事にのみひえびえと命を賭けうる奇妙な精神の生理をその奥に隠している。その奇妙な生理が、この男の目に名状の仕様のない燐光を点ぜしめ

---

① 司馬遼太郎：『梟の城』，新潮社1999年版，第132頁。
② 司馬遼太郎：『梟の城』，新潮社1999年版，第131頁。
③ 堺：位于日本大阪市南部，是古老的贸易港口。

ている。①

　今井宗久在织田信长生前受到重视，在武器贩卖方面获利匪浅，但是到了丰臣秀吉掌权之后受到限制，特权被剥夺，于是起了杀心，是刺杀丰臣秀吉的委托者。与葛笼重藏第一次会面时，他从葛笼重藏那里看到了从来没有在别人的眼睛里看到过的燃烧着的昏暗而不可思议的火焰。这就是对自己的人生不抱任何理想和希望，一味投身于忍者这一项工作中的忍者的精神世界吧，正是这样的生活才让忍者典型形象——葛笼重藏的眼中燃动着难以名状、不可思议的磷光吧。

　葛笼重藏为什么要接受刺杀丰臣秀吉的任务呢？师父的愿望是其一，复仇是其二。他的报复对象本来是1581年下令灭绝伊贺忍者，以及导致葛笼重藏的父母、妹妹被杀害的织田信长。但是，1582年织田信长在本能寺被明智光秀（？—1582年）刺杀，葛笼重藏没有了复仇的目标。之后的9年中，每当葛笼重藏按捺不住心头的躁动，就带着下忍——黑阿弥到大坂（现"大阪"）潜入大名的宅邸偷窃。没有了人生目标的葛笼重藏用诵经的方式来平静自己的内心。1591年师父下柘植次郎左卫门来找他刺杀丰臣秀吉，他同意了，这是因为他想把怨气发泄到统治者身上。但是，事实上随着时间的推移，葛笼重藏的复仇心态也在改变。

　……この仕事に手をつけたころは、なお京の政権に対する伊賀らしい怨恨があった。しかし、いざ京に身を潜めてみると、もはや時代が移ったという感が深かった。恨みよりもいまの重蔵を支えているものは、天下の主を斃すという、何百年来伊賀のなんぴとにも恵まれたことのない壮絶な忍者の舞台、その一事である。②

　葛笼重藏从1591年3月隐居10年；从师父那里接受这项任务又过去

---

① 司馬遼太郎：『梟の城』，新潮社1999年版，第89頁。
② 司馬遼太郎：『梟の城』，新潮社1999年版，第201頁。

半年多，葛笼重藏为复仇而刺杀丰臣秀吉的意识已经慢慢淡薄。但是，完成一件忍者世界里几百年都不曾有过的这种悲壮的任务，使葛笼重藏被一种使命感驱使着。这种使命感是忍者的标志。

最后，忍者的刺杀工作决定了忍者喜欢乱世，这是其阴翳生活的又一体现。当葛笼重藏问到黑阿弥京都的形势的时候，黑阿弥说不理想。他指的是京都的日常生活一直平稳，没有需要忍者附庸于统治者的机会。忍者是乱世才有的英雄。

> 乱波とは、乱世の技術者ともいえた。いつ、どの綻びから世が乱れるかという予兆を、彼らはいつも見探っている。まして、この二人は秀吉を斬ろうとしている。斬るだけではなく、その事に端を発して世が乱れるということを彼等の依頼主が望んでいるとすれば、京の市民の間に秀吉への怨嗟の声があがっていなければ、この仕事はやりにくかった。①

他们两人期待丰臣秀吉的朝鲜进攻计划给百姓带来生活的压力，带来社会的不满与动荡，便于他们下手。

《枭之城》描写了忍者的阴翳生活，他们生活在恐惧与不安中。作为一个合格的忍者，他们需要随时紧绷神经，应对一切面对生死存亡的紧急情况。"刃物の上を素足で渡るようなこの職業にとって、技術の巧拙よりもむしろそれを支えている魂のきびしさがかれらの第一義とされてきた。"② 虽然由于和平时期忍者没有受委托工作的机会，很多忍者不得不靠乞讨来生活，但是"乞食にまで身を下げたことは堕落とはいえない。しかし精神の腱に緩みが生じていることは、我慢のならぬほどの堕落であった"③。这种对精神上高度紧张的要求使得忍者神经得不到放松。作为一名合格的忍者，可能会有能力长期保持精神上的高度警惕，

---

① 司馬遼太郎：『梟の城』，新潮社 1999 年版，第 124 頁。
② 司馬遼太郎：『梟の城』，新潮社 1999 年版，第 337 頁。
③ 司馬遼太郎：『梟の城』，新潮社 1999 年版，第 337 頁。

但是作为一般的忍者就很容易陷入恐惧与不安之中。忍者不需要进行训练来克制自己的怯懦，而是自然而然地心中抱有恐惧才是。①

虽然《枭之城》充满了对忍者生活的阴翳描写，但是也存在着对平和生活的追求。

第三节　残酷描写与平和追求

关于忍者的生活，《枭之城》进行了深入一步的探求。

作品借阿簾的心理活动指出了忍者命运的悲惨。当阿簾一个人被所谓的恋人风间五平暴露在敌手之下后，舍弃自己的一条手臂才得以脱逃。她的手臂十分疼痛，让她忍不住哭泣起来。"風間五平が、自分を見捨てたということを木さるはあの瞬間から気づいている。しかし五平を恨む気持はふしぎと起らず、それよりも忍者の仕事のおろかしさを、自分と五平を含めた感情で、ひしひしと思った。五平もいずれは、こうなる身だ、という感慨が、木さるの脳裏のどこかで息づきはじめていた。忍者を続けている限り、五平の五体も、いずれは木さるの今の身になる運命にある。"② 阿簾并不痛恨风间五平，她道出了忍者的悲惨命运。她悄悄地回到故乡，从此过起了平静的生活。

同样地，作者在对葛笼重藏刺杀丰臣秀吉当天准备工作的描写中，道出了葛笼重藏作为忍者的悲哀。

　　むろん、重蔵のこの行動の発源が、そうした暗い復仇の精神からのみでていたものではなかった。それを遂げなければ、重蔵の生涯は成立しそうになかったのだ。それは忍者の悲しみともいえた。いつの場合でも他人から与えられた目的のために、おのれと他をあざむき通すこの職業の生涯にとって、太閤を殺すという一見無意

---

①　司馬遼太郎：『梟の城』，新潮社1999年版，第135頁。
②　司馬遼太郎：『梟の城』，新潮社1999年版，第456—457頁。

味の一事は、唯ひとつの真実であるとも言えはしまいか。この一事によってのみ、重蔵の虚仮な生涯は、一挙に美へ昇華するように思えたのである。①

葛笼重藏刺杀丰臣秀吉已经超越了复仇的目的，葛笼重藏是为了完成使命而继续这项刺杀工作的。作者认为这就是忍者的"悲哀"。因为忍者一生总是为了完成别人交给的任务，而欺骗自己和他人。结果，刺杀丰臣秀吉这件看似对葛笼重藏没有意义的事对他来说却成为唯一一件真实的事。仿佛就因为这样的一件事使葛笼重藏虚幻的一生得以瞬间获得向美的升华。忍者的悲哀体现在没有自我的生活上。

随着暗杀行动的展开，葛笼重藏意识到了时代的更迭，丰臣秀吉掌权时代的社会虽然也存在危机，但是已经步入相对平稳的状态。忍者没有了生存的空间，他们只好做乞丐或者靠偷窃度日，忍者这一职业已经是不切合时代脉搏的存在。当葛笼重藏终于成功潜入伏见城面对丰臣秀吉时，他看到了一个衰老、羸弱的普通老人——丰臣秀吉。葛笼重藏深深地感到自己刺杀使命的可笑。

重蔵は起ちあがって、くすりと笑った。気の毒でもあり、おかしくもある。自分の身勝手さがおかしかったのである。しかし、これで永いあいだ体のどこかで鬱していた悪血が吹き散ったような爽快感もあった。思えば、人生は不満にみちている。抑鬱が重なれば、それを晴らすために人間の精神は、もっともらしい目的を考えつくものだ。重蔵は秀吉を殺そうとしたが、それは殺さなくても、殺すに価するような激しい行為さえすれば、抑鬱は、自然、霧消もする。②

---

① 司馬遼太郎：『梟の城』，新潮社 1999 年版，第 487—488 頁。
② 司馬遼太郎：『梟の城』，新潮社 1999 年版，第 503 頁。

葛笼重藏在与丰臣秀吉的口头争执中，气愤不过使足力气打了丰臣秀吉一拳，把丰臣秀吉打晕了。这一拳已经使葛笼重藏把一直以来郁积下来的不痛快驱散，即使不杀丰臣秀吉也解了心中的怨气。回想自己多年来一直以刺杀一个身体虚弱的丑老人——丰臣秀吉为最终目标而生活过来，他感到十分滑稽，忍不住笑了。他在打昏丰臣秀吉之后，离开了丰臣秀吉的卧室，并选择放弃忍者这一生活方式。

追求和平世界的思想在葛笼重藏与小荻这里得以体现。他们放弃了忍者身份，隐居在山区里享受着普通的日常家庭生活。作者把作品落到了平和的世界。

在《枭之城》之后，司马辽太郎在忍者小说中进一步描写了忍者的悲惨命运。代表性的短篇小说《飞人加藤》和《果心居士的幻术》的主人公拥有超人的幻术以及隐身术，分别被上杉谦信（1530—1578 年）和丰臣秀吉（1536—1598 年）所雇用，但是其惊人的技艺使主人感到威胁与不安。飞人加藤虽然逃离了上杉谦信的毒酒，但是没能躲避开武田信玄（1521—1573 年）的枪弹。果心居士有着印度血统，眼窝凹陷，皮肤黝黑，与众不同，24 岁被师父从奈良兴福寺开除之后，有 20 年不见踪迹，有人说他去深山修炼技法，有人说他去印度进一步学习婆罗门幻术。后来他被松永弹正（1510—1571 年）雇用，但是他的幻术令松永弹正感到恐惧，被欣然应允离开。果心居士另投丰臣秀吉处，但是当丰臣秀吉看到果心居士再现出已经死去的女人的亡灵时，心生恐惧，派大峰山的修炼者砍杀了果心居士。以上作品的主人公虽然忍术超群，但是都难以逃脱悲惨的命运。对忍者悲惨命运的描写进一步印证了忍者的悲剧身份。长篇小说《风神之门》是司马辽太郎的最后一部忍者小说。主人公真田十勇士①之一的雾隐才藏和葛笼重藏一样都是忍者，在经过了一系列的打打杀杀之后，雾隐才藏也和葛笼重藏一样离开忍者的世界，与喜欢的女子生活在一起。在追求平和生活这一点上，《风神之门》与《枭之城》实

---

① 真田十勇士：追随丰臣秀吉的著名武将真田幸村手下的十勇士，以猿飞佐助、雾隐才藏最为知名。

现了首尾呼应。

司马辽太郎的忍者小说创作于1959—1962年期间。在1945年第二次世界大战期间，日本的大众文学形象多为以吉川英治（1892—1962年）《宫本武藏》（1935—1939年）为代表的一心求道的英雄形象，但是到了战后，美国驻军有一段时间禁止了打斗内容的大众文学作品的出版，解禁之后的日本大众文学出现了像柴田炼三郎笔下的眠狂四郎（《眠狂四郎无赖控》，1956年5月8日—1958年3月31日《周刊新潮》连载）那样的冷血、虚无的剑士形象。狂眠四郎是高层武士"旗本"家的女儿被弃教的荷兰传教士强奸之后生下的混血儿，他用他的独特剑法——"圆月杀法"来杀人。有评论家认为："在《眠狂四郎无赖控》系列作品中已经可以看到柴田炼三郎作品的特征要素——'杀的美学''灭亡美学''虚无美学''自虐精神''宿命哲学'。"① 看来，杀人与虚无、自虐等也有时被当作一种美学来看待，这可能也是日本独特的文化所致吧。这一时期的大众文学作品中多出现对裸体的美女和残虐的打杀场面的描写。

几乎在忍者小说热的同时，日本大众文学界正流行着"残酷热"。残酷热以作家南条范夫（1908—2004年）为代表。1956年他以《点灯鬼》获直木奖，1959年的《残酷物语》与1961年的《被虐的系谱》引发了大众文学创作领域和影视界的"残酷热"。南条范夫描写了战国时期（1467—1615年）到江户时期武士社会中出现的各类奇怪而残酷的刑罚与事件。南条范夫的创作动机是什么呢？

> 南條範夫によれば、武士道の中で他の道徳と違うのは忠君のみで、それでは、忠君とは何かといって分析してみると、結局一人のバカみたいな殿様のために何百何千という人間が自分を殺してつとめなくてはならない。それが日常のこととして何百年も続く、これほど残酷なことはなく、そこから封建時代の主従関係をサディ

---

① 大衆文学研究会：『歴史・時代小説事典』，実業の日本社2000年版，第173頁。引者译。

ズムとマゾヒズムの関係に置き換える独自の残虐史観が生まれてくるというわけだ。①

据著名历史小说、时代小说评论家绳田一男的分析，南条范夫认为300年的武士统治灌输给了日本人盲目忠君的思想，造就了日本人受虐的精神结构，它们已经融入日本人的血液。②

南條範夫の残酷ものの恐ろしさは、社会秩序の問題としての残酷を追っていきながら、それがいつの間にか、私たちの中にも流れている日本人の血の問題につながり、そしてそれが、いつ誰の中から目ざめるとも限らない、人間の本性に根ざす残酷さに摩り替わっていく点にあるのである。③

南条范夫的作品中有统治者的残虐以及对统治者的盲目服从，还有由此受到的伤害。南条范夫的作品想说的是，忠君作为封建社会的道德标准，导致了君主的专制与残虐，同时也左右了一般人的思想，融入一般人的行动，成为人们的行为准则。现代社会虽然没有了战争，也没有了封建制度，但是安保斗争激烈，日常工作过于劳累导致"过劳死"，学习、工作面临各种各样的竞争，追名逐利令人利令智昏。这些都是同样性质的残酷问题。"残酷热"的流行可以说是现代人心理的反映吧。

司马辽太郎的忍者小说有不少残酷打杀的片段，体现了那个时代并间接体现了当今时代的严酷性，同时，反映了人们追求平和的另一侧面。除了司马辽太郎之外，忍者小说的作家还包括山田风太郎、柴田炼三郎、村山知义等。同样是忍者小说但是不同作者的创作风格以及创作动机略有不同。山田风太郎是最著名的忍者小说家。《别册宝岛》杂志发行的特集《不读这本时代小说不能死》（1996年）上，有18名研究者推出了一

---

① 縄田一男：『時代小説の読みどころ』，日本経済新聞社1991年版，第52—53頁。
② 縄田一男：『時代小説の読みどころ』，日本経済新聞社1991年版，第53頁。
③ 縄田一男：『時代小説の読みどころ』，日本経済新聞社1991年版，第53頁。

系列的大众文学作家及作品。其中山田风太郎的作品 28 部，数量位居第一。司马辽太郎和池波正太郎的作品各 16 部，并列第二，柴田炼三郎的作品 15 部，位居第四。山田风太郎的作品极受推崇。① 在中国，山田风太郎被介绍说："在其作品中所描述的忍术多达 250 种，对忍术描写细腻真实，让人身临其境，是日本奇幻忍术小说中地位最崇高的作家，被誉为'日本的金庸'。"② 山田风太郎毕业于东京医科大学，他充分利用所学到的医学知识以及想象力，使他作品描写的特异功能极其丰富，甚至遍布全身。在代表作《魔界转生》（1964 年）中，武者的转生方法就很奇异：把一名女子作为"忍体"，使其与希望转生的男子发生性关系。之后男子的躯体就像灵魂出窍一般只剩下一层皮，再生的萌芽在女性忍体之内发生变化。"最开始长在子宫中，然后融化掉子宫，在整个腹腔中孕育，最后把整个身体当作子宫，像出壳的鸟一样诞生出来一个人。"③ 村山知义的作品《忍者》共计 5 部，在日本共产党机关杂志《赤旗》连载。村山知义意图通过《忍者》探求日本人的民族性，在探求民族性欲求淡薄的 20 世纪 60 年代以后的大众文学中，是一个特异的存在。④ 村山知义 1944 年作为左翼运动人士被判刑 2 年，缓期执行 5 年，停止一切创作活动。1945 年 3 月他去了朝鲜，在那里看到了被日本占领的朝鲜人窘迫的生活实态，这在《忍者》的第三部间接得以体现。他甚至在第三部的第四章至第八章主要描写了日本侵略朝鲜时，日军与朝鲜李舜臣军队之间的战役，以及当时日本军队的残虐行为，影射了近代侵略战争期间日军对朝鲜人民的凶残。⑤

综上所述，司马辽太郎的忍者小说描写了忍者生活的残忍，赞美了忍者执着地把忍者技术提高到极致的追求以及默默无闻、不求名利的生

---

① 樱井秀勋：『この時代小説は面白い』，编书房 1999 年版，第 87 页。
② 山田风太郎：《柳生忍法帖》，韩锐译，北岳文艺出版社 2006 年版。
③ 山田風太郎：『魔界転生』上，角川书店 1980 年版，第 62 页。
④ 岛村辉：《「忍者」という立場（スタンス）——『忍びの者』における「民族」と「大衆」》，《日语学习与研究》2009 年第 1 期，第 8—14 页。
⑤ 安宅夏夫：「村山知意『忍びの者』」，『大衆文学研究』第 110 卷，1996.5，第 16—17 页。

活态度，但是最终的结论是放弃忍者身份，享受平和的生活。

虽然司马辽太郎的创作初期以异想天开的文学作品为开端，并创作了忍者题材的多篇作品，但是司马由这些日本历史题材的作品创作逐渐转化为对历史更加关注的历史小说的创作，其题材除了日本之外，还涉及东亚各国，其创作体现了司马对日本、对东亚的认识。以下将做具体分析。

第二章

司马辽太郎眼中的日本

司马辽太郎的东亚观需要结合他的日本观来认识。

司马作为士兵亲身经历了第二次世界大战,为日本发动这样的战争感到耻辱,他认为这是一场愚蠢的战争。在描写日俄战争的长篇历史小说《坂上之云》(1968—1972 年)第一部的后记中,司马写道:

> たえずあたまにおいているばく然とした主題は日本人とはなにかということであり、それも、この作品の登場人物たちがおかれている条件下で考えてみたかったのである。①

由此可见,《坂上之云》的创作是为了揭示日本人到底是什么,何为日本人。另外司马还创作了《坂本龙马》(1962—1966 年)、《新选组血风录》(1962—1963 年)、《源义经》(1966—1968 年)、《坂上之云》、《宛如飞翔》(1972—1976 年)等以日本古代尤其是战国时期、幕府末期、日俄战争时期等风云动荡的时代为背景的长篇历史小说。这些创作包含探求"何为日本人"的因素。

同时,司马发表了大量的评论、随笔、对谈。如评论集《この国のかたち(这个国家的形象)》(1986 年 3 月—1996 年 4 月《文艺春秋》连载)、《昭和という国家(昭和这个国家)》(1986 年 5 月—1987 年 3 月

---

① 『司馬遼太郎全集』第 24 卷『坂の上の雲』第 1 卷,文藝春秋 1981 年版,第 273 頁。

NHK 教育台 12 次放映，日本放送出版协会 1999 年出版）、《明治という国家（明治这个国家）》(1989 年 10—11 月 NHK 电视台 6 次放映，日本放送出版协会 1989 年出版）等。还有对谈集《日本人を考える（思考日本人）》(1969 年 11 月—1971 年 4 月《文艺春秋》不定期登载）、《日本歴史を点検する（点检日本历史）》（讲谈社 1970 年）、《日本人と日本文化（日本人和日本文化）》（中央公论社 1972 年）、《日本人の顔（日本人的脸）》(1975 年 3 月 25 日号《周刊朝日》)、《日本人の内と外（日本人的内与外）》（3 集，1977 年 1—7 月《中央公论》登载）、《日本語と日本人（日语与日本人）》（读卖新闻社 1978 年）、《国家・宗教・日本人》(1995 年）、《日本人への遺言（给日本人的遗言）》(1996 年 3 月 1 日号、3 月 8 日号《周刊朝日》)、《日本とは何かということ（何谓日本）》（日本放送出版协会 1997 年）等。这其中可以窥见司马辽太郎的日本观。

下边结合司马的文学创作对其日本观进行分析。

第一节 对江户、明治时代的赞美

司马作品的题材基本集中在战国时期、江户时代末期、明治时代的初期以及日俄战争前后等社会激烈动荡的时期。在这些作品中可以看出司马对日本历史的认识。

一 对江户时代的赞美

司马辽太郎的长篇历史小说《菜花盛开的海滨》（1979—1982 年）所描写的时代是江户时代末期。江户时代持续了近 270 年，司马在作品中对江户时代的评价一分为二。

首先，司马在作品中对江户时代长期采取锁国政策①带来的弊端持批

---

① 锁国政策：江户幕府在 1639 年至 1853 年共计 215 年期间执行的政策。包括禁止基督教的传播与信仰；拒绝西班牙、葡萄牙船只来航，禁止与其通商；与荷兰、中国的贸易仅局限于长崎，并要求荷兰人、中国人居住在固定的区域；禁止一切日本人航行海外，不接受海外日本人回国；等等。

评态度。这主要体现在《菜花盛开的海滨》对大黑屋光太夫等漂流难民归国后遭到日本政府幽禁处理的描写上。① 关于日本对漂流难民的处理方式在这次日本政府向俄罗斯人拉克斯曼递交的声明书中表达得一清二楚。文中有以下字句："ロシアに漂着した日本人があっても送還は無用である。これに反したときは上記の法律が適用される。""日本政府は臣民が本国に送還されることを感謝はするが、その者を下船させるも、乗船のまま連れ帰るも、それはロシア人の勝手である。なぜならば日本の法律によれば、難船による漂流者は流着して救助された国に属するものであるから、是非ともその者を受け取ろうとするものではない。"② 也就是说漂流到其他国家的日本人属于该国家，用不着被送回日本，如果违反则会受到相应的处罚。

锁国政策的弊端在嘉兵卫经历的日俄接触中同样明显，这主要表现在幕府在日俄关系的处理对策方面，小说借主人公嘉兵卫之口进行了批判。

  嘉兵衛は、日本政府を愚かしく思った。ロシアであれ他の外国であれ、幕府はそれと接触するのに、おそれやあなどりといった無用の感情を持ちすぎる。日本も国家なら、相手も堂々たる国家ではないか。その使者は自国を愛し、自国のためには命もすてるという者たちである。
  そういう相手の立場を、単に、
  ——異人(えびす)である。
  という一個の観念のもとに切りすててことさらに無神経になろうとしているのが、幕吏であった。③

---

  ① 『司馬遼太郎全集』第 44 卷『菜の花の沖』第 3 卷，文藝春秋 1984 年版，第 379—380 頁。
  ② ［俄］ゴローニン：『日本俘虜実記』，德力真太郎訳，講談社 1986 年版，第 33—34 頁。
  ③ 『司馬遼太郎全集』第 44 卷『菜の花の沖』第 3 卷，文藝春秋 1984 年版，第 373 頁。

第二章　司马辽太郎眼中的日本　◇　39

　　嘉兵卫和リコルド乘俄方军舰抵国后岛的港口——泊附近海面，派和自己一起被俄罗斯当人质带到堪察加的金藏、平藏于 1813 年 5 月 26 日登岸，试探岸上的反应。金藏、平藏回来时带回被日方退回来的俄罗斯方面的赠礼和日方的信函。嘉兵卫认为此信函就相当于国书，他对日本方面没能派出高级别的官员堂堂正正地与俄罗斯正面接触，感到失望，嘉兵卫总结道：

　　歴史的結果としての日本は、世界のなかできわだった異国というべき国だった。国際社会や一国が置かれた環境など、いっさい顧慮しない伝統をもち、さらには、外国を顧慮しないということが正義であるというまでにいびつになっている。外国を顧慮することは、腰抜けであり、ときには国を売ったものとしてしか見られない。①

　　嘉兵卫认为日方还是重复对レザノフ到长崎时的冷漠应对方式，令对方感到受辱，使对方对日本抱有不必要的怨恨，这样做的结果是进一步导致激烈的冲突。嘉兵卫预见到了这次日方信函措辞的强硬，因此建议リコルド不要打开信函，由自己上岸以中立的立场与日方交涉。这样，经过他的周旋，终于局面得以扭转，避免了日俄矛盾深化，促成了日俄双方的正式谈判。

　　另外，司马对江户时代赞许有加，认为江户时代给之后的明治时代留下了众多遗产，比如古典戏剧净琉璃对人们修身的作用就是其中之一。另外，在组织机构方面：

　　……以後二百数十年をかけて非常に精密な封建国家をつくっていきます。これはこれで、わるくないものでした。二百数十藩に分れて、その藩ごとに自治があって、そして藩ごとに文化あるいは学問

---

① 『司馬遼太郎全集』第 44 卷『菜の花の沖』第 3 卷，文藝春秋 1984 年版，第 375 頁。

のそれぞれのちがいがあって、互いに競い合い、かつ商品経済をになう町人や農民が力を得てきて合理主義思想を展開し、それらが互いにからみあって、いわゆる江戸文化を高めたという点では、われわれの重要な財産だと思っています。①

司马肯定了江户时代采用的幕藩体制，强调在江户时代，德川幕府家不是皇帝或者国王，仅仅是一个比较大的大名，是大名同盟的盟主而已，而号称300诸侯的大名的统治是相对独立自主的。这些大名中虽然也存在独裁者，但是大多数大名相当于现在的法人，以一个组织机构的形式管辖整个藩，也就是说大名虽然是一个藩的藩主，但是不是绝对的统治者。这样的体制使得江户时代培养出了丰富多彩的藩风和江户时代生活的多样性。②

其次，司马认为江户时代促进了商品经济。在经商的过程中，嘉兵卫深深地感到："いまは、商いの世だ。"③ 以往自给自足的时代已经不能满足人们的需要，商业是必不可少的。因为货币经济促进了经济流通，促进了各个地域的商品交流与发展，司马对江户时代的流通经济持赞许的态度，同时赞美了江户商人代表——高田屋嘉兵卫的商魂。鹫田小弥太评论说：

高田屋嘉兵衛は、「商魂」の持ち主です。ふつう商魂といったら、がめついとか、えげつない、を連想するんじゃないでしょうか。しかし、嘉兵衛のは、儲けながら、なおかつ筋目（logic）を通じます。これが商売ですね。商売というのは儲けということです。しかし、相手にも儲けさせなければ商売にならない。自分だけが儲けて、相手に損をさせるような商売は、一回限りで終わりなんです。相手を気持ちよくさせながら、自分も気持ちよくな

---

① 司馬遼太郎：『「明治」という国家』，日本放送出版協会1989年版，第217頁。
② 司馬遼太郎：『「明治」という国家』，日本放送出版協会1989年版，第66—67頁。
③ 『司馬遼太郎全集』第43巻『菜の花の沖』第2巻，文藝春秋1984年版，第119頁。

る。……嘉兵衛は、ビジネスで「商魂」を発揮しただけでなく、国事や外交にかかわる際にも、それを貫いたんです。①

商人虽然以营利为目的，但是嘉兵卫认为，经商既要自己盈利，也要对方盈利，如果对方不能盈利，那么就不是经商，不会长久。他把这种方法也应用到国家的事务和外交中去。为此，嘉兵卫对商人的经商原则加以如下界定：

世に商人ほど、物や人を見る目と姿勢が冷静なものはないと嘉兵衛は思っていた。
——商人たる者は、欲に迷うな。
とさえ、嘉兵衛は、自分の手育ての者たちに教えてきたのは、一種の極端な表現であった。利と欲とは違うのだということを教えるための表現で、世間をひろく見渡すに欲で商いをする者はたとえ成功しても小さくしか成功せず、かりに大きく成功してもすぐにほろぶ、ともいった。②

嘉兵卫认为商人要冷静，要无欲。如果靠欲望来经商，即使成功也是一次小的成功，即使是获得大的成功那么接踵而来的可能就是毁灭。"嘉兵衛は生涯、金銭に淡泊であった"③、"嘉兵衛の情熱は理想的な大船をつくって蝦夷地と兵庫を往復したいということのほか、なんの欲得もない"④。

另外，嘉兵卫在商品上追求高品质：

……一流のものを好むというのは嘉兵衛の商法というより、性格

---

① 鷲田小彌太：『司馬遼太郎　人間の大学』，PHP 研究所 2004 年版，第 52 頁。
② 『司馬遼太郎全集』第 43 卷『菜の花の沖』第 2 卷，文藝春秋 1984 年版，第 218 頁。
③ 『司馬遼太郎全集』第 42 卷『菜の花の沖』第 1 卷，文藝春秋 1984 年版，第 106 頁。
④ 『司馬遼太郎全集』第 42 卷『菜の花の沖』第 1 卷，文藝春秋 1984 年版，第 417 頁。

もしくは哲学によるものらしかった。
　　このことは、自然、のちのち高田屋の品物の信用につながった。俵に、
　　「高田屋」
　　という経木がついているかぎり、買い手が、俵の中身の検査をぜずに買う。このことは、諸国のどの湊のどの問屋でもそのようにするようになったが、……①

嘉兵卫在追求高品质商品的同时，收获了信誉，使得经营得以良性运转。可见，嘉兵卫是司马笔下理想的江户商人形象。

司马认为实学家的产生也是江户时代的遗产之一。他在《菜花盛开的海滨》中描写了不少实学家，有日本西洋画草创者、日本写实画的鼻祖司马汉江（1738—1818 年），还有在北海道以及北方诸岛考察、开发方面活跃的工藤平助（1734—1800 年）、本多利明（1743—1821 年）、高桥三平（1758—1833 年）、间宫林藏（1775—1844 年）等。他们都是司马心目中江户时代的文化遗产。司马赞颂他们从科学的视角进行科学勘察与研究。在论著中，司马认为正是江户商品经济的发展很大程度上促进了江户时期理性科学的发展。

　　江戸初期をすぎて中期にさしかかることに、魅力的な思想家がずらりと並ぶんですね。新井白石とか荻生徂徠とか、それから本多利明という科学思想家とか、海保青陵という経済学者とか、あげていくとキリがなくなるほどです。
　　この現象はオランダと関係がなく、日本の国内において大いに沸騰した流通経済、貨幣経済、商品経済の沸騰が生んだものでしょう。物を合理的にみるというのは経済がつくりだしたものなので

---

① 『司馬遼太郎全集』第 43 巻『菜の花の沖』第 2 巻，文藝春秋 1984 年版，第 395 頁。

す。しかし、その合理主義に筋みちを与えるいわば触媒の役目を
　　したのは、あまり過大に考えるとまちがうにせよ——なにしろ鎖
　　国下ですからね——やはりオランダからの見えざる合理主義思想
　　の浸透ということがあるでしょう。①

　司马认为不能排除荷兰合理主义对日本潜移默化的影响，肯定了经济发展对合理主义的促进作用。

　在教育方面，司马赞颂了大坂的教育水平。由于大坂与外界商船频繁的贸易往来，大坂诞生了不少教学生读写、打算盘的私塾，还有不少寺子屋。另外，大坂在江户时代还是出版业最发达的城市，书籍数量较多。漂流难民传兵卫就是很好的例子，他在俄罗斯皇帝的命令下担任了日语学校的老师，但是他仅仅是大坂下边一个城镇当铺的年轻店主而已。②

　总之，江户时代虽然是一个已经过去的封建时代，但是司马对其否定的同时，给予了相当肯定的评价。而且将这种评价延伸到继承了江户时代文化的明治时代。

　　明治時代は不思議なほど新教の時代ですね。江戸期を継承して
　　きた明治の気質とプロテスタントの精神とがよく適ったということ
　　ですね、勤勉と自律、あるいは倹約、これがプロテスタントの特
　　徴であるとしますと、明治もそうでした。③

以上不乏对明治时代的赞美之词。

二　对明治时代的肯定与否定

长篇历史小说《坂上之云》以明治时代日俄战争之前的社会生活为

---

① 司馬遼太郎：『「明治」という国家』，日本放送出版協会1989年版，第234頁。
② 司馬遼太郎：『世界のなかの日本』，中央公論社1992年版，第93—94頁。
③ 司馬遼太郎：『「明治」という国家』，日本放送出版協会1989年版，第160頁。

背景。关于明治时代，司马认为那是贫困的时代，国民饥寒交加的时代。

> ……われわれが明治という世の中をふりかえるとき、宿命的な暗さがつきまとう。貧困、つまり国民所得のおどろくべき低さがそれに原因している。①

但是司马认为人们已经习惯了寒冷与贫困，同时由于封建时代的持续影响，人们都克制自己的欲望。尊重自我的思想仅仅是东京一部分沙龙的讨论内容而已。加上其他一些因素，结果"一国を戦争機械のようにしてしまうという点で、これほど都合のいい歴史時代はなかった"②。而且司马在描写日军攻击旅顺 203 高地以占领旅顺港的制高点时，提到战争要求明治的平民付出了很多，而且即使是战场上多么无能的军官指挥作战，士兵都不能临阵脱逃，否则将被以"抗命罪"判以死刑。即便这样他们也并没有感到痛苦，而是把明治国家当作一个宗教的对象来加以崇拜。

> が、明治の庶民にとってこのことがさほどの苦痛でなく、ときにはその重圧が甘美でさえあったのは、明治国家は日本の庶民が国家というものにはじめて参加しえた集団的感動の時代であり、いわば国家そのものが強烈な宗教的対象であったからであった。二〇三高地における日本軍兵士の驚嘆すべき勇敢さの基調には、そういう歴史的精神と事情が波打っている。③

关于司马笔下的明治庶民把明治国家当作宗教对象加以崇拜这一点，远藤芳信评论道：

> ……司馬は近代国家という庶民にとっての支配構造の「重さ」を

---

① 『司馬遼太郎全集』第 24 卷『坂の上の雲』第 1 卷，文藝春秋 1981 年版，第 423 頁。
② 『司馬遼太郎全集』第 24 卷『坂の上の雲』第 1 卷，文藝春秋 1981 年版，第 423 頁。
③ 『司馬遼太郎全集』第 25 卷『坂の上の雲』第 2 卷，文藝春秋 1981 年版，第 330 頁。

認めつつ、「明治期」や近代国家・国民国家が信仰の対象になっていたことを強調したのである。つまり、正岡子規などに代表される「明治人」にとっては、「明治期」や近代国家・国民国家は一種の宗教団体であり、かれらはその無邪気な「信者」であった。「明治期」や近代国家・国民国家が宗教団体や国家神話として成立したことの強調である。その宗教団体の「教義」には、司馬も諸々で指摘するように、明治維新のスローガンであった尊王攘夷や富国強兵などもふくまれる。①

远藤认为明治时代使日本迈向近代国家这一目标，虽然给国民带来极大的负担，但是司马强调说在明治时代近代国家、国民国家这些概念成了正冈子规、秋山好古、秋山真之等国民的信仰对象。这其中也包括明治维新的口号"尊王攘夷"和"富国强兵"。国民成为狂热的信徒。这种狂热使国民对日俄战争给以极大的支持。

虽然明治时代对于战争过于狂热，国民生活过于困窘，但是司马辽太郎对明治时代从总体上来说是极其赞美的。他在《明治这个国家》中认为明治虽然有很多缺点，但是只能说他很伟大。② 他把明治看作是一个新教的时代，从江户时代继承下来的明治精神包括勤勉、自律、节俭，这正是清教徒的精神要求，这是推动事物的发展的动力。③ 同时，从江户时代继承下来的清洁与整顿的习惯也与清教徒相似。比如江户时代的木匠在干完工作之后干干净净地打扫完工作间，还把工具研磨得光亮如新，就像工具代表了自己的灵魂一样。不只木匠，这种劳动伦理和习惯也大大地提高了明治国家这个内燃机车的爆发力。④《明治这个国家》一经出版，一个半月内就印刷了六次，极受读者欢迎。

---

① 遠藤芳信：『海を超える 司馬遼太郎——東アジア世界に生きる「在日日本人」』，フォーラム・A1998 年版，第 228 頁。
② 司馬遼太郎：『明治という国家』，日本放送出版協会 1989 年版，第 6 頁。
③ 司馬遼太郎：『明治という国家』，日本放送出版協会 1989 年版，第 160 頁。
④ 司馬遼太郎：『明治という国家』，日本放送出版協会 1989 年版，第 184—185 頁。

司马辽太郎虽然赞颂明治时代，但是他不得不承认日俄战争还存在一些遗留问题。以至于这些遗留问题对后来的大正时代（1912—1926 年）与昭和时代（1926—1989 年）造成根本性的影响。

　　しかし、戦争は勝利国においてむしろ悲惨である面が多い。日本人が世界史上もっとも滑稽な夜郎自大の民族になるのは、この戦争の勝利によるものであり、さらに具体的にいえば右の参謀本部編の『日露戦史』で見られるようにこの戦争の科学的な解剖を怠り、むしろ隠蔽し、戦えば勝つという軍隊神話をつくりあげ、大正期や昭和期の専門の軍人でさえそれを信じ、以下は考えられぬようなことだが、陸軍大学校でさえこの現実を科学的態度で分析したり教えたりしたことがなかったということである。日本についての迷蒙というものは、日露戦争までの日本の指導層にはなかった。なかったからこそ、自分の弱さを冷静に見つめ、それを補強するための戦略や外交政略を冷静に樹立することができた。もし日露戦争がおわったあと、それを冷静に分析する国民的気分が存在していたならばその後の日本の歴史は変わっていたかもしれない。①

所谓遗留问题就是：日本在日俄战争中成为战胜国，但是这导致了日本的夜郎自大。关于日俄战争的某些论著对日俄战争缺乏科学的分析，故意遮蔽其弱点，创造出军队神话。连陆军大学也不能进行正确的分析。司马认为如果国民整体能够冷静分析的话，日俄战争之后的日本历史恐怕会被改写。司马在《坂上之云》第二部后记中写道：正是由于日俄战争胜利后国民不知真相，变得极其狂躁，导致了 40 年后发动太平洋战争，也导致了战争失败。日俄战争犯了错误，太平洋战争还是重复犯遮蔽事实的错误，当代仍是如此。

---

① 司馬遼太郎：『歴史の中の日本』，中央公論社 1976 年版，第 95—96 頁。

戦後の日本は、この冷厳な相対関係を国民に教えようとせず、国民もそれを知ろうとはしなかった。むしろ勝利を絶対化し、日本軍の神秘的強さを信仰するようになり、その部分において民族的に痴呆化した。日露戦争を境として日本人の国民的理性が大きく後退して狂躁の昭和期に入る。やがて国家と国民が狂いだして太平洋戦争をやってのけて敗北するのは、日露戦争後わずか四十年のうちのことである。敗戦が国民に理性をあたえ、勝利が国民を狂気にするとすれば、長い民族の歴史からみれば、戦争の勝敗などというものはまことに不可思議なものである。①

　对此，司马认为只要是事实，就不要因为对自己不利而加以遮蔽，应该像欧洲各国一样只要是事实就留存下来。司马对欧美的做法深表敬意，② 对日俄战争以后的日本十分失望。虽然司马曾经有过很强的愿望创作以诺门坎战役（又称"诺门罕战役"，1939年中蒙边境日本与俄蒙联军激战，日本方面惨败）为题材的历史小说，以此对日本敲响警钟，但是最终还是放弃了这一伤脑筋的愿望。仅仅在59岁时创作了《人々の跫音（人们的跫音）》（1979年7月—1981年2月《中央公论》连载）。

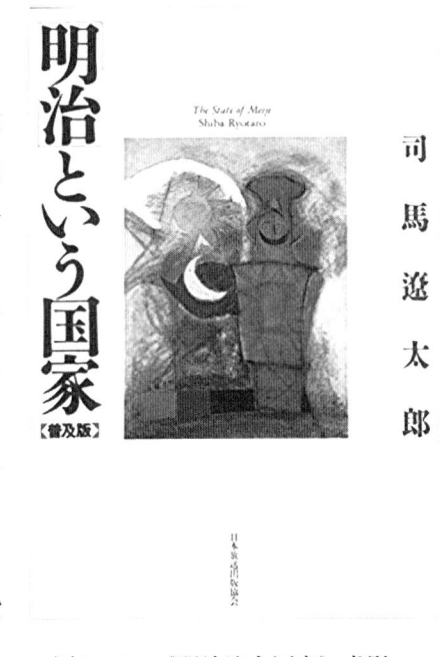

图 2-1　《明治这个国家》书影

　虽然司马对日俄战争之后的日本持否定态度，但是赞赏日俄战争之

---

① 『司馬遼太郎全集』第24巻『坂の上の雲』第1巻，文藝春秋1981年版，第506頁。
② 司馬遼太郎：『歴史の中の日本』，文藝春秋2006年版，第106頁。

前的明治时代积极的一面。这一点和 1968 年的明治百年庆典日本政府首脑的观点相重叠。在庆典的第一次筹备会上，佐藤荣作（1901—1975 年）首相以"回顾明治的伟大"为题发表了演讲。演讲中没有谈到甲午战争、日俄战争，也没有谈到明治的惨烈，而是将战后的高度经济成长与"伟大的明治"联系在一起。① 司马 1989 年撰写的《明治这个国家》对明治继续加以颂扬，表明了司马对明治的赞美态度的一贯性。

对于明治时代的评价，不少专家表示了不同意见，牧俊太郎对明治时代用士兵的身体来抵挡俄军枪炮的精神主义持否定态度，他认为这一精神主义一直延续到昭和时代的第二次世界大战。

> 『坂の上の雲』は、昭和・太平洋戦争期の「最高指導者群」を日露戦争期のそれとは「別種」としているが、別種どころか、その「合理的計算思想」の欠如、「技術を肉弾でおぎなう」という「精神主義」のDNAはすでにこの時期、いや明治の草創期にあり、それを日露戦争のなかで最高指導者が「無力」にも是正できないまま、昭和に引き続いたということではないだろうか。先に見たように、作品も陸軍についてはそれを認めている。②

牧俊太郎批判日本军队一直贯彻日俄战争时期的精神主义，缺乏合理的战略统筹，用肉体来弥补技术，这种精神主义的 DNA 一直被继承下来，他指出司马《坂上之云》对明治的高度赞扬是片面的。

第二节 "脱亚论"与"国民战争"主题

司马对日本的认识主要表现在"脱亚论"与"国民战争"主题作品

---

① 牧俊太郎：『司馬遼太郎「坂の上の雲」なぜ映像化を拒んだか』，近代文藝社 2009 年版，第 120—121 頁。

② 牧俊太郎：『司馬遼太郎「坂の上の雲」なぜ映像化を拒んだか』，近代文藝社 2009 年版，第 39 頁。

的创作上。

一 "脱亚论"实质

"脱亚入欧"是明治维新后福泽谕吉（1834—1901年）提出的理论，被明治政府和日本国民所接受，从此日本走上了"脱亚入欧"的道路，甲午战争与日俄战争都是具体实施中的一环。司马辽太郎对福泽谕吉的思想持赞赏态度，包括脱亚入欧的理论。司马在不少作品中论述到自己对"脱亚论"的认识。

司马在《昭和这个国家》第二章"'脱亚论'我的读解"中谈到了"脱亚论"。他说他很喜欢福泽谕吉，虽然很多人尤其是"二战"以后更多人对福泽谕吉的"脱亚入欧"持批判态度，但是亚洲的韩国和中国由于儒教意识的残留的确存在很多弊端，处于停滞状态，比如"孝"字当头的家族利己主义、自古以来的贪污腐败等。而日本江户时代就没有官吏贪污腐败，没有恶人；明治时代的官员也是清廉的。司马辽太郎在本章中没有提到入欧，但是赞成"脱亚"。虽然赞美江户时代和明治时代是司马一贯的观点，但他也把批评的矛头指向昭和元年（1926年）日本的官僚，以及日俄战争结束之后的官僚、军人。司马认为他们只是想出人头地，才不负责任地导致了伪满洲国设立以及诺门坎战役的失利。

司马在《这个国家的形象》第三卷中专门设了一节"脱亚论"。司马认为"脱亚入欧"指的是脱"儒教体制"，引进"西方文明"。司马对福泽谕吉的"脱亚论"综合评价如下：

　　まことに「脱亜論」は、前半においては論理整然としている。ただ末尾の十行前後になってもの狂いのようになり、投げつけことばになる。

　　意訳すれば"もう隣国の開明など待ってはいられません、隣国といって特別な会釈をする必要はない、以後、悪友はごめんです、西洋人が亜細亜に接するようにしてわれわれもそうやるだけです"と、最後のことばはとんでもない。

しかも、その後の日本の足どりが右の末尾の文章どおりに進んでしまったことを思うと、「脱亜論」には弁護のことばをうしなう。①

　也就是说司马认为福泽谕吉"脱亚论"的绝大部分都条理清晰，只是它的结尾十行左右的内容暴露的侵略观、殖民地观，为"脱亚论"彻底定了性。司马指出福泽谕吉在当时的时局之下的确变得有些狂躁，这一点无法辩驳。但是，司马认为归根结底是明治维新的成功造就了日本人的倨傲；而日本人又想把这一革命的成果推向亚洲其他国家，"脱亚论"本身是有一定价值的。可见，司马的"脱亚论"多多少少包含有为福泽谕吉正名的目的。

　司马辽太郎对脱亚论的认同表明司马与福泽谕吉在思想上存在共鸣。但是，对于司马辽太郎的脱亚论也有人提出了批判，桂英史就指出了其问题所在。

　　　「脱亜論」はじつは、司馬はアジアという地域性を積極的に取り上げながらも、アジアのなかでの日本を特別視していた。簡単に言えば、「日本は進んでいるが、他のアジア諸国はなかなか近代化がすすんでいない」という考え方である。
　　　明治維新以降の日本は、他のアジアとは異なる体制の歴史をもってきたとする司馬の意見は、いわゆる「脱亜入欧」というイデオロギーそのものである。②

　桂英史认为司马辽太郎积极地把明治维新以后的日本与停滞不前的朝鲜等亚洲国家进行比较，强调日本的先进性，批判亚洲他国的落后性。这实际与"二战"之前西方法西斯时代形成的亚洲是文明落后地区的殖

---

① 司馬遼太郎：『この国のかたち』第 3 巻，文藝春秋 1995 年版，第 143—144 頁。
② 桂英史：『司馬遼太郎はなぜ読むか』，新書館 1999 年版，第 235 頁。

民地史观相通。这一停滞观也是把朝鲜等国家和地区殖民地化的合理借口。桂英史进一步指出司马的"脱亚论"并没有把西方的经验当作样板，却强调了日本的优越性。从这种意义上来说，司马辽太郎的历史小说创作的确有意识地避免抬出欧洲这一样板。他把日本放在了一个高于其他亚洲国家的平台上。如果过度强调日本超出其他亚洲国家，就会增强殖民地扩张的合理性，这是更加有问题的脱亚论调。因为欧洲殖民地扩张时期就是打着先进文明战胜旧的文明有理的主张来扩张殖民地的。桂英史指出这是"司馬遼太郎ブランドにとって、重要な知略でもあったのだ"①。批判了在司马这个名牌之下的一个重要智谋——脱亚论。

可以说司马的脱亚论为甲午战争、日俄战争等战争的侵略性质做了遮掩，他的历史小说创作在某种程度上是建立在这个基础之上的。

二 "国民战争"的偏颇

在作品《坂上之云》中，司马经常提到"国民"一词，认为日俄战争是国民一致支持的国民战争。

首先，作品中出现了关于国民的发展与国家利益相一致的内容。

> 立身出世ということが、この時代のすべての青年をうごかしている。個人の栄達が国家の利益に合致するという点でたれひとり疑わぬ時代であり、この点では、日本の歴史のなかでもめずらしい時期だったといえる。②

由于明治政府采用征兵制度，所以不只是过去时代的武士的后代，就连平民家的儿子也能与士族同样参军，平起平坐。司马认为这使平民拥有了出人头地的机会，而且出人头地与国家的发展是息息相通的。作品最后一节"雨の坂"中写到日俄战争时期的军队与其说是"天皇的军

---

① 桂英史：『司馬遼太郎はなぜ読むか』，新書館1999年版，第233—236頁。
② 『司馬遼太郎全集』第24卷『坂の上の雲』第1卷，文藝春秋1981年版，第137頁。

队",不如说是"国民的军队"①。

其次,作品还写到不只军人如此,一般平民也是如此。

図 2-2 《坂上之云》书影

この当時の日本は、個人の立身出世ということが、この新興国家の目的に合致していたという時代であり、青年はすべからく大臣や大将、博士にならねばならず、そういう「大志」にむかって勉強することが疑いもない正義とされていた。②

在这种社会风潮之下,俳句、短歌革新家正冈子规(1867—1902 年)的文学虽然吸引了不少青年来参加子规的俳句会,进行短歌创作与评论,但是他们的聚会被认为是游戏人生,受到后来成为满铁理事的佃一予为首的"非文学党"的反对。他们以正冈子规的文学创作动摇了青年们的意志为由,加以抵制,把生病的正冈子规赶出了宿舍。③ 作品借正冈子规这一事例描写出了当时的社会风潮。

另外,作品中的日俄战争被描写成体现了全体日本国民意愿的战争,是对俄罗斯憎恨的结果,是日本国民自发自愿积极推进的一场战争。

この当時の日本人が、どれほどロシア帝国を憎んだかは、この当時にもどって生きねばわからないところがある。臥薪嘗胆は流行

---

① 『司馬遼太郎全集』第 26 卷『坂の上の雲』第 3 卷,文藝春秋 1981 年版,第 500 頁。
② 『司馬遼太郎全集』第 24 卷『坂の上の雲』第 1 卷,文藝春秋 1981 年版,第 188 頁。
③ 『司馬遼太郎全集』第 24 卷『坂の上の雲』第 1 卷,文藝春秋 1981 年版,第 188 頁。

第二章　司马辽太郎眼中的日本　53

語ではなく、すでに時代のエネルギーにまでなっていた。①

司马提到甲午战争后日本人对俄罗斯人已经无比憎恶，他们卧薪尝胆，期盼着与俄罗斯开战，这种能量来自于国民深处，当时伊藤博文等执政者因为感到条件仍不成熟，甚至不得不想尽办法控制民众的这种激情。由于军队装备能力还有待改进，1896 年开始了大规模的军舰建造计划，军费开支成倍增加，1899 年的军费开支是 1895 年的三倍。这种预算对国民来说就是"饥饿预算"。但是令人奇怪的是国民对此几乎没有怨言。日本用 10 年的时间创建了一个巨大的海军舰队。作品对此持赞赏的态度。

世界史のうえで、ときに民族というものが後世の想像を絶する奇蹟のようなものを演ずることがあるが、日清戦争から日露戦争にかけての十年間の日本ほどの奇蹟を演じた民族は、まず類がない。②

在这里作者把国民上升到"民族"，并把日本 10 年内成功大幅扩张军事力量这顶桂冠戴到日本民族的头上，以此进一步证明日俄战争是日本民族一致认同的战争。

司马在作品中谈到日俄战争期间的国民意识。他借一等巡洋舰舰长八代六郎的口谈到国民意识在日本明治时代初期还不成形，甲午战争时期也没有那么积极，到了日俄战争时期才涌现出大量踊跃参军的平民子弟，他们踊跃报名参加堵塞旅顺口的志愿队。这一举动充分表现出了明治国家形成的国民气概。③ 国民无条件地支持日俄战争，甚至不需要宣传动员。

---

　① 『司馬遼太郎全集』第 24 卷『坂の上の雲』第 1 卷，文藝春秋 1981 年版，第 424 頁。
　② 『司馬遼太郎全集』第 24 卷『坂の上の雲』第 1 卷，文藝春秋 1981 年版，第 424—425 頁。
　③ 『司馬遼太郎全集』第 25 卷『坂の上の雲』第 2 卷，文藝春秋 1981 年版，第 47 頁。

日露戦争そのものは国民の心情においてはたしかに祖国防衛戦争であったし、従って政府は戦意高揚を国民に強いる必要はなく、その種の政府による宣伝ということはいっさいなかったといっていい。①

作品描写了以下细节：当日本海军最后与俄罗斯舰队决战之际，富士战舰后部主炮炮手三等兵西山舍市得知俄罗斯大舰队将出现，心情万分激动：

　　敵艦隊見ゆの報がつたわってきたとき、氏はうずくまって砲の整備作業をしていたが、頭がガンガン鳴ってきて手が動かず、
　「日本がもし負けたら、どうなるかなあ」
　と、そればかりを思い、涙がこぼれて仕方なかったという。②

西山是《坂上之云》创作时期还健在的人物，海军征兵时受到村长拜托而报名，当时全郡39人报名只合格了3人。他的身上背负着全村人的期望。

另外，作品中出现了在海上决战区域冲岛上生活的神社神职人员宗像繁丸这一人物。当听说俄バルチック舰队（波罗的海舰队）逼近冲岛近海时，他正在吃午饭，一下子脱光衣服跳进海里，上岸后穿好衣服进到神社，在日俄舰队开火的炮声中拼命地祈祷。在神社干杂活的18岁少年佐藤市五郎坐在其后，激动得身子不断颤抖，眼泪不断滴落下来。司马专门在作品的这一部分提到在自己创作到这里的时候，市五郎正在疗病过程中。③ 他们二人都是现实中的真实人物，司马通过对二人的描写进一步证实了战争是发自普通民众底层的愿望。

----

① 『司馬遼太郎全集』第26卷『坂の上の雲』第3卷，文藝春秋1981年版，第223頁。
② 『司馬遼太郎全集』第26卷『坂の上の雲』第3卷，文藝春秋1981年版，第366頁。
③ 『司馬遼太郎全集』第26卷『坂の上の雲』第3卷，文藝春秋1981年版，第390—391頁。

日本的征兵制是 1873 年颁布，1889 年正式执行，1945 年被废除的。开始时遭到了各方强烈反对，1873 年仅关西地区反征兵农民抗议运动就有十多起，与政府产生了极大的冲突。远藤芳信认为征兵制成功的原因具体有两个：一是后来日本政府加强了征兵后援团体的工作，采取了各种激励措施，制造了服兵役为家乡增光的氛围；二是把军队称为"乡土部队"，创造了守护家乡名誉的军队与家乡百姓自成一体的气氛。日俄战争结束之后更是如此。① 三等兵西山舍市等士兵们的积极性就是被这样调动起来的。远藤认为实际上日俄战争时期陆军省和下属军队对与百姓接触持冷淡态度。

在作品中，司马借用战舰朝日水雷长广濑武夫的话认定日俄战争的性质是国民战争，必胜：

「このいくさは勝つ」
と、広瀬は真之にいった。広瀬のいうには自分たち士官は年少のころから志願し、冷遇をうけ、戦いで死ぬことを目的としてきたが、兵は外国でいうシヴィリアンの出身である。それらがすすんで志願したということはこの戦争が国民戦争であることの証拠である。②

广濑武夫开战前刚刚从俄罗斯回来，是一个俄罗斯通。他在俄罗斯期间感觉到俄罗斯的帝国政治摇摇欲坠，国民并不喜欢到中国去征战。与此相对，日本的国民支持日俄战争，因此他得出了战争必胜的结论。司马在《坂上之云》最后一部的后记中重申了关于"国民战争"的说法：

日本の場合は明治維新によって国民国家の祖型が成立した。その後三十余年後におこなわれた日露戦争は、日本史の過去やその後

---

① 遠藤芳信：『海を超える司馬遼太郎——東アジア世界に生きる「在日本人」』，フォーラム・A1998 年版，第 146—147 頁。
② 『司馬遼太郎全集』第 25 巻『坂の上の雲』第 2 巻，文藝春秋 1981 年版，第 46 頁。

のいかなる時代にも見られないところの国民戦争として遂行された。①

这是司马把日俄战争定性为"国民战争",并认为这是战争胜利的主要原因。成田龙一对此有如下评价:

「国家」が「ロマンチック」な対象となり、秋山兄弟のようなメンバーが国家に「一家一族」をあげてかかわるとともに、多くの人びとも「国民」意識に覚醒し「国民」と成り行くというのが、『坂の上の雲』の眼目でしょう。しかもこうした国民像からは、昭和の戦時期は異常な逸脱の存在として排除されています。健全な国民と国家の幸福な結合を司馬は考えており、日露戦争時にそれを見出そうとしているのです。②

成田认为《坂上之云》的着眼点在于描写每一个家庭都与国家息息相关,国民意识觉醒而成为国民的一个过程。司马辽太郎把国民的积极意义仅仅赋予了明治时代,强调健全的国民与国家的幸福结合。但是问题在于第二次世界大战时期的日本与此相似,司马却对这一时期加以排除。

司马以"国民战争"的名义赋予了日俄战争合理性。当时日本的国民舆论的确是积极主张与俄罗斯开战,但是由于近代国家封建统治的残留因素过多,自由度欠缺,国民在国家的高度管制之下,全国就像一个大的"内燃机车"在运转,③ 因此国民的生活很难由个人意志来转移,故以"国民战争"的名义为战争正名是不科学的。

司马对日本的以上认识影响到了他的东亚题材创作。

---

① 『司馬遼太郎全集』第 26 巻『坂の上の雲』第 3 巻,文藝春秋 1981 年版,第 515 頁。
② 成田龍一:『司馬遼太郎の幕末・明治』,朝日新聞社 2003 年版,第 216 頁。
③ 司馬遼太郎:『明治という国家』,日本放送出版協会 1989 年版,第 184—185 頁。

第三章

司马辽太郎的中国题材创作

司马辽太郎是作家福田定一的笔名,其意为"远远不如司马迁",他是一位与中国有着相当多关联的日本历史小说家。

司马本人对中国文化保持有浓厚的兴趣,阅读了大量相关书籍。司马在大阪外国语专门学校(后改为"大阪外国语大学",现已合并入"大阪大学")学习蒙古语的同时还学习过汉语。在"二战"期间司马被征兵,从1944年4月到1945年初有将近一年的时间生活在中国东北。在此期间,他与东北当地的百姓用汉语沟通,了解农情。中日两国恢复邦交以后,司马辽太郎多次访问中国。1975年起访问过江苏、浙江、云南、福建以及台湾,并陆续到过北京、洛阳、西安、延安、无锡、上海、苏州等城市。

司马辽太郎创作了多部中国题材的文学作品,其中,历史小说有《坂上之云》(1968—1972年)、《空海的风景》(1973—1975年)、《项羽与刘邦》(1977—1979年)、《鞑靼风云录》(1984—1987年)。游记有《从长安到北京》(1975—1976年)、《中国·江南之路》(1981—1982年)、《中国·蜀与云南之路》(1982—1982年)、《中国·闽之路》(1984—1982年)、《台湾纪行》(1993—1994年)。还有与井上靖的对谈集《西域行》(1978年)、随笔集《中国を考える(思考中国)》(1977—1979年)等。

第一节　活力四射的古代文明

长篇历史小说《项羽与刘邦》最初以《汉风楚雨》为题，1977年1月至1979年5月连载于《小说新潮》杂志，共计27章。1980年发行了上、中、下的单行本，作品更名为现在的《项羽与刘邦》。1972年中日两国恢复邦交，1975年5月司马参加访华团第一次到中国访问，访问了北京、洛阳、西安、延安、无锡、上海；在《项羽与刘邦》创作期间的1977年8月，又参加日中文化交流协会访华团到新疆访问。司马辽太郎十分崇拜司马迁与《史记》，可以说该作品是对中国历史诠释的尝试，也是司马对于中国历史题材小说创作的第一个尝试。

作品从秦始皇的去世写起，塑造了楚国武将项羽和最终获得天下的汉国刘邦两个主要人物形象。项羽出奇地勇猛，刘邦虽然不善战但是人缘极好，周围聚集了众多有才干的人。小说描写了众多集团的兴亡，并以项羽的死而告终。

司马为什么会创作该作品呢？司马在《这个国家的形象》第6卷"关于原型"一节中这样写道：

> 『項羽と劉邦』を書いているときも、右と同様、原形を感じたいという動機が混入していた。
> 　ただ、『項羽と劉邦』の場合、われわれの古典世界でもある。私どもの先祖は、日本人の典型よりも、むしろ『史記』などから無数の人間の典型群を学び、人間の現象を知ることができた。繰りかえしていえば、『項羽と劉邦』は中国人とは何かという特殊な分野を濾過紙を透過することによって、人間とは何かという普遍的な命題に至らせたかった。みずから戒めたのは、ことさらに日本的な心情にひきよせまいとしたことだけであった。①

---

① 司馬遼太郎：『この国のかたち』第6卷，文藝春秋1996年版，第137頁。

第三章 司马辽太郎的中国题材创作

司马辽太郎试图通过该作品的创作,来探讨什么是中国人,并极力避免被日本的思维所干扰,努力探求原形,进而来探讨什么是人这个问题。

作品主要描写了楚国、汉国两大阵营对天下的争夺。项羽和刘邦的形象被塑造得十分鲜明。项羽是楚国武家名族出身,成为楚军的首领,推翻了秦朝,自称"西楚霸王",成为天下的盟主。在司马笔下,项羽是一个个性极强的将领,每次听见某个人的名字时,项羽首先都要问这个人是好人还是坏人。[①] 他对自己人加倍尊重、爱护,对敌对阵营则极尽残忍,甚至诛杀全家。又比如面对投降过来的20万秦兵,他命令下属黥布采取秘密行动,在夜里装作敌军来袭,导致秦军惊慌逃窜,都掉到了悬崖下边。

……接连不断的人群就像雪崩一样从那里摔落到坑底。最初掉到底下的人粉身碎骨,当场死亡,随后又有人落到最先摔下去的人上面,随之掉下去的人,将底下的人砸得体无完肤。在无数人体的重压之下,坑底的人开始窒息,秦兵不断掉下去,人体被挤压的犹如一张木板。二十多万大活人,转眼之间就从地面上消失了。[②]

在作品中,项羽的这种残忍个性影响了他的执政感觉和战略战术,甚至在本阵营内部越来越失去信赖,纷纷离他而去。项羽在汉军的追杀之下不得已自刎而死。

而该作品的另一个主人公——汉军的首领刘邦却完全被塑造成另一副人物形象。他农民出身,是一个无赖头目,没有学问。但是,他亲民、随和。

刘邦的为人,生来就容易产生追随者。尽管他并非有德之人,

---

① 司马辽太郎:《项羽与刘邦》上,赵德远译,南海出版公司2006年版,第217页。
② 司马辽太郎:《项羽与刘邦》上,赵德远译,南海出版公司2006年版,第265—266页。

这一时候也不具备长者之风。刘邦只是为人豪爽大度，又有一种可爱之处，当那些小兄弟们有求于刘邦，他就会奋不顾身地挺身而出，尽量给以帮助。①

图3-1 《项羽与刘邦》中译本书影

这是后来成为刘邦的宰相、当时还是沛县县吏的萧何对还不知名的刘邦的评价。从萧何的立场来看，不必在意刘邦的无能。只要有一批贤能之士从旁辅佐即可，如果他们能拼命辅佐刘邦，逐步弥补他的不足，便可大功告成。② 刘邦豪爽大度，虽不聪明，经常犯一些小错误，也不是有德之人，但是在小兄弟求助于他时不遗余力。虽然不善征战，但是只要有战役，他都亲自指挥。同时，他宽容、大度，没有狭隘的自尊心和嫉妒心。正是这些特点使有着帝王之相的刘邦不断被手下激励着，历尽千辛万苦，最终打败了项羽，建立西汉王朝，成为汉高祖。陆贾来到高祖面前为他讲述不能在马上治天下，也就是不能用武力治理天下的道理，治理天下要用文治。高祖开始十分不理解，后来欣然接受了陆贾的观点。高祖的可爱之处就在于一旦弄清道理，就变得特别顺从。在部下的眼里，其魅力肯定就在这里。③ 司马对于这两大将领对比鲜明的形象刻画，实质上论证

---

① 司马辽太郎：《项羽与刘邦》上，赵德远译，南海出版公司2006年版，第74页。
② 司马辽太郎：《项羽与刘邦》上，赵德远译，南海出版公司2006年版，第83页。
③ 司马辽太郎：《项羽与刘邦》下，赵德远译，南海出版公司2006年版，第277页。

了什么样的人才是国家真正合适的领导者的问题。

作为中国文化的一大特征,司马对"侠义"加以关注。实际上,在有小兄弟求助时不遗余力的刘邦的形象塑造中就具有"侠义"的因素。司马写道:"刘邦还是近于游侠",虽然在后来的时代游侠被认为是一种特立独行的人,但是在刘邦生存的时代"在乡间和市井之间具有某种势力的人,却都明显具有侠的气概"①。关于"侠义"的形成,司马在作品中评述道:"从战国到秦朝,王朝不足以信赖,至秦代,因为绝对权力像饿虎一样害人,个人与个人之间就不得不相互建立起横向联系,以求得共同安全。"②而所谓侠义的关系就是"一旦彼此联系起来,侠义精神就会发生作用,抛弃所有明哲保身和计较利害得失的人性弱点,达到与对方唇齿相依的境界。对于侠义之士来说,没有道理可言,目的本身就是道理"③。比如刘邦的军师张良在过去曾经救过项羽的叔父项伯,就是出于侠义之心。而当项羽大军做出清晨对刘邦发起总攻的战略决策之后,项伯不惜背叛项羽,出于侠义之心跑到刘邦军营中的张良营地告知了军情,甚至同意一起去告知刘邦。后来在鸿门宴上项伯又在关键时刻破坏了范增杀死刘邦的计划,也是出于这个"侠义"的"义"。他对张良太重情义,以至于他不忍伤害张良主帅的性命。"所谓义,乃是指按传统道德观念必须如此行事的理念,这种义超出了骨肉之情和世人固有的本性(比如珍惜生命等)。"④ 另外一件事就是刘邦十分担心父母和妻子儿女,因为他们生活在被项羽军控制的家乡。他把家人的安危拜托给了同吃一口井水长大的王陵,"在汉民族当中,以私人关系托付这类事,托的一方与受托的一方都伴有一种其他民族所没有的感激之情。也就是说,他们所推崇的神圣精神之一就是侠义,这种侠义精神得到激发,才会闪现出雷电般的光芒。王陵也十分激动地接受了这项嘱托"⑤。在作品中司马论

---

① 司马辽太郎:《项羽与刘邦》上,赵德远译,南海出版公司2006年版,第271页。
② 司马辽太郎:《项羽与刘邦》上,赵德远译,南海出版公司2006年版,第327页。
③ 司马辽太郎:《项羽与刘邦》上,赵德远译,南海出版公司2006年版,第327页。
④ 司马辽太郎:《项羽与刘邦》下,赵德远译,南海出版公司2006年版,第322页。
⑤ 司马辽太郎:《项羽与刘邦》下,赵德远译,南海出版公司2006年版,第20页。

述到了侠义在中国文化中的作用。司马写道:"在中国,唯有这种侠义精神和习俗传到后世,从形式到内容经过千变万化,成为中国精神史上别具一格的、必不可少的组成部分。"① 但是这种义后来被儒家接受并走向另一个极端,"儒家在很大程度上将其空洞化,使其含义降到只讲礼仪成规或交往方法等内容上去了"②。

作品中除了对项羽与刘邦性格的强烈对照之外,笔墨也被用在楚与汉的对照描写上。该作品在连载时之所以定题为《漢の風 楚の雨(汉风楚雨)》,就是因为在汉国所在的中原地带由于位于黄土高原,比较干燥,易起风尘。而楚位于长江流域,雨量充沛,多湿润。这样就形成了黄河流域与长江流域的对比。楚人身材矮小,力气不大,脾气火暴。"楚军士兵本来就性情豪爽,深刻思考并不是他们的长项。他们很喜欢放声高歌,行军途中,动不动就来一段惊天动地的大合唱,这是楚人的癖好,北方军队里是很难见到这种情形的。"③

小说还写道,只要是有血缘关系的人,项羽都无条件地加以信任。"中国的社会确实是按家族至上的原理形成的,但即使是同样的家族至上,楚人的情况也还有某种本质上的不同,楚人家族内部似乎很少出现背叛者。"④ 这就导致了对外姓人的猜疑与警惕。"也许是楚人的气质和思想方法里不仅继承了古代氏族社会的风俗和道德习惯,而且继承了古代那种闭塞性。"⑤ 而中原地区如何呢?他们作为统一的社会有一定的历史,很早就懂得只抱着血缘中心主义不放各方面都不会顺利发展。刘邦更是憎恶血缘关系,珍惜并重用有才干者。⑥ 而楚国人在项羽的带领之下到了中原,两种文化相互融合。司马既写到南北的不同,也写到了南北的融合,这是中国文化的一大特色。

另外,关于中国历史的解读,在该作品中司马提出了自己的看法。

---

① 司马辽太郎:《项羽与刘邦》上,赵德远译,南海出版公司2006年版,第327页。
② 司马辽太郎:《项羽与刘邦》下,赵德远译,南海出版公司2006年版,第322页。
③ 司马辽太郎:《项羽与刘邦》上,赵德远译,南海出版公司2006年版,第233页。
④ 司马辽太郎:《项羽与刘邦》下,赵德远译,南海出版公司2006年版,第103页。
⑤ 司马辽太郎:《项羽与刘邦》下,赵德远译,南海出版公司2006年版,第322页。
⑥ 司马辽太郎:《项羽与刘邦》下,赵德远译,南海出版公司2006年版,第322页。

他认为粮食问题是打开中国历史的一把钥匙。

> 在中国这片大地上,每当有王朝衰落之时,比如在当时(其后的历朝历代也是如此),整片大地就变成了流民的漩涡。
> 流民所指望的目标,既不是远大抱负,也不是经史学说,而是"以食为天"的"食"。所谓大大小小的英雄豪杰,就是指那些被流民推举出来的能在史上立足的首领。首领,也就是英雄,依靠向流民提供食的保障而存在,不能提供食的保障者或被流民杀死,或不得不只身逃亡。①

作者在作品中指出"食"是生存最大的问题。英雄豪杰中,能够给流民提供粮食的人被当作英雄,否则将被淘汰。而流民在头领的带领下抢劫其他村庄得到粮食,被抢的村庄的人又成为流民,这样一来流民的规模就会不断扩大。为了确定自己的地位,让士兵填饱肚皮就成了头等大事。为此司马借用了陈胜吴广起义中吴广的想法:粮食的保障是英雄的基本条件,"当其失去提供食的能力时,英雄也就成了狗熊。在这一点上,人们是毫不留情的。捧上天去的人,照样可以把他狠狠地摔到地上"②。关于流民以及粮食的问题实际上司马在 1975—1976 年写的游记《从长安到北京》"流民的记忆"一节中就论述到。③ 可以说《项羽与刘邦》是其历史认识的具体展现。

司马还写到为了保障粮食生产,水的作用极大,与权力相关。由于"中国社会是一个彻底的灌溉农业社会,掌握国家大权的人只要能控制住水,就能控制住水所涉及的全部领域,这一点与古希腊古罗马颇为不同"④。这样一来控制水的上游也是一个不小的权力。但是司马接着写到中国灌溉农业社会的利弊。一是灌溉社会决定了"每一个农民都不可能

---

① 司马辽太郎:《项羽与刘邦》上,赵德远译,南海出版公司 2006 年版,第 126 页。
② 司马辽太郎:《项羽与刘邦》上,赵德远译,南海出版公司 2006 年版,第 129 页。
③ 司馬遼太郎:『長安から北京へ』,中央公論社 1976 年版,第 70—99 頁。
④ 司马辽太郎:《项羽与刘邦》下,赵德远译,南海出版公司 2006 年版,第 18 页。

以个体单独存在，其独立性得不到尊重和保护，以致最终未能发展成古希腊、古罗马式的平民"①。司马认为这只是说明产生了不同的生产状态，并不意味着文明发展的落后。"农民生活在不同的地区，造成人口密度增加，相应地削弱了每个人的个性"②，人的独立性相对淡薄。另外，一旦发生大的变故，农民能够大规模地、高密度地聚集到一起，其规模之大是古希腊和古罗马社会根本不可想象的，"这种现象在这片大地上甚至屡屡创造出政治奇迹，比如称为易姓革命的改朝换代就是如此"③。

司马在《项羽与刘邦》的后记中写到对中国历史的认识。他认为战国时代的农业生产力比古代有了飞跃，人们从奴隶状态下解脱出来，产生大量自耕农，也随之迸发出了自主精神，涌现出各种思想和发明，包括春秋时代的诸子百家形成了中国思想史上的一个灿烂时代，空前绝后。④

> 战国时期正处于群雄争霸阶段，如前面说过的那样，既是古代商品经济发达的时代，又是思想活跃的年代。各种各样的因素交织在一起，在中国历史上以史无前例的新鲜活力造就了独立的个人，以后，这种新鲜活力又以惊人的速度减弱下来。⑤

司马在作品中强调了战国时期经济活动、思想领域的活跃，认为这一时期是中国历史上的特殊活跃时期，值得加以高度肯定。对此，在作品的后记中司马又写道：

> 中国历史有很多不可思议的地方。后世的文化统一性高，但好奇心求知心却减弱了。后汉末期开始，所谓亚洲型文化开始停滞。

---

① 司马辽太郎：《项羽与刘邦》下，赵德远译，南海出版公司2006年版，第18页。
② 司马辽太郎：《项羽与刘邦》下，赵德远译，南海出版公司2006年版，第18页。
③ 司马辽太郎：《项羽与刘邦》下，赵德远译，南海出版公司2006年版，第19页。
④ 司马辽太郎：《项羽与刘邦》上，赵德远译，南海出版公司2006年版，第271页。
⑤ 司马辽太郎：《项羽与刘邦》上，赵德远译，南海出版公司2006年版，第327页。

令人惊叹的是，这种停滞，竟一直持续到近代。可是先秦时代到汉代，中国社会生机勃勃，这个时期的人跟其他朝代的人简直不像是同一个祖先的后代。①

司马认为中国后世的其他朝代文化过于统一，好奇心和求知心都没有刘邦和项羽争夺权力的春秋战国时期高。他认为这一时期农业生产力得到大大的发展，出现了各种思想流派，古代文明到了完全成熟的地步，给予了高度的肯定。②

松本健一在1981年2月27日出版的《朝日ジャーナル》发表论文写道，新潮社出版的三卷本《项羽与刘邦》在销售半年后的1981年1月25日上卷印刷26次，中卷印刷23次，下卷印刷20次，惊人地畅销。松本认为大畅销原因有二：一个原因是项羽、刘邦虽然在日本人作为历史故事的讲谈中比较熟悉，但是该作品出版时中国的《史记》《水浒传》等已经离开日本的教养课本很久了，因此实际上并不了解很多，司马敏锐地了解着大众的动向，感觉到了读者的需要。另一个原因是1978年以来的中国热。虽然很多日本人去过其他国家，但是由于之前中日没有恢复邦交，邦交初期中日两国人员往来有限，日本对中国的了解并不多，中国国土辽阔、历史悠久，对日本人来说成了剩下来的最后一个秘境，丝绸之路的电视特辑制作大受欢迎也是同样的道理。③ 与此相类似，2006年《项羽与刘邦》的中译本出版后，作为比较少见的中国题材的日本作家作品，在当时北京地坛等大型书市上成为日本文学方面的畅销书。

另外，司马辽太郎在《项羽与刘邦》中对"儒家"展开了批判性描述。这一点将在之后的"司马辽太郎的儒学认识与东亚题材创作"一章进行详细分析。

---

① 司马辽太郎：《项羽与刘邦》下，赵德远译，南海出版公司2006年版，第361页。
② 司马辽太郎：《项羽与刘邦》下，赵德远译，南海出版公司2006年版，第360页。
③ 松本健一：『司馬遼太郎』，学研研究社2001年版，第124—126頁。

第二节　灿烂的唐代文明与思考

司马辽太郎对日本宗教有很深的了解。除了第二章提到的少年时期对"杂密"的兴趣之外，司马于1946年进入新日本新闻社京都总部担任大学和宗教方面的记者，1948年进入产业经济新闻社之后负责以位于本愿寺内的京都宗教记者俱乐部为据点进行宗教探访、报道。司马在以上六七年的时间里广泛寻访寺院，了解各个佛教流派宗祖的事迹，与宗教界有着密切的联系，同时对宗教有着深入的研究与独到的见解。[①] 1959年司马获得直木奖的成名作《枭之城》就是刊登在宗教性报纸《中外日报》上的。

《空海的风景》于1973年1月到1975年9月在《中央公论》上连载，描写了平安时代初期真言宗的始祖空海（774—835年）把密教体系化的过程。该作品题材是小说，但是也兼有传记、评传的性质。作品描写了从空海的出生、出家，到吸收杂密，又到中国留学。之后又描写了他在中国从长安青龙寺的惠果那里得到真言密教的真传并传授到日本，根植在日本的一生。其中交叉了与日本天台宗的开祖最澄的相识，同期留学中国的经历，还有他们在意见上的冲突与分道扬镳。通过二者的对比展示了空海的独特追求。该作品1975年获日本艺术院奖恩赐奖。

据司马夫人说司马生前认为该作品是自己最具代表性的作品。[②] 该作品是司马的力作，也是司马对宗教认识的集大成。全书共计30章，其中第七章到第十七章为空海在唐代中国的经历，中国生活的描述占了全文三分之一的篇幅，前后部分中也有关于对中国的评述。

空海在明治时代之前深受日本民众的喜爱，是一个万能的人物，但是到了明治时代，理性与科学意识的增强以及密教本身的巫术性因素使得密教遭到唾弃，逐渐被忘记。后来因为渡边照宏、宫坂宥胜等佛学家、

---

① 志村有弘：『司馬遼太郎事典』，勉誠出版2007年版，第345頁。
② 志村有弘：『司馬遼太郎事典』，勉誠出版2007年版，第39頁。

汤川秀树等著名自然科学家、司马辽太郎等著名作家关注到空海，才在20世纪70年代产生了空海热①。

关于创作动机，司马写道：

> ……なぜこのような小説が成立したのかと言えば、私は空海という人を多分に顕教的に理解してはいるんですけれども、やはり彼の底にあるものはそれだけではとらえきれない。密教的世界への共感でもって見ていかなければわからないところがあるんですよ。結局、そういったものに共鳴してしまう部分が、私の中にもあるということなんでしょうね。②

司马认为自己和空海有着密教世界的共鸣才创作了《空海的风景》这部作品。

司马在作品中多次提到幼时杂密的经历，以及自己与密教真言宗僧侣的交往。他在该作品创作期间的1973年8月14日撰文，认为杂密的原始情感是日本人传统的浪漫主义。

> 私の作品に一連の「妖怪」のような傾向のものがあるということは、結局、私自身にもそういった雑密的原始感情に感応するところがあるからでしょうね。つまるところその気分は闇がつくりだしているんだろうと思いますが、根っこのところでは日本人が伝統的にもっている暗くて華やかなロマンチシズムのようなものにもつながっているのではないでしょうか。③

---

① 梅原猛：『空海の思想について』，講談社1998年版，第21—22頁。
② 司馬遼太郎：「密教世界の誘惑　一」，『司馬遼太郎全集』第2卷月報26，文藝春秋1973年版。
③ 司馬遼太郎：「密教世界の誘惑　二」，『司馬遼太郎全集』第12卷月報27，文藝春秋1973年版。

司马笔下的空海认为只有密教才是佛教的最完美状态而决心探寻密教思想。于是，他于804年乘上遣唐使的船来到中国，到806年归国一共在中国停留了两年。《空海的风景》用了三分之一的篇幅着重描写了唐朝盛况、中日的差异以及空海本人的中国经历与思想变迁。

首先，空海是如何来到中国的呢？日本船只简陋，海上风浪凶险，空海冒着生命危险，跟随第16届遣唐使的船队在海上逆风行进漂泊了34天终于飘到了福州长溪县（现福建宁德）。[①] 本次遣唐使一行四艘船中两艘失踪，只有最澄乘坐的那艘船只抵达理想的目的地明州（现浙江宁波）。空海写得一手好汉文，他的文章帮助被漂流到远方的遣唐使一行与当地官僚进行了沟通，解决了他们上岸后迟迟不被认可的问题。同时，他虽然在日本还不是很活跃，是无名僧侣，但是他与当时受到日本朝廷的重视，带着翻译而来的最澄不同，空海语言天分超众，汉语流畅，能够无阻碍地与当地人进行交流。

其次，辗转到了长安的空海对唐代中国大加赞赏。

　　唐朝の祖に異民族の血が入っていたせいか、あるいは唐の皇帝は同時に周辺の民族から「天可汗」として推戴されていたせいでもあるのか、この王朝には人種差別の意識がまったくないといってよかった。異民族もまた高官に陟る例が多く、さらには唐の士人をあげて異国の文物を珍としたため、この長安には各地からきた非漢民族が多く住む。長安の都市人口が百万人（外山軍治氏推定）といわれるが、その一パーセントが、異民族であった。とくに、容貌と文化を異にする西域人がこの帝都の都市文化にもっともつよい異彩をあたえている。[②]

唐代中国是一个多民族国家，海纳百川，汇聚精华，有着无限的包

　　[①] 司馬遼太郎：『街道をゆく』第19巻『中国・江南のみち』，朝日新聞社1987年版，第219—220頁。

　　[②] 司馬遼太郎：『空海の風景』，『司馬遼太郎全集』第39巻，文藝春秋1983年版，第165—166頁。

容性，而长安又是一个带有普遍性的城市。当时的长安是空海心中追寻的普遍性的理想模式。司马笔下的空海十分喜欢长安。

图3-2　高野山的僧侣

空海即使回到日本之后，仍旧惦记着长安，甚至在自己43岁从朝廷获得的高野山的创建中也充分体现了这一点。高野山不仅是密教圣地，而且空海在山顶平地建造的壮丽的、色彩斑斓的寺院建筑令人联想到长安的一角，可以说是空海对长安怀念之情的具体表现。① 晚唐拥有着成熟而灿烂的文化，而日本除了都城的一部分，其他各方面水平还远远不够。司马推测空海如果没有留学僧的义务以及传布密教的使命感的话是不想回到狭小、土气的日本的，因为无论是他的才气还是性格都极其适合在长安生活。② 司马猜测空海直到晚年都希望能够在长安度过，只不过不方

---

① 司馬遼太郎：『空海の風景』，『司馬遼太郎全集』第39卷，文藝春秋1983年版，第219頁。
② 司馬遼太郎：『空海の風景』，『司馬遼太郎全集』第39卷，文藝春秋1983年版，第217頁。

便说出来而已。①

空海之所以这么喜欢长安，是因为他通过长安感触到了普遍性世界。

> 歴史の奇蹟といえるかもしれない大唐の長安の殷賑を、どう表現していいか。空海の幸運は、生身（なまみ）でこの中にいたことであった。かれはこの世界性そのものの都市文化の中で存在するだけで、東海の草深い島国にいるときに観念でしかとらえることができなかった文明とか人類とかというものを、じかに感得することができたにちがいない。ちなみに、空海は、ながい日本歴史のなかで、国家や民族という瑣々たる（空海のすきな用語のひとつである）特殊性から脱けだして、人間もしくは人類という普遍的世界に入りえた数すくないひとりであったといえる。その感覚の成立は、あるいは長安というるつぼを経なければ別なものになっていたのではないか。②

作品中，空海被描写成一个极少数超越国家与民族等特殊性进入到人类这一普遍性世界的人。这与他来到长安有着密不可分的关系。如果没有来到长安，就没有空海后来的密教世界的思想。司马在作品中高度赞赏了唐代长安。

但是，司马在作品中通过空海的眼睛用较多的笔墨批判性地分析了中国的儒教文化特征。出生在日本四国北部的空海，从小就有着超人的智慧，被当作神童。带着父母的期待，他18岁到京城进了大学寮学习，在学习以儒学为基础的唐朝的学问时，空海的理解力超凡，但是他对世界以及生命抱着浓厚的关心，只学习了一年就放弃了死记硬背经书为主的儒学，选择出家，以期望自己能够寻求到超越世俗的普遍真理。

---

① 司馬遼太郎：『空海の風景』，『司馬遼太郎全集』第 39 卷，文藝春秋 1983 年版，第 368 頁。
② 司馬遼太郎：『空海の風景』，『司馬遼太郎全集』第 39 卷，文藝春秋 1983 年版，第 160 頁。

作品中，空海是这样看待儒教的：

「儒教は世俗の作法にすぎない」
と、国費で儒学をまなぶ空海は考えている。中国文明は宇宙の真実や生命の深秘についてはまるで痴呆であり、無関心であった。たとえば中国文明の重要な部分をなすものが史伝であるとすれば、史伝はあくまでも事実を尊ぶ。誰が、いつ、どこで、何を、したか。そのような事実群の累積がいかに綿密でぼう大であろうとも、もともと人生における事実など水面にうかぶ泡よりもはかなく無意味であると観じきってしまった立場からすれば、ばかばかしくてやる気がしない。①

作品中的空海指出儒教无非是世俗做法，中国作为儒教国家只重视史传等事实，对于广袤的宇宙、生命的精神境界漠不关心。戏曲《三教指归》是空海18岁退学前后的作品，司马指出该作品是空海反儒教的具体表现。空海在其中以设定反对儒学的代表人物"龟毛先生"言论的方式阐述了自己的观点。比如关于男女间的性爱，作品针对《孔子家语》中的展季讨厌女人的事例，逼迫龟毛先生说出类似于男人就需要迷恋女人，男人不能一个人入睡等与儒教思想完全相反的话语，以此来讽刺龟毛先生前后自相矛盾的男女授受不亲、不能沉湎于性爱的儒教观点。② 司马指出日后构成空海体系的根本经典《理趣经》在开头就表达了对男女情爱的极尽肯定。比如第一句话毫不掩饰地写有"妙適清浄の句、是菩薩の位なり"。其中"妙适"一词，是唐朝的语言，意思是男女交媾时的恍惚境地。全句的意思是："男女交媾的恍惚境界本质是纯净的，是菩萨

---

① 司馬遼太郎：『空海の風景』，『司馬遼太郎全集』第39卷，文藝春秋1983年版，第57—58頁。
② 司馬遼太郎：『空海の風景』，『司馬遼太郎全集』第39卷，文藝春秋1983年版，第42頁。

之境地。"① 空海对肉体与生命给予了肯定。

另外，关于儒学的"长幼有序"，作品中空海进行了批驳：

> ……儒者よ、あなたは私より年長であり、年長であるからといって長幼の序をやかましく言い、その 躾(しつけ) を核にして浅薄な思想を作り上げているが、それは錯覚である。長幼の序などというそんなばかなものは実際には存在しないのだ。時間には始めというものがなく、あなたも私も無始のときから生まれかわり、死にかわり、常無く、転変してきたものである。人はむろんのこと、時間も万有も円のごときもので六道を轟々と音をたててめぐりめぐっている。であるがゆえに、さればおわかりであろう、私が何国のどこの生まれで親がたれであるかということは決まっているわけではないということを。②

空海尝试通过轮回的理念推翻长幼有序的儒教观点。空海虽然学习了儒教，但是司马认为他只是通过书籍掌握了知识，如果从中国的文明意识来看空海，他毕竟是蕃国之人。"孔子のむかしにおいてすでに中国的合理主義が成熟していたとおもわれる社会に空海は生まれず、無数の土俗霊が棲んでいる蕃国に生まれた。十九歳の空海は、諸霊に憑かれやすい古代的精神体質をもっていたであろう。そのことはかれの書籍的な儒学教養とほとんどかかわりはない。"③ 与崇尚儒学的中国不同，空海诞生的国度是日本。司马指出空海不是出生在古代孔子时期就已经拥有成熟的合理主义的中国，而是出生在栖息着无数土俗灵的蕃国日本，

---

① 司馬遼太郎：『空海の風景』，『司馬遼太郎全集』第 39 卷，文藝春秋 1983 年版，第 43 頁。

② 司馬遼太郎：『空海の風景』，『司馬遼太郎全集』第 39 卷，文藝春秋 1983 年版，第 50 頁。

③ 司馬遼太郎：『空海の風景』，『司馬遼太郎全集』第 39 卷，文藝春秋 1983 年版，第 67 頁。

第三章 司马辽太郎的中国题材创作

又是容易感应各种灵魂的巫人式古代精神体质，由此，空海被密教所吸引。

空海到中国学习了密教。然而，密教在中国的状态是如何呢？作为国家事业，虽然唐代中国进行了包括密教经典的大规模经书翻译工作，但是，密教受到唐朝的重视了吗？

> ……皇帝以下、中国人一般が密教に期待したのはその思想性ではなく、その枝葉である呪力のほうであった。さらにいえば、この新来の体系は究極の目的を——いうまでもないことだが——成仏においている。しかもその密教的成仏たるや、他の仏教の体系なら人間が成仏するなど気が遠くなるほどに可能性が小さいにもかかわらず、密教にあってはそのまま"即身"の姿で成仏できる。つまり仏教一般の通念からいえばありうべからざるほどに異様なダイナミズムを持っているはずであるのに、唐の朝廷ではそのことにさほどの関心をもたなかった。繰りかえすようだが、密教の壮大な形而上学や即身成仏などという観念上の果実をよろこばず、ごく現実的な行者の呪力のほうをよろこんだ。①

作家通过作品提出密教在中国并没有受到充分的重视，密教的形而上学、即身成佛的一面被忽视，仅有神秘的巫术力量被看中。

关于这一点，司马辽太郎在与ドナルド・キーン（唐纳德・金）的对谈中评论道：

> ……長安の都では、密教は伝わっていることはいるのですけれど、中国人の体質になんとなく合わないのでしょうか。つまりひじょうな観念議論ですから……。すごい顔の仏さまがいっぱいあって、あ

---

① 司馬遼太郎：『空海の風景』，『司馬遼太郎全集』第 39 卷，文藝春秋 1983 年版，第 188 頁。

れで一種の思想表現をしているのでしょうけれど仏さまの向こうにある考え方というのは、宙に浮いたものです。中国人というのは、地上に生えたもの、地上を動いているもの、目にみえるもの、食べることができるものしか認めない。ですから、儒教的なことばでいえば、密教など鬼神の沙汰ですから、あまりはやらなくて、中国密教の長老は、なんとなくしょんぼりしていたらしい。空海がきたので、その全部を受け渡してしまうわけです。空海はそれを持って日本へ帰るのですけれども、密教というのはあれはほんとうは、仏教でなく、バラモン教でしょう。お釈迦さんが教主じゃありませんね。お釈迦さんを教祖としているんじゃなくて、架空の大日如来を教祖にしているんですから、私は、インドの土俗宗教だと思うのです。①

司马认为中国把密教排除于佛教之外。密教不是以释迦牟尼作为教祖，而是以想象出来的大日如来为教祖，所以是印度的土俗宗教。在儒教已经奠定了基础的中国，密教由于自身带有鬼神的因素，受到了儒教的排斥，没能在中国得以发展。长安给空海的普遍性世界观的形成提供了舞台，但是儒教禁锢了人们的思想，中国没有适合密教的生存环境。惠果把密教传给了空海，密教被来到中国的空海继承下来并带回日本，在日本生根，这就是中日文化的不同。

作品描述了在中国没有惠果这样的密教信徒的生存空间，空海为了树立自己的信仰，没有模仿极可能是汉族的第一个密教僧侣的惠果，而是刻意去模仿惠果的师父——少数民族出身的"不空"，而"不空"的师父是印度密教僧侣"金刚智"。② "ところが、不空の事歴を空海の事歴をつきあわせると、類似した事歴の多さにおどろかざるをえない。空海は多少は意識しつつ、不空の事歴をまねようとしていたの

---

① 司馬遼太郎：『日本人と日本文化』，中央公論社1997年版，第26—27頁。
② 司馬遼太郎：『空海の風景』，『司馬遼太郎全集』第39卷，文藝春秋1983年版，第186—187頁。

ではないか。"① 空海努力模仿异国印度的不空,并加强自己来自异国的异种人的意识。之所以这样做是因为空海把这个异国想象成《大日经》的原理世界的形而上学的国度,把异种人想象成与沾着地上泥土的普通人不同的自己,而通过这样做把自己的独特性加以确定。②

该作品的创作难度很大,谷泽永一总结了五个难点:第一,时空跨越过大,资料匮乏;第二,空海是一个极其难得的、跨越民族界限去追求人类普遍性原理的人,是一个特殊而孤独的个体,不易塑造;第三,为了理解当时对于世界普遍性的强烈憧憬,需要作家高度的历史洞察力;第四,作家必须有对密教思想世界的高度理解,并具有驾驭通俗的语言加以分析的能力;第五,对人来说,密教思想到底是什么,需要把该问题的本质呈现在读者面前。③

虽然司马辽太郎克服了以上困难完成了《空海的风景》,但是并没有被一般读者所接受。

> ……『空海の風景』は、素材の意外性と、作品の出来ということからいえば、もっとも後に残るもののひとつであろうが、極端なことをいえば、質が高すぎた。つまり、一般うけがしなかった。一般うけがするということの意味は、時代の雰囲気を呼吸している大衆が、その時代に応じて読み換えられる、ということである。『空海の風景』には、それができにくかった。④

松本健一认为《空海的风景》从题材方面以及作品的完成质量方面来看是可以流传后世的作品。但是,同时也指出这是一部不能受到读者

---

① 司馬遼太郎:『空海の風景』,『司馬遼太郎全集』第 39 巻,文藝春秋 1983 年版,第 261 頁。
② 司馬遼太郎:『空海の風景』,『司馬遼太郎全集』第 39 巻,文藝春秋 1983 年版,第 261 頁。
③ 谷沢永一:『円熟期 司馬遼太郎 エッセンス』,文藝春秋 1985 年版,第 115—117 頁。
④ 松本健一:『司馬遼太郎』,学研研究社 2001 年版,第 124 頁。

广泛欢迎的作品，因为这部作品没有能够使读者产生与空海同时代的共鸣。

　　日本历史小说家陈舜臣（1924—2015 年）也撰写有空海题材的长篇历史小说《曼荼羅の人　空海求法伝（曼荼罗的人　空海求法传）》。该作品先是在《读卖新闻》上连载，1984 年 1 月 30 日由出版社ティビーエス・ブリタニカ（TBS-BRITANNICA）出版。仅仅一个半月的时间就印刷了 6 次，很受读者欢迎。该作品创作于司马《空海的风景》作品的十年后，从空海乘坐的遣唐使的船只漂泊到靠近现今浙江省的福建海岸开始，到回到日本踏上九州的土地，几乎全文都是对空海在中国求法经历的描写。与司马的《空海的风景》相比，其特色是全文以对话为主，段落较短，十分好读，字里行间，人物形象、环境场景活灵活现，跃然于纸上。小说还对密教特色、空海对性欲的认识等进行了描述。但是由于以会话为中心，所以并没有像《空海的风景》那样在密教的历史等方面进行进一步的阐述。二者各有千秋。

　　《空海的风景》无疑是表现了司马辽太郎思想的一部重要作品。它在中国和日本文化差异上做了深入的分析，对唐代中国的开放性极力赞美，同时对根深蒂固、刻板的儒教进行了批判性的分析。

第三节　明清更迭的启示

　　《鞑靼风云录》于 1984 年 1 月—1987 年 8 月在《中央公论》上连载，是司马辽太郎创作的最后一部历史小说。1988 年 10 月获得第 15 届大佛次郎奖。司马辽太郎笔下的鞑靼主要指不是像蒙古人一样游牧生活，而是在中国东北山区以及河流以狩猎、捕捞为主，耕种养猪来生活的散居的、小的、朴素的民族。① 中国称他们为女真人，也叫满族。司马"从小就喜欢'鞑靼'这个词"②，对这一地区的少数民族抱有浓厚的兴趣。后

---

① 参见成田龍一『戰後思想家としての司馬遼太郎』，筑摩書房 2009 年版，第 272 页。
② 司马辽太郎：《鞑靼风云录》，高士平、金满绪译，重庆出版社 2011 年版，第 459 页。

来，学习了蒙古语的司马对同一语系、同一文字的满语以及中国东北区域的历史、文化一直加以关注。司马在该作品文库版本发行时写道：

> 如今他们虽然在中国被埋没，但是我给这个光辉灿烂的小民族大胆地冠以"鞑靼"的名称，这是因为我沿袭了日本江户时代的称呼。①

由此可以看出鞑靼不是指历史上对蒙古人的称呼，而是指江户时代日本人对女真人的称呼。同时，作品题目命名为"风云录"这一点可以看出司马是极其赞赏"鞑靼"的。

小说描写了明朝的灭亡以及大清的兴起。其独特之处是设定了一名日本九州平户岛松浦藩的武士桂庄助到了中国东北，他送回了漂流到日本平户的女真族公主艾比娅。该武士在女真族派系争斗中为了保护公主以日本武将的身份与公主结婚。清朝成立后，公主想看看日本，他们一起回到了日本，松浦藩接受了他们夫妻二人，以明朝人的身份在日本生活。庄助看到了大清王国的崛起，用自己的眼睛对此过程进行了旁观者的观察。

图3-3 《鞑靼风云录》中译本书影

实际上，庄助的这种生活经历与司马辽太郎本人第二次世界大战期间的经历有着相似之处。其差

---

① 司马辽太郎：《鞑靼风云录》，高士平、金满绪译，重庆出版社2011年版，第460页。

异在于庄助娶了当地的女子，在当地作为日本的使者被委以重任。庄助回到日本之后，又以鞑靼人身份在日本生活。而司马辽太郎作为日本士兵到了中国，是侵略者的一员。被调回本土之后迎来战败。二者相同之处是都有了异国体验，这样的人物设定加强了作品通过旁观者的身份对异族文化解读的成分。同时，日本人庄助、妻子艾比娅的国籍的问题也涉及自我认同的问题。① 该作品涉及日本、中国、朝鲜等国家，也涉及汉族、满族、大和民族的问题，带着浓厚的民族、文化论色彩。② 实际上，这样的设定仿佛也有着20世纪80年代创作该作品时的司马对同时代日本人的期待。

　　……韃靼人となった一人の日本人の話。彼はやがて日本に帰ってきて、日本のなかのひとりの人間として生きる。そういう人を司馬さんは日本人に期待した。③

文艺评论家鹤见俊辅认为司马辽太郎之所以塑造出一个走出国门的日本人形象，再让他回到日本生活，是因为司马心目中理想的日本人是有着国际体验、有着旁观者视角的。庄助就是这样一个到了鞑靼生活区域的中国东北，之后又回到日本的人物。在作品中，司马辽太郎的目光仿佛跟着庄助的目光移动，描写出了女真族人、蒙古人、汉族人、朝鲜人、回族人等各个民族、各个国家的不同形象。虽然庄助即使回到日本也没能在锁国时期的日本被认可自己的日本人身份，但是他对世界有了更深入的了解，有了更广泛的视角。司马称自己是"在日日本人"④，也是希望自己是一个有着国际视野的、旁观者视角的日本人。同时他也是通过自己的最后一部历史小说向日本读者表达自己对日本人的这个期待。

---

　　① 成田龍一:『戦後思想家としての司馬遼太郎』，筑摩書房2009年版，第288頁。
　　② 遠藤芳信:『海を超える司馬遼太郎——東アジア世界に生きる「在日本人」』，フォーラム・A1998年版，第69—86頁。
　　③ 鶴見俊輔:「司馬史観にふれて」，小山内美江子、鶴見俊輔等『司馬遼太郎の流儀』，日本放送出版協会2001年版，第71頁。
　　④ 司馬遼太郎:『壱岐・対馬の道』，朝日新聞社2011年版，第69頁。

第三章　司马辽太郎的中国题材创作　79

《鞑靼风云录》描写了明朝的衰亡、清朝的兴起。司马在作品中描写了明清交错时期东亚国与国之间、民族与民族之间的相互关系，塑造了不少相关的人物形象。明朝灭亡与清朝政权的确立这一主题使得作品对明清对比描写所占比例较大。那么具体是如何描述的呢？

首先，司马描写了一个明末官僚社会的惨状：

『韃靼疾風録』においても明末の官僚社会の惨状が出てくる。韃靼が明朝をほろぼしたものではなく、国家の内部を党争と宦官が食いあらして空洞にし、いわば風倒木のようにして倒れたのではないかとさえおもえてくるほどである。①

明末朝廷内部派系争斗不断，宦官专权，政权摇摇欲坠。关于明朝，司马也塑造出了正面的人物形象。比如镇守宁远城的将领袁崇焕。他英勇善战，讲求"忠义"，以至于皇太极认为支撑明朝的只有宁远城的袁崇焕一个人。但是，对于这样一名将领在明朝的官宦眼里却是另外的看法。②

不过，明人的官宦却不这么看。人世间的事情真是不可思议，北京的大官们反倒认为："这个广东的乡巴佬是发疯了！他勇猛得过头了吧。"

官僚们张口闭口说为了国家，但大多数场合，只是为了装潢门面而已，实际上连做梦都不会忘记保护自己。为通过科举考试而发愤图强也不过是为一己私利。他们一旦变成了朝臣，就结党营私，保护自身，诽谤他党。即使有时是商讨政策，同样是站在这种钩心斗角的立场上互相扯皮，直到撰写方案时才使用"为国家"这样的字眼来修辞和论理。

---

① 司馬遼太郎：「女真人来りさる」，『中央公論』1987.9，第 308—324 页。
② 司马辽太郎：《鞑靼风云录》，高士平、金满绪译，重庆出版社 2011 年版，第 235 页。

在这种心理支配下，他们不可能发现袁崇焕这样的人。

至于宦官，更是有过之而无不及，他们只知道敛财和满足口腹之欲。他们待在皇帝的身边，因为一切权力集中在皇帝一人手中，宦官对御马的自言自语也会置官僚于死地。尽管受到熹宗宠爱的魏忠贤在新皇帝崇祯帝即位后被诛杀，但是上述情况仍然没有改变。因此，就连堂堂的大官也害怕宦官，时刻不忘给他们送礼。①

明朝的官僚和宦官都在谋私利。那么皇帝如何呢？司马写到明朝历代王朝的确没有明主，多为蛮横无道的君主。而明朝最后的皇帝崇祯帝与众不同，他天资聪慧，具有危机意识，这产生了自净能力。崇祯帝谨慎正直，他的功绩在于让实干家徐光启做了宰相，但是他无法挽回明朝衰败的命运。当时只有 19 岁的这个皇帝，看多了前朝奸臣的行为，这使他不相信任何人，无论他多么有才智也无法完全知人善任。②"崇祯帝作为君主是个不可救药的多疑者，但唯独可以确定的是，他在位前后大概十七年，一直想努力做一位百姓的好君主。"③ 明朝趋于灭亡，崇祯帝自杀时亲自敲钟，集合百官，但是没有一个人来集合，只有一个平素不起眼的宦官王成恩跟着他。伺候皇上自杀之后，他也上吊而死，"也就是说，只有这个宦官是忠臣"④。李自成攻陷北京城，"没有一个人为保卫北京城战死"⑤。

关于明朝，司马描写了大将吴三桂为了救父亲决定投降李自成。⑥ 但是因为李自成没有把作为人质的父亲送回来，爱妾陈圆圆又落在李自成大将刘宗敏（嗜好虐待，喜欢杀戮，好色之徒）手里，一气之下为清兵

---

① 司马辽太郎：《鞑靼风云录》，高士平、金满绪译，重庆出版社 2011 年版，第 235—236 页。
② 司马辽太郎：《鞑靼风云录》，高士平、金满绪译，重庆出版社 2011 年版，第 236—237 页。
③ 司马辽太郎：《鞑靼风云录》，高士平、金满绪译，重庆出版社 2011 年版，第 357 页。
④ 司马辽太郎：《鞑靼风云录》，高士平、金满绪译，重庆出版社 2011 年版，第 357 页。
⑤ 司马辽太郎：《鞑靼风云录》，高士平、金满绪译，重庆出版社 2011 年版，第 355 页。
⑥ 司马辽太郎：《鞑靼风云录》，高士平、金满绪译，重庆出版社 2011 年版，第 366 页。

打开了山海关的大门。

>他出卖了汉族的国土。
>动机是为了一个女人。
>汉族的一个将军因为失去陈圆圆而愤怒,为了泄愤把国家出卖给异族。①

明朝的大将吴三桂因为自己的私人恩怨,把国家出卖给了异族,灭亡了一个朝代。

那么关于李自成,司马是如何描述的呢?在《鞑靼风云录》中,司马用了一定的笔墨描写李自成。司马写到李自成和汉高祖刘邦的情况相似,都曾经是游手好闲的无能之辈。李自成效仿汉高祖让读书人做官,严格军纪,平分土地。② 同时,司马也描写了李自成的军队进了京城之后随意掠夺财富。首先李自成本人入城四五日掠夺了整个北京的财富,之后才允许士兵掠夺,并伴随着杀戮。③ 还描写了李自成匆忙称帝,狼狈逃跑并被杀死的经过。④ 司马在"「叛旗」と李自成"一文中提到1979年5月司马在大阪自己家中接待了作家姚雪垠(1910—1999年),并接受了其赠送的作品——长篇历史小说《李自成》。日本江户时代,关于对中国明清的认识汇集成册为《华夷变态》,书中提到日本基本是对李自成持好感的,认为李自成是一条好汉。⑤ 但是,司马并没有树立类似于《李自成》塑造出的高大英雄形象。

那么关于清朝,关于创建了清朝的女真人,司马是如何认识的呢?司马写到女真继承人的确定以能力为标准,除了才能还要看胆识和气量,

---

① 司马辽太郎:《鞑靼风云录》,高士平、金满绪译,重庆出版社2011年版,第382页。
② 司马辽太郎:《鞑靼风云录》,高士平、金满绪译,重庆出版社2011年版,第305页。
③ 司马辽太郎:《鞑靼风云录》,高士平、金满绪译,重庆出版社2011年版,第363页。
④ 司马辽太郎:《鞑靼风云录》,高士平、金满绪译,重庆出版社2011年版,第411—414页。
⑤ 司馬遼太郎:『歴史の舞台　文明のさまざま』,中央公論社1984年版,第186—187頁。

仅仅是长子是不能继位的。① 女真族的长处是作战和狩猎。在八旗的组织机构中，旗人对自己的主人极尽忠诚。女真人十分注重情谊，主人和下属的关系如同父母和孩子一样，上下和谐，是女真人的美德。② 但是，"天性感情用事，感情冲动起来就会失去理性"③。

在作品中，司马主要塑造了努尔哈赤（1559—1626 年）、皇太极（1592—1643 年）、巴特尔、多尔衮（1612—1650 年）等人物形象。通过庄助的观察，努尔哈赤靠武力征服了四方，纠结原来的敌人，组成一个强大的势力，谁也不知道跟随努尔哈赤的人是真心敬服他，还是惧怕他的武力。而且他生性多疑，威严而粗暴，就是亲人也不留情面，予以诛杀。④ 皇太极继承了父亲努尔哈赤的政权，和努尔哈赤不一样的是他不首先考虑杀人，而是重视耐心地改变制度。他削弱各旗长的实力，引进官僚制，女真的机构发生了变化，由此他使女真的势力大增，得到蒙古，控制了朝鲜，深入长城内部。同时他特别喜欢俘虏汉人，以保证自己管辖区的人口增加，认为人的价值超过金银财宝，这成了贯穿整个皇太极时代的重要方针之一。他不轻易武力进攻，而是以防御为主，如果投降就对将军进行重奖，他不担心归顺的明军士兵反叛，因为少数的女真人就足可以镇压数倍数量旧明军的反叛。他引进葡萄牙式火炮，广泛物色技术人才。为了让汉族人抛弃对于女真人是"野蛮人"的认识，缩小和明朝的文化落差，他统一了贵族和官僚的官服；禁止和继母、伯母、嫂子结婚，规定同族同姓不得通婚。皇太极作为战略家或政略家是优秀的，他去世时没有遗言，连继承人也没有确定下来，他本人后来才被称为皇帝。⑤ 多尔衮是努尔哈赤的第九个儿子，深受努尔哈赤的喜爱，"又称睿亲王，此人绝不觊觎大汗宝座。他不辞劳苦，转战沙场，夺地攻城，在

---

① 司马辽太郎：《鞑靼风云录》，高士平、金满绪译，重庆出版社 2011 年版，第 275 页。
② 司马辽太郎：《鞑靼风云录》，高士平、金满绪译，重庆出版社 2011 年版，第 267 页。
③ 司马辽太郎：《鞑靼风云录》，高士平、金满绪译，重庆出版社 2011 年版，第 158 页。
④ 司马辽太郎：《鞑靼风云录》，高士平、金满绪译，重庆出版社 2011 年版，第 158 页。
⑤ 司马辽太郎：《鞑靼风云录》，高士平、金满绪译，重庆出版社 2011 年版，第 268—274 页。

内部确立了各种制度，一生忠心辅佐皇帝，事实上奠定了清王朝的基础"①。皇太极去世后，6 岁的福临继位，多尔衮成为摄政王，成了事实上的大汗。②但是他时刻注意自己摄政王的身份，不张扬，不断扩张女真人的势力，带领着女真人进入了京城。③巴特尔是女真的将领，喜欢庄助的妻子艾比娅，重情谊，真情实意地关心庄助，和庄助建立了牢固的友情。司马通过庄助眼睛的观察，进行了以上女真人物形象的塑造，充分展现了女真人的性格特色。

清朝是一个少数民族建立的王朝。司马认为清朝出现了康熙、雍正、乾隆等巨人，是宋、明的任何一个皇帝无法比及的。司马赞赏了新中国作为多民族国家要求汉族放弃优越感，加强了对边疆少数民族的重视的做法，但是也指出像作家王蒙一样到新疆去掌握少数民族的语言与文化的知识分子并不多，新中国成立之前，中国对少数民族建立的清朝评价过低。④

が、近現代の中国の政府は、それを認めたがらない。
なにぶん清朝は夷狄で、よそからきたのである。
その民族たるや、人口が微小で男女あわせてもわずか五、六十万であるにすぎず、それでもって数億の中国を治めたのは、奇蹟というにちかい。
——なんとすぐれた民族だったことか。
などとほめるのは、漢族におそらくひとりもいないはずである。⑤

司马认为满族以少数人经营了清王朝，创造了奇迹。满族如此伟大，

---

① 司马辽太郎：《鞑靼风云录》，高士平、金满绪译，重庆出版社 2011 年版，第 167 页。
② 司马辽太郎：《鞑靼风云录》，高士平、金满绪译，重庆出版社 2011 年版，第 286 页。
③ 司马辽太郎：《鞑靼风云录》，高士平、金满绪译，重庆出版社 2011 年版，第 420—421 页。
④ 司馬遼太郎：「女真人来り去る」，『中央公論』1987.9，第 308—324 頁。
⑤ 司馬遼太郎：「女真人来り去る」，『中央公論』1987.9，第 308—324 頁。

但是近现代的中国却不能赞美满族，实在是一个遗憾。事实上，司马本人从小就对满族充满了憧憬：

> ぼくはいまでも、日本で手に入る限りの満州語の字引を持っていまして、文字はモンゴル語と同じですから、音読だけはできます。意味はわかりませんが。満州民族、ジョルシン、女真族へのあこがれは、実際に見たことがないから、いっそう強く自分の体の中にあるんです。①

司马辽太郎在大学所学专业是蒙古语，《鞑靼风云录》是司马唯一一部需要阅读蒙古语资料来创作的历史小说，59 岁开始创作该作品的司马在这最后一部历史小说中倾注了大量的心血。

他在访问中国的时候也保持了对满族的关注。比如司马在 1977 年 8 月至 9 月大约有 3 周的时间参加日本放送局的特别节目《丝绸之路》的拍摄前往新疆的乌鲁木齐、伊犁、吐鲁番、和田，他特意关注了在伊犁生活的满族后裔——锡伯族人。他们 1759 年被乾隆皇帝派往新疆，留在了那里，还保留着吉林地区老家的半狩猎、半务农的生活方式，保留着纯粹的满语和满族文字，人口达 2 万人。当时，虽然由于时间的关系没能到当地参观，但是少男少女来到机场与司马一行见面，男摔跤女弓箭。在日本，司马还专门到横滨去探访一位加入日本国籍的、豪爽的锡伯族老人。② 以上足以看出司马辽太郎对满族的兴趣。

描写同一时期的中国题材的小说中，还有陈舜臣的长篇历史小说《风云儿郑成功》（1974 年），创作时间早于《鞑靼风云录》10 年。该作品以明朝灭亡之后的郑成功的复明活动为主线加以展开。其中关于满族的描写很有限，也没有过多的汉族、满族文化的对照性分析，只是集中

---

① 司馬遼太郎、陳舜臣、金達寿：『歴史の交差路にて——日本・中国・朝鮮』，講談社 2000 年版，第 49 頁。

② 司馬遼太郎、陳舜臣、金達寿：『歴史の交差路にて——日本・中国・朝鮮』，講談社 2000 年版，第 53 頁。

塑造了郑成功这一英雄形象。

第四节　不容忽视的民族主义立场

　　第二次世界大战期间曾经在中国东北当兵的司马辽太郎在中日恢复邦交之后，多次到中国访问。

　　关于战争的侵略性质的问题司马辽太郎很坦白地加以承认。比如司马来华访问之前十分担心中国人如何对待来自侵略者国度——日本的访问者的问题。在《从长安到北京》中，司马写到听说在接受日本人的来访之前中国花了三年的时间对百姓进行了深入的宣传，指出错都错在日本帝国主义，不在日本人。因此，在亚洲大多数国家都不受欢迎的日本人到了中国没有被追着加以指责。[①] 在昆明，一个长相像达摩的白胡子老人对司马一行十分友好，司马再次指出中国从 1955 年（笔误。1975 年）前后就用了好几年的时间进行彻底的民众教育，叫大家不要恨日本，都是日本军国主义的责任，日本军人是因为从小受到军国主义教育才相信了侵略就是爱国，是不得已；是战争让士兵变得疯狂，问题在于战争，不在于人。[②] 但是，司马引用了日本老华侨的话：

　　　　日本人は許すと、すぐ忘れてしまう。許したら、忘れなければいけない、と考えているようだ。中国人の場合は違う。許した後は、きれいにつき合うが、その事実は決して忘れていない。[③]

　　老华侨指出了中日文化的差异：日本人一被原谅就马上忘记自己的罪责，就好像被原谅的话就必须得忘记一样。而中国人却不同，虽然原

[①]　司馬遼太郎：『長安から北京へ』，中央公論社 1976 年版，第 30 页。
[②]　司馬遼太郎：『街道をゆく』第 20 卷『中国・蜀と雲南のみち』，朝日新聞社 1987 年版，第 260—262 页。
[③]　司馬遼太郎：『街道をゆく』第 20 卷『中国・蜀と雲南のみち』，朝日新聞社 1987 年版，第 263 页。

谅之后可以友好相处，但是绝对没有忘记。"加害者側は忘れがたいのだが、加害者側は、忘れようと思えば、そうすることもできる。私個人に関するかぎり、いちいち贖罪感を通して中国人に接したり、その風物を見たりしたことはない。"① 司马本人作为军人到中国东北时没有经历过中日间大的作战就被调回日本，恢复邦交后来到中国访问也没有时刻带着赎罪感来与人接触，欣赏风景。但是，他指出侵略是不容否认的：

> が、侵略した、ということは、事実なのである。その事実を受け容れるだけの精神的あるいは倫理的体力を後代の日本人は持つべきで、もし、後代の日本人が言葉のすりかえを教えられることによって事実に目を昏まされ、諸事、事実をそういう知的視力でしか見られないような人間があふれるようになれば、日本社会はつかのまに衰弱してしまう。②

司马认为如果日本到处充斥着对事实视而不见的人的话，整个社会就会衰落下去。

但是在司马的作品中也脱离不了其日本的立场。在司马的创作中，《坂上之云》是以描写日俄战争为主的历史小说。日俄战争虽然是日本和俄国之间的战争，但是战场却在中国，尤其是中国的东北。然而，全书关于中国东北的描写仅占三分之一，仅仅是作为日本和俄国展开战争的战场而已。在这片土地上生活的中国东北的民众并没有成为描写对象。作为东北人仅仅描写到了被日军利用的东北土匪，也不过用了600字左右的篇幅。作为中国人，仅有李鸿章和北洋舰队的丁汝昌等几个人登场，所占篇幅极其有限。由此可以看出司马把视点放在了日本，而忽略了中国民众的感受。

---

① 司馬遼太郎：『街道をゆく』第 20 卷『中国・蜀と雲南のみち』，朝日新聞社 1987 年版，第 263—264 頁。
② 司馬遼太郎：『街道をゆく』第 20 卷『中国・蜀と雲南のみち』，朝日新聞社 1987 年版，第 264 頁。

《坂上之云》已经被日本唯一的国有电视台 NHK 投巨资拍摄成电视连续剧。其中第一部于 2009 年 11—12 月分 5 集播放。第二部、第三部在 2010 年、2011 年的秋季各分 4 集播放。这是一部共 13 集的电视连续剧，却花费 3 年的时间来制作，可见 NHK 电视台为此花费了多少财力和物力。

　　司马辽太郎是如何描写中国东北的？又是如何看待这一段历史的？这一点可以从小说中他对东北的描述等内容加以具体了解。

一　中国经历与创作

　　司马辽太郎对东北十分赞赏。他说：

> 　　中国の東北地方というのは何となくいいところですね。大地がゆるやかにうねっていてね、はるか向こうに山があるのかと思ったら、山ではなくて、うねっている果てがかすんでいるから山に見えるといった悠大な感じで……①

　　中国东北有着辽阔的土地，其一望无际的感觉给了司马辽太郎以极其深刻的印象。因为司马辽太郎在大学学的专业是蒙古语，所以他对蒙古草原的辽阔应该有所了解。那么对于第一次从日本来到辽阔大陆的他来说，其感受如何是可想而知的。

　　司马辽太郎 1943 年 12 月 1 日作为学生兵应征入伍，被派往位于日本兵库县加东郡合和村（现小野市）青野原的坦克第十九连队，并在那里经历了 5 个月的新兵训练。1944 年 4 月司马辽太郎被派往中国吉林省四平市，进入"陆军战车学校"学习坦克技术。那里是一个培训陆军坦克部队下级指挥官的学校。同年 12 月司马辽太郎从战车学校毕业作为见习军官被派往驻扎在牡丹江宁安县一个小村庄——石头河子的坦克第一师团第一连队第五中队第三小队。他担任小队长，负责 4 辆坦克的指挥。1945 年 2 月晋升为陆军少尉，3 月 22 日被调回日本。他在中国

---

① 司馬遼太郎、陳舜臣：『中国を考える』，文藝春秋 1996 年版，第 67 頁。

东北前后生活了 10 个月的时间，经历了一个完整的冬季，而且是在寒冷的牡丹江。①

司马辽太郎在小说《殉死》（第一部"要塞"，《别册文艺春秋》1967 年 6 月；第二部"切腹"，《别册文艺春秋》1967 年 9 月）中，关于日俄战争旅顺战役中日军的惨败以及对旅顺的见闻，这样写道：

> 関心が薄かったとはいえ、ただ筆者が軍隊にとられ、満州にゆき、旅順の戦跡のそばを通ったとき、「爾霊山（二〇三高地）には、砂礫にまじっていまも無数の白骨の破片がおちている」とか、雨がふれば人のあぶらが浮かんでは流れる、といったような、いわば、観光案内ふうの話をきかされ、そのとき、子供のころから持ちつづけてきた多少の疑問をあらためて感じた。なぜ、これだけの大要塞の攻撃にこのひとのような無能な軍人をさしむけたのか、ということである。むろん、これは——この疑問は乃木希典そのひとの問題とはなんのかかわりのない——この乃木希典もまた、その意味では犠牲者なのだが。②

《殉死》的主人公是日俄战争时期第三军司令乃木希典（1849—1912 年）。当时，乃木希典所在的第三军负责旅顺战役，然而多次失利，人员伤亡惨重，尤其是 203 高地屡次失守。这是日俄战争期间最艰苦的战役之一。司马辽太郎在《坂上之云》中也用大量的篇幅描写了日俄战争旅顺战役，尤其是乃木希典所在第三军的表现。如果没有到过旅顺战役的遗址，没有切实的感受，创作上会有很大的难度。司马辽太郎在中国东北的经历在《坂上之云》的创作中发挥了很大的作用。

1972 年 8 月，《坂上之云》的连载结束，同年 9 月，中日两国恢复邦交。随后司马辽太郎开始访问中国大陆。1975 年 5 月他参加以井上靖为

---

① 志村有弘：『司馬遼太郎事典』，勉誠出版 2007 年版，第 371 頁。
② 司馬遼太郎：『殉死』，文藝春秋 2004 年版，第 14 頁。

团长的访华团，访问了北京、洛阳、西安、延安、无锡、上海等地；1977年8月他参加日中文化交流协会中国访问团，同时参加NHK《丝绸之路》的筹划工作，与中岛健藏、井上靖等人赴新疆天山北麓进行访问。之后，1978年4月访问苏州；1981年5—6月访问江苏、浙江、云南等四省；1984年4月，61岁的司马辽太郎又经上海访问福建。

然而，在恢复邦交后的旅行中，司马辽太郎虽然多次访问过中国，也去过蒙古、美国、英国、荷兰等不少国家和地区，但是再没有踏上过中国东北的土地。

二 《坂上之云》的立场缺失

司马辽太郎的《坂上之云》共分6部。其中第一部写到了甲午战争，写到中国的一些将领，但是只有"军舰"和"甲午战争"两小节，所占篇幅极其有限。"军舰"写到中国北洋舰队1879年建立，规模宏大。1891年7月为了震慑日本，北洋水师提督丁汝昌率领世界最强的战舰定远舰和镇远舰以及其他四艘军舰进入横滨港访问日本。

> この北洋艦隊の日本訪問は、はたして清国にとって外交上成功したかどうか、結果としては疑問であった。
>
> この朝野の衝撃が、日本海軍省にとっては建艦予算をとる仕事を容易にした。議会はそのぼう大な海軍拡張費に対し大いにしぶりはしたが、政府は天皇をうごかしたり、世論を喚起したりさまざまないきさつを経て海軍拡充計画を実行して行った。①

司马描写到中国军舰访问了日本，虽然达到了震慑日本的目的，但是客观上刺激了日本，日本加强了海军军费的支出，促进了海军的扩张。在"甲午战争"一节中司马对其战争性质进行了界定："善でも悪でもなく、人類の歴史のなかにおける日本という国家の成長の度合いの問題

---

① 『司馬遼太郎全集』第24巻『坂の上の雲』第1巻，文藝春秋1981年版，第183頁。

としてこのことを考えてゆかねばならない。"① 司马在作品中首先指出甲午战争是关系到日本这一国家成长的问题，随后分析了欧美列强瓜分殖民地的世界局势，认为在当时的历史时期是日本"不得不走"的一步。关于甲午战争中日双方的胜负原因，司马借用了在甲午战役中进行远东视察的英国海军中将フリーマンター的话，认为两国舰队都是优良舰队，兵力上差别不大。但是在军人的道德心上存在很大的差异。中国人爱和平，过于守旧，而且在传统上认为军人是低贱的职业，不是正人君子所为。因此雇用的是粗暴狂野之人，甚至有人看到士兵在定远舰上进行赌博。② 在这一节中，司马虽然赞赏了丁汝昌等人对日军的英勇奋战，但是集中描述了甲午战争时期中国的腐败与无能，日本的努力与崛起。

日俄战争分为陆战和海战，第三部与第四部以描写陆战为主，占全书篇幅的三分之一，主要描写的是中国东北战场。除此之外，第一部中甲午战争的东北海域战和第五部中的陆上大决战也是描写东北的内容。

在《坂上之云》中，司马辽太郎大量描写了东北的地理环境。在写到旅顺港口的设立时谈到旅顺的地理位置，而且对旅顺周边的炮台和群山的位置也都描绘得十分清楚。③

作品对东北气候也有比较切合实际的描写。日军决定在春季到来之前向俄军进攻，其中很大的原因在于对气候的考虑。其次如果到了第二年春季，俄军将会有第四军团增援中国战场，日军因此会被打出辽东半岛。

　　この軍隊運動は、満州にあっては冬季のほうがいい。河という河が結水しているため、その上を人馬車輌が自由に往来できるからである。だが、春になれば、道がぬかるみ、軍隊運動には最悪の

---

① 『司馬遼太郎全集』第 24 卷『坂の上の雲』第 1 卷，文藝春秋 1981 年版，第 199 頁。
② 『司馬遼太郎全集』第 24 卷『坂の上の雲』第 1 卷，文藝春秋 1981 年版，第 223 頁。
③ 『司馬遼太郎全集』第 24 卷『坂の上の雲』第 1 卷，文藝春秋 1981 年版，第 240—241 頁。

条件になる。①

于是，决战选择了冰天雪地的冬季。日军与俄军对比，兵力相差悬殊，武器弹药不足，又属于进攻的一方，但决战的时机和战术起到了决定性的作用，这样才在奉天会战将近结束时勉强占了上风。对于大阪出生，在冬季温暖的大阪附近长大的作者来说，东北的经历是他描写《坂上之云》1905年1月隆冬时节奉天会战环境的基础。这一定是经历过中国东北隆冬季节的作者体会最深的地方。

在《坂上之云》中，虽然有很多关于东北地理环境和气候的描述，但是关于东北人的描述却极其有限。小说中仅仅描写到了被日军利用的东北土匪。日军借助土匪的力量展开侦探活动。当日军侦察部队遇到俄军时，带队的日本军官让土匪冲在前面，扰乱俄军的判断。② 可是，即便是这些描述也是极其有限。而普通的中国百姓在甲午战争与日俄战争的过程中遭受了很多灾难，甚至遭受到日军的屠杀。对此，司马辽太郎都极少在《坂上之云》中有所表述。

司马辽太郎在作品中提到了中国在日俄战争中的被动地位，中国被无端地卷入战争，成为日本和俄国争斗的战场。对此，司马表示了一定的同情。

> いかにも直隷平野といわれるにふさわしい美しい風景であったが、しかしながら、この大地の主人である清国人にとって迷惑しごくなことに、かれらに何の縁もない二つの異民族がこの風景を舞台に死闘をくりかえしていることであった。③

但是，同时司马也提到日俄履行了正常的手续，获得了清朝的许可。

---

① 『司馬遼太郎全集』第26卷『坂の上の雲』第3卷，文藝春秋1981年版，第140頁。
② 『司馬遼太郎全集』第25卷『坂の上の雲』第2卷，文藝春秋1981年版，第506頁。
③ 『司馬遼太郎全集』第26卷『坂の上の雲』第3卷，文藝春秋1981年版，第252頁。

>   シナは日露戦争におけるどちらの敵でも味方でもない。むしろ戦争の場所を提供したという点では被害者側であった。日露双方は開戦にあたって北京の清国政府に対し、戦場として貴国の領土を借りるという申し入れはした。もっとも借るといってもロシアはすでに満州における鉄道敷設権を得ており、その鉄道の沿線で戦うということであるために、日露とも申告の許可までは得る必要がなかった。あいさつ程度であった。自然、戦場は満州におけるロシアの勢力範囲に限定され、いわば土俵ができているようなものであった。①

作品中的这一段主要提出开战区域是俄罗斯在中国东北的势力范围之内，所以只是和清朝打一下招呼而已，在中国开战是"合理合法"的，忽略了对中国民众造成的生命和财产的威胁。

有学者明确地指出，《坂上之云》没有把日军甲午战争期间在旅顺的大屠杀写进作品。中村政则这样写道：

>   以上のように、ちょっと検討しただけでも、司馬の日本近現代史理解にはさまざまな弱点・欠陥のあることが見えてくる。彼の『燃えよ剣』における土方歳三の描き方、『竜馬がゆく』の坂本竜馬像、『坂の上の雲』における「旅順虐殺事件」（日清戦争時）の無視や乃木希典と東郷平八郎に対する愚将扱いと英雄視などについては、すでにいくつかの批評や研究が出されている（松浦玲、井上晴樹、鈴木良、桑原獄、半藤一利、古川薫など）。②

备仲臣道在他的论著中也指出司马在作品中避开旅顺大虐杀的问题：

---

① 『司馬遼太郎全集』第 26 巻『坂の上の雲』第 3 巻，文藝春秋 1981 年版，第 274—275 頁。

② 中村政則：『近現代史をどう見るか——司馬史観を問う』，岩波書店 1997 年版，第 7 頁。

第三章　司马辽太郎的中国题材创作　◆　93

图3-4　旅顺无辜百姓被残杀

　　こうして、日本軍による旅順の攻撃がはじまったのが十一月二十一日の未明であった。司馬遼太郎はそれを、半年はかかるといわれた旅順要塞は、まる一日で陥ちてしまった——と、たった二行で片づけていて、この時に起きた非戦闘員である民間人の虐殺事件については、一言半句も触れていない。これはなぜか。司馬は『坂の上の雲』のために国内外から膨大な資料を収集し、その読破と取材と構想に五年もの歳月を費やしたと言われている。そうであれば、虐殺事件も入手した資料の中に当然あっただろうし、知らなかったということは、どう考えてみてもあり得ないとしか思われない。どうして無視したのであろうか。あとで見るとおり、日清戦争を新興国日本の「美しい物語」の一つとして描きたかったのだとでも考えておくほかに、思い当たることはない。[1]

---

[1]　備仲臣道：『司馬遼太郎と朝鮮——「坂の上の雲」もう一つの読み方』，批評社2007年版，第83—84頁。

备仲臣道写到1894年11月21日日军占领了旅顺周边的炮台,并进入市区以及附近村落进行搜剿。日军根本没有抓俘虏的意图——而是要把旅顺人全部杀死,无论是军人还是百姓,甚至包括妇女儿童以及老人,并烧掉整个村落。这些残忍的行径被日军以及国内外记者看在眼里,旅顺水师营就展示有日本对旅顺杀虐的资料。司马辽太郎在准备创作《坂上之云》时收集了大量的资料,以至于当时各大旧书店相关书籍被搜罗一空。基于此,旅顺大虐杀理应进入司马的视野,但是被他规避开了,反而制造了一个新兴日本的"美丽物语"。牧俊太郎指出,被司马忽略的旅顺大屠杀应该有数千人惨遭杀害,甚至还有三万人的说法。①

中国在日俄战争中并没有站在日本或者俄国的立场上参战,但是由于战场在中国而被迫成为受害方。是日俄两国把战争强加给了中国,中国的民众受到了严重的伤害。司马辽太郎虽然认识到了这一点,但是在整个长篇小说中,属于这片土地上的主人——中国东北的民众并没有成为描写对象。盐泽实信对此评论说:

> 日露両国が交戦区域とした遼河以東は、鉄嶺、石佛寺、新民府から東に面した遼東半島のほぼ全域だった。奉天、遼陽、沙河、金州、旅順と、日露の戦いで一年七カ月にわたって激戦を展開した清国の地域であった。この交戦区域の村落、城地は猛烈な砲火に犯され、家屋、家畜、農作物は奪われ、破壊されて、無数の民衆が両軍の砲弾に射たれ、理由なく殺されていった。②

在日俄战争期间,战争长期在辽阔的东北地区展开,百姓受到的伤害可想而知。而司马对以上事实没有描述,由此不难看出司马辽太郎对中国立场的忽视。

---

① 牧俊太郎:『司馬遼太郎「坂の上の雲」なぜ映像化を拒んだか』,近代文藝社2009年版,第51頁。
② 塩澤実信:『「坂の上の雲」——もうひとつの読み方』,北辰堂出版株式会社2009年版,第324頁。

三 难以抹去的耻辱

到中国东北的那一年司马辽太郎 21 岁，有了作为统治者在异国生活的经历，第二年回到日本本土的司马辽太郎迎来了日本的战败。侵华战争是日本发起的战争，给中国带来了无穷的灾难，这对司马辽太郎来说是一个难以抹去的耻辱。他以后再没有踏上东北这块土地，在他的作品中也几乎没有关于这段殖民地时期生活的详细描述。这样做有两种可能性，一是不想面对这段历史，一是更多地站在日本人的视角在思考。

不仅如此，司马辽太郎在战争时期体会到了日本的种种弊端。他所负责的坦克车虽然在当时的日本是比较新式的军事设备，是日本军队的骄傲，但是面对俄国的大炮却变成了又聋又哑又盲、不能发挥作用的东西。就是这样无用的设备日本军队还是命令其伴随其他部队出征，付出的是大量人员的伤亡。① 对于昭和时代的日本，主要是 1945 年以前的日本，司马辽太郎深感失望：

> 昭和には——昭和二十年までですが——リアリズムがなかったのです。左右のイデオロギーが充満して国家や社会をふりまわしていた時代でした。どうみても明治とは、別国の観があり、べつの民族だったのではないかと思えるほどです。②

司马辽太郎认为那一时期的日本意识形态上的争端过多，而没有客观地、现实地思虑国家和社会的问题。特别是他认为那种不重视技术，片面地重视所谓的精神的做法是错误的。所以，司马辽太郎在《殉死》以及《坂上之云》中对乃木希典导致的失误进行了深刻的分析性描述。

虽然明治时代存在乃木希典这样过于重视精神、牺牲掉大量士兵的军事指挥官，但是明治时代是日本的上升期，日本通过日俄战争的胜利

---

① 关立丹：《武士道与日本近现代文学》，中国社会科学出版社 2009 年版，第 232 页。
② 司馬遼太郎：『明治という国家』，日本放送出版協会 1989 年版，第 7 頁。

受到了世界的瞩目,开始走上大国之路。司马辽太郎在作品中进行了大量的关于日本重视战略战术的描写,尤其是把秋山好古和秋山真之俩兄弟作为贯穿全书的主人公。他们一个创立了日本的骑兵,一个是日本海军的参谋,在日军不管是陆军和海军都和俄军力量相差悬殊的情况下,依靠战术与俄军周旋,对日军胜利发挥了最大的作用。司马辽太郎之所以创作《坂上之云》,尤其是在明治维新百年的1968年开始创作《坂上之云》,应该是有其特殊的写作目的的。他希望通过描写日本的崛起,描写日本富国强兵的激情,来鼓励经济振兴时期的现代日本人,希望他们重视知识和技术,全力以赴地投身于经济建设当中。

裸眼看历史,这是司马辽太郎回顾历史的方式。明治时代虽然已经成为历史,但是回顾历史会使人更容易对事物加以判断,也会更加客观,这是司马辽太郎的一贯主张。然而司马辽太郎的立场却基本站在了日本一方。这是这部作品片面性原因之所在。对自己的思考方式是否存在偏颇,司马辽太郎本人也不无担忧:

  ……とくに作戦指導という戦争の一側面ではあったが、もしその事に関する私の考え方に誤りがあるとすれば、この小説の価値は皆無になるという切迫感が私にあった。その切迫感が私の四十代のおびただしい時間を費やさせてしまった。①

这也正是司马辽太郎写作历史题材小说留给我们的一个遗憾。

除了文学作品之外,1975年始司马辽太郎多次到中国访问,撰写了多本《街道行》系列的中国游记,包括访问了西安、延安、洛阳、北京的《从长安到北京》(1975年10—11月、1976年1—7月《中央公论》连载),访问了苏州、杭州、绍兴、宁波的《中国·江南之路》(1981年7月17日—1982年3月12日《周刊朝日》连载),访问了成都、昆明的

---

① 『司馬遼太郎全集』第26卷『坂の上の雲』第3卷,文藝春秋1981年版,第512頁。

《中国·蜀与云南之路》（1982年3月19日—1982年9月3日《周刊朝日》连载），访问了福州、德化、泉州、厦门的《中国·闽之路》（1984年8月10日—1985年12月28日《周刊朝日》连载），访问了新营、台南、嘉义、台东、花莲等地的《台湾纪行》（1993年7月2日—1994年3月25日《周刊朝日》连载）。与井上靖的对谈集《西域行》（1978年）也涉及了新疆乌鲁木齐、伊犁、和田、吐鲁番和甘肃敦煌等地的旅游观感。随笔集《中国を考える（思考中国）》（1977—1979年《小说新潮》连载）谈到了对中国的认识。

《从长安到北京》是司马辽太郎在中日恢复邦交后从1975年5月8日历时21天第一次到中国访问的游记，途经延安、洛阳等地。由于刚刚恢复邦交正常化，游记中多处写到了关于中国民众是否会憎恨日本访问者的担忧，并承认中国政府为此做了大量的铺垫工作，使得一般民众没有把仇恨集中到具体的个体的日本人。旅途中，

图3-5 《思考中国》书影

司马一行参观了十三陵等历史古迹，与文人学者进行了交流，受到了各级领导的接见。

司马的这些游记探讨了这些地区的文化特征，以及与其他国家的文化交流，尤其是提到自古以来中国与日本的关联。比如提到1956年滇池东岸石寨山附近古坟群中发现刻有"滇王之印"的汉代金印时，司马联

想到 1784 年日本福冈县志贺町博多湾海边发现的刻有"汉委奴国王"的金印。它是公元 57 年汉光武帝时期倭奴国王来朝贡时被赐予的物品。① 又比如日本著名濑户瓷器的祖先景正在日本镰仓时期（1192—1333 年）渡海到了中国，学习了制陶技术又回到日本。据说他在中国各地行走，最后到了福建学习制陶，回日本后在陶土丰富的爱知县濑户地区大量烧制陶瓷。还比如司马在中国福建山区德化体验了当地的年糕制作。当地的少数民族自古以来依靠水稻种植，他们和日本人一样在喜庆的日子，用石臼和木杵来制作年糕。② 另外，司马也谈到了中国对日本在文字、农业、建筑、航海、纺织、饮食等众多方面的影响。

除了中日间的历史文化关系、中国对日本的影响之外，司马提到了中日间存在的不少差异。司马十分赞同在交通部门担任要职的温少峰先生的关于羌族是古代汉民族的祖先的意见。但是，他指出以下问题：

> ただ残念なことは、温先生の博学は古文献にとどまり、現在におよばないことであった。
> 「現在、チャン族は、四川省のどこでどのような暮らしをしていますか。」
> と、少数民族を文化人類学的にとらえる国立民族学博物館助教授の松原正毅氏はくりかえしきくのだが、温先生は縹渺たる古文献の世界から容易に下界に降りては来られない。③

司马在此指出了中国学者过于拘泥于古代文献，缺乏对于实地考察的重视这一问题。司马还指出了中国在意识上存在的其他问题：

---

① 司馬遼太郎：『街道をゆく』第 20 巻『中国・蜀と雲南のみち』，朝日新聞社 1987 年版，第 164—165 頁。
② 司馬遼太郎：『街道をゆく』第 25 巻『中国・閩のみち』，朝日新聞社 1989 年版，第 119 頁。
③ 司馬遼太郎：『街道をゆく』第 20 巻『中国・蜀と雲南のみち』，朝日新聞社 1987 年版，第 49 頁。

……なぜ日本の民家の樋を導入しなかったのであろう。中国文明は、ながい歴史のある時期に自己完結の意識をもったのか、他の文化圏の便利なものを導入するについての鋭敏な感受性をうしなった。

……樋をながく採用しなかったということは、ある一面において歴史的中国文明の性格を象徴しているともいえる。①

所谓"樋",在日本是用于把屋顶的雨水等导出的导水管。在古代,即使浙江省与日本九州有着频繁的往来,也没能把"樋"引进来在中国加以利用。司马认为这说明了中国古代唯我独尊的一个文化倾向。

除了以上内容之外,值得关注的还有以下几点:

首先,不难看出,除了《从长安到北京》,游记中的大多数地方都曾经是异民族生活区域。比如浙江省和江苏省是春秋时期的"吴"与"越"。"極端にいえば、古代、中原の漢民族の中心地帯からいえば、異民族の地であるような印象があった。"② 直到刘邦战胜项羽,项羽的领地楚(包括吴、越)才由稻作文化被正式并入到汉文化的范围。又由于后来汉族的南下,在长江流域产生六朝时代,江南才真正成为汉文化区域。③ 同样地,四川、云南、福建都曾经是异民族区域。由此可见,司马对中国南方古代异民族区域抱有浓厚的兴趣。

私は、民族というものに優劣とか血統的な神秘性を感じない、古代、民族とは、それぞれ食うための生産形式を共有し、その生産形式ごとにわかれていたと思っている。つまりそれぞれが、稼業

---

① 司馬遼太郎:『街道をゆく』第 19 巻『中国・江南のみち』,朝日新聞社 1987 年版,第 103 頁。
② 司馬遼太郎:『街道をゆく』第 19 巻『中国・江南のみち』,朝日新聞社 1987 年版,第 69 頁。
③ 司馬遼太郎:『街道をゆく』第 19 巻『中国・江南のみち』,朝日新聞社 1987 年版,第 70—71 頁。

をもち、しょうばい違いごとに民族が形成されていた。①

司马指出中国的少数民族在公元前就对古代文明的形成发挥了各自的作用。司马认为"極端にいえば、もともと漢民族というものは存在しなかった"②，中国文明是由各种文化自古以来糅合而成的，到了秦之后才成立汉朝。司马"少年のころから中国に住む少数民族に魅かれつづけてきた。少数民族こそもっとも人間らしいとおもってきたのだ"③，重点强调了应该正确认识并重视少数民族在中国文化形成过程中发挥的作用。

其次，司马在《台湾纪行》中表现了对台湾的认识。司马十分同情在国民党统治台湾时期受到迫害的人，他痛斥了国民党的残忍、无情。早在《街道行》第6卷《冲绳·先岛之路》（1974年）中司马就谈到台湾：

> 总之，被称作高砂的台湾还是纯粹的高砂族的居住地，如果按照大国本位的近代国际法的思想来说，台湾"无主"之岛时期，与那国也是"无主"之岛。但是，与那国比台湾的高砂族的人们更早地有所属，处于首里王朝的系列管辖之下，岛民成为首里的王民，成为"有主"之民。④

司马提到明代末期汉族人入住台湾，台湾这个名称才开始被使用。之前由于台湾高山多，海上的倭寇称其为"高山"，后经转化日本称其为

---

① 司馬遼太郎：『街道をゆく』第19卷『中国・江南のみち』，朝日新聞社1987年版，第8頁。
② 司馬遼太郎：『街道をゆく』第20卷『中国・蜀と雲南のみち』，朝日新聞社1987年版，第7頁。
③ 司馬遼太郎：『街道をゆく』第20卷『中国・蜀と雲南のみち』，朝日新聞社1987年版，第208頁。
④ 司馬遼太郎：『街道をゆく』第6卷『沖縄・先島のみち』，朝日新聞出版2008年版，第182頁。原文为日文。——引者注。

第三章　司马辽太郎的中国题材创作　　101

"高砂"。关于荷兰1624年进入台湾，司马写道：

> そのころのフォルモサ（美麗）島は、無主の地というべきだった。
> 北部の鶏籠（基隆）や淡水はスペイン人が占拠し、現在の嘉義県の海岸の布袋のあたりは福建省の海賊顔思斉や鄭芝龍（鄭成功の父）が占拠していた。
> オランダ人をも海賊とみなせば、要するにこの島は、台湾海峡を上下する海賊たちの足だまりだった。①

司马认为在荷兰入侵之前，台湾并没有明确的归属，到了荷兰占领时期由于缺乏劳动力才用荷兰船到对岸的福建大量招致劳动者，这是台湾大量汉族移民的开始。② 因此，司马认为：

> 台湾は、清朝の国土なのか、それとも領有・非領有のさだかならぬ"雑居地"なのか、よくわからない島だった。
> 国際法上、明確に領有権がはっきりしていたのは、一八九五から五十年間、日本国領土だったときである。③

在这里，司马辽太郎借用了国际法，但是司马借用国际法来说明日本曾经"合法"占有台湾是站在了殖民者的立场。因为那时的国际法完全取决于欧美等殖民主义国家。司马的判断存在一定的立场问题。

《台湾纪行》最后部分是司马与李登辉的对谈，题目为"在无主之岛诞生的文明国"，文中表达了司马对国民党野蛮统治台湾的愤怒之情，同时，在与李登辉会谈时表示了对台湾"独立"的赞许态度。这一点严重

---

① 司馬遼太郎：『街道をゆく』第40卷『台湾紀行』，朝日新聞社1998年版，第208頁。
② 司馬遼太郎：『街道をゆく』第40卷『台湾紀行』，朝日新聞社1998年版，第208—209頁。
③ 司馬遼太郎：『街道をゆく』第40卷『台湾紀行』，朝日新聞社1998年版，第317頁。

伤害了中国大陆民众的感情。再加上年岁已高，之后，直到1996年去世司马再也没有到过大陆进行访问。

关于中国文化的思考同样体现在以下对谈集中。与陈舜臣的对谈集《思考中国》（1977—1979年《小说新潮》连载）分四章，分别谈论了东夷北狄与中国两千年的历史、近代中国与日本的关系、日本的侵略与大陆的荒芜、丝绸之路的历史与魅力。陈舜臣强调了不要掉入复古主义的陷阱，司马辽太郎强调了不要藏在自己的特殊空间内，掌握普遍性的重要意义。与陈舜臣、金达寿的对谈集《歴史の交差路にて 日本・中国・朝鮮（站在历史的交叉口 日本・中国・朝鲜）》（1983年《季刊三千里》春号部分刊登，1983年讲谈社单行本）共分四章。从悠久的历史、风土与习俗、饮食文化、近代化的过程四个方面表达了自己对中日韩三国文化关系的认识。

第 四 章

司马辽太郎的朝鲜书写

"朝鲜"一般指朝鲜半岛,历史上也被称为"韩"。在狭义上,"韩国"是 1897 年至 1910 年李朝末期的国号"大韩帝国"的简称,也是 1948 年成立的"大韩民国"的简称。在此,本书取广义的朝鲜,也就是朝鲜半岛题材作为研究对象。

关于朝鲜,司马辽太郎在日本战败以前从中国东北被调动回国时途经于此。但是由于运兵列车是货车,所以司马虽然想尽办法往外看,可是看到的景物却极其有限。印象中只有停车场对面民居屋顶的瓦,在想象中带着高丽青瓷的质感。那一年是 1944 年,司马 21 岁。司马就是从那时开始想去朝鲜看看的。

作为日本的近邻,司马对朝鲜很关注,相关作品数量不少。创作有短篇历史小说《朱盗》(1960 年)、《故郷忘じがたく候(故乡难忘)》(1968 年);长篇历史小说《坂上之云》(1968—1972 年)、《宛如飞翔》(1972—1976 年)、《鞑靼风云录》(1984—1987 年)中均有关于朝鲜的内容,还有大量的游记和随笔。

第一节 朝鲜后裔恋乡情结及古代中朝关系

自古以来,朝鲜与日本有着千丝万缕的联系。由于种种原因,不同历史时期都有很多朝鲜人到日本生活。关于古代朝鲜移民生活,司马辽太郎在 1960 年创作的短篇小说《朱盗》(《オール読物》1960 年 11 月)

和 1968 年创作的短篇小说《故乡难忘》(《别册文艺春秋》1968 年 6 月)中有专门描写。

《朱盗》描写的是公元 740 年前后的九州,这一年被贬职到九州担任官职大宰少式的藤原广嗣发动叛乱。作品通过藤原广嗣的视角观察了一个叫作"穴蛙"的百济人。穴蛙家族是在他祖父那一辈由于百济国灭亡而从朝鲜半岛渡海到日本定居的。为了叛乱的胜利,藤原广嗣对外称穴蛙为百济的大将军,以此鼓舞士气。但是,还是避免不了惨败,二人逃往穴蛙位于山谷里的家。在那里藤原得知之前在穴蛙家里自己占有过的女子加奈是穴蛙的妻子。穴蛙当时居然能够在自己家里对此无动于衷。而穴蛙自己坚持不懈的工作是"朱盗",也就是以盗取坟墓中为了防止尸体腐烂而放置的"朱"为营生,因为"朱"是与金粉等价的物品。同时金银铜质的武器、装备、玉器等陪葬品也是不菲的财产。为此,穴蛙每天都在挖洞穴。他祖父到此定居时,就已经开始向贵族的坟墓方向挖凿洞穴,不久去世了,穴蛙的父亲接着挖下去,穴蛙在父亲 78 岁去世之后又挖了 20 年。自己这一代虽然挖通很难,但是妻子怀孕有孩子的话可以接着挖下去,总会挖通的。

图 4-1 萨摩烧

《故乡难忘》被界定为小说,[①] 但是更像是随笔,加入了司马的些许想象。1968 年春天,司马利用飞机起飞前的四个小时空余时间走访了鹿儿岛县著名陶瓷"萨摩烧"的产地苗代川,采访了陶艺家沈寿官。但是匆匆的一别,使得司马头脑中一直萦绕着在苗代川看到的人与物,甚至像幻灯片一样不断地在眼前浮现,影响到他的日常工作,司马认为只有通过小说创作才能梳理好自己的思绪。但是如果写成小说的话又好像心中喷涌

---

① 志村有弘:『司馬遼太郎事典』,勉誠出版 2007 年版,第 56 頁。

出的飞沫过多，在思绪上还不够醇熟。① 在春季即将结束之际，司马的苗代川终于再访成行。作品追忆了陶工们逝去的岁月。1976 年《故乡难忘》与小说《斩杀》《胡桃に酒（胡桃加酒）》一起被新潮社收录到短篇小说集《故乡难忘》中。但是，该作品可以说介于小说与随笔之间。

《故乡难忘》描写了1598 年被侵略到朝鲜的日本军队劫持，经过海上漂泊于1599 年抵达萨摩藩（现鹿儿岛县）的朝鲜陶工及其后代的生活。之所以劫持陶工回日本与日本当时盛行的茶道有关。作为茶道的重要器皿，茶碗价格有时高达千金，相当于西方宝石的价值。甚至作为武功的奖赏也会赏赐茶碗。由此，朝鲜茶碗的制造者陶工的价值可以想象。② 甚至日本侵略朝鲜的这次战争——"文禄·庆长之役（1592—1598 年）"也被认为是掠夺朝鲜陶器、陶工的战争。③ 陶瓷研究家三上次男认为日本真正开始陶瓷制作为1616 年，比中国晚了1000 多年，比朝鲜晚了几百年。④ 瓷器"萨摩烧"19 世纪末在欧洲是日本瓷器的代名词，被日本当作国礼用于外交。⑤ 沈寿官作为陶艺家族的第十四代传人，作为在日本生活的朝鲜人后裔，已经拥有阳光而幽默的萨摩人的性格特色，但是他和祖先一样坚守着朝鲜的制瓷工艺，陶瓷用语也仍然沿用着朝鲜语的表述方式。就像该作品题目一样，他表现出了对故乡朝鲜的难忘之情。1966 年，作为朝鲜陶工后代，他终于实现了回故乡的梦想，访问了韩国南原和沈氏家族发祥地，感慨颇多。

以上两个作品都体现了在日朝鲜人对故乡的无尽思念。对此，我们还可以从以下两个方面进一步分析：

一个方面是在日朝鲜人生活的自然环境与故乡酷似。穴蛙从百济国的扶余城，到了日本九州的大宰府城。"みると、大宰府城は付近の景色

---

① 司馬遼太郎：『故郷忘じがたく候』，文藝春秋 1994 年版，第 15 頁。
② 司馬遼太郎：『故郷忘じがたく候』，文藝春秋 1994 年版，第 23 頁。
③ 金達寿：『古代日本と朝鮮文化』，筑摩書房 1984 年版，第 109 頁。
④ 三上次男、小山富士夫、金達寿、長谷部楽爾：「土器・陶磁器工人の渡来」，『日本の朝鮮文化』，中央公論社 1984 年版，第 167 頁。
⑤ 小林照幸：「故郷忘じがたく候」，『司馬遼太郎ふたたび』，『文藝春秋』臨時増刊号 2006.2，第 190—191 頁。

といい、都城の構えといい、百済の都扶余城とそっくりだった。扶余城外の谷間とそっくりの谷間もあり、墳もある。"① 大宰府城的内部与周边环境与自己的故乡扶余城极其相似。作品中虽然没有表现穴蛙家族的思乡之情，但是一家相对安心地在与故乡酷似的环境下生活了下来这一点足以表现主人公一家对故乡的思念。同样地，到了萨摩的南原陶工也历经辛苦找到了与故乡类似的地方定居下来至今。他们拒绝了藩主的好意没有搬到鹿儿岛城而是留在了苗代川，伴着与故乡接近的山川，眺望着东海，"その海の水路はるかかなたに朝鮮の山河が横たわっている、われわれは天運なく朝鮮の先祖の墓を捨ててこの国に連れられてきたが、しかしあの丘に立ち、祭壇を設け、先祖の祀りをすれば遙かに朝鮮の山河が感応し、かの国に眠る祖先の霊をなぐさめることができるであろう"②。

另一个方面是陶工们在日本延续了朝鲜的生活方式。穴蛙的一家在大宰府一代又一代延续了"朱盗"的职业；朝鲜陶工也探寻到了陶土，在萨摩开始了制陶工艺，制作出了日本著名瓷器的一种——"萨摩烧"。他们受到萨摩藩的重视，被给以最高的待遇——武士待遇。沈寿官家族的制陶工艺延续了 14 代。作者借鉴了 18 世纪末期橘南谿《西游记》中的描述说明了朝鲜陶工和家人一直坚持祭祀朝鲜的檀君；延用朝鲜语、朝鲜发饰、朝鲜服装。③ 一直延续到明治维新，长达 270 年之久。当时，全村都以朝鲜语为通用语，连萨摩藩的朝鲜语翻译也从村里选拔。但是到了明治维新之后，废藩置县，苗代川没有了萨摩藩的庇护，很多方面不得不遵守日本国家的规定，朝鲜语也仅仅保留在祭祀的歌谣中和陶工专业用语方面。④

背井离乡到了日本的朝鲜移民之所以对故乡抱着无尽的思念，这与他们在日本受到的待遇有关系。在《朱盗》中藤原广嗣的眼里他们是住

---

① 司馬遼太郎：「朱盗」，『果心居士の幻術』，新潮社 1987 年版，第 186 頁。
② 司馬遼太郎：『故郷忘じがたく候』，文藝春秋 1994 年版，第 33 頁。
③ 司馬遼太郎：『故郷忘じがたく候』，文藝春秋 1994 年版，第 18 頁。
④ 司馬遼太郎：『故郷忘じがたく候』，文藝春秋 1994 年版，第 13 頁。

着土坯房的、操着朝鲜口音的、流亡的百济人。在《故乡难忘》中朝鲜陶工由于受到最初的定居地人们的排挤不得不于1603年搬离,再次流亡。第十四代沈寿官离开苗代川,到鹿儿岛市旧制二中上初中,在那里由于他是朝鲜后裔而受到同学们的欺辱。为此他父亲——第十三代沈寿官对他说道:"一番になるほかなか、けんかも一番になれナ、勉強も一番になれナ、そうすればひとは別の目でみる。"① 那个年代学校的教师一直在课堂上赞美日本人重名誉知廉耻,勇猛无敌。但是,少年心中一直在探究一个主题:何为日本人?到初三毕业时少年战胜了所有对手,颠覆了日本人那种绝对至高无上的傲慢。但是少年拥有着日本国籍,这一点是摆脱不掉的,于是少年得出自己才是真正日本人的结论。②

1930年到日本生活并在日本活跃的朝鲜裔作家金达寿(1919—1997年)的专著《古代朝鮮と日本文化(古代朝鲜与日本文化)》附录了一篇文章《苗代川——薩摩焼の創始者たち(苗代川——萨摩烧的创始者们)》,文章描写了自己20世纪60年代到鹿儿岛访问过苗代川朝鲜陶工的后代。在这篇文章里,关于朝鲜移民的挣扎比起《故乡难忘》所占篇幅更大。到了明治时代很多陶工为了生存,不得不改朝鲜名为日本名,这些人的后代有成为日本外务省大臣的东乡茂德等。第十四代沈寿官已经有日本名字大迫惠吉,他早稻田大学政治专业毕业,担任过首相的秘书,最终他还是决定回到曾经令他痛苦而逃离的故乡——苗代川发展陶艺事业。金达寿之所以对苗代川感兴趣是因为十七八年前认识了苗代川的朝鲜移民后裔姜魏堂。姜魏堂比金达寿大20岁左右,直到他父亲那一代还是沿用祖先的姓"姜"。他的父亲担任过鹿儿岛县议会的副议长,为了保持朝鲜姓名克服了诸多不便与排挤,他希望自己的子女能够生活得更轻松而给他们起了日本名字,并同意他们与日本人结婚。看着从小受日本人欺负的姜魏堂的背影,金达寿感受到了他的孤独,决定有机会到苗代川看看。金达寿就是这样更多地关注了沈寿官和姜魏堂等朝鲜后裔

---

① 司馬遼太郎:『故郷忘じがたく候』,文藝春秋1994年版,第43页。
② 司馬遼太郎:『故郷忘じがたく候』,文藝春秋1994年版,第43—45页。

不断遭受欺侮的艰难历程。①

《朱盗》与《故乡难忘》两部作品虽然都是司马辽太郎的创作,但是在历史认识上,二者有着各自的偏重。《朱盗》强调了历史的重演。从穴蛙的口中冒出来无数次认为藤原广嗣酷似70年前百济国扶余城的余丰王大将军的话题。当年这个大将军自己一个人追女人追到山谷中,在山谷小屋与该女子发生了关系。因为不高兴,他扬言要烧掉山谷小屋,结果发现穴蛙家族原来是盗墓者。于是,大将军愤愤地离开了小屋。在战役中,扶余大将军采用三面夹击的战术而导致叛乱失败,逃跑过程中被背回城边的这个小屋……藤原广嗣叛乱前后的一举一动与以上扶余大将军的经历一模一样。扶余大将军的经历,穴蛙的祖父说给他父亲,他父亲又说给穴蛙,穴蛙把这些牢牢地记在了心里。作品似乎通过这些描述在告诉人们历史会有惊人相似的一面,如果不能充分吸取历史的教训,历史是可以重演的。作品之所以这样设定,与司马辽太郎受到《史记》作者司马迁的影响有关系。司马辽太郎阅读了《史记》,对历史的悠长性与司马迁有着共鸣。另外,关于穴蛙的语调能够蛊惑人的描写也体现了早期司马小说的奇幻特色。

而《故乡难忘》则从另一个视角进行了历史性的梳理。同时,通过第十四代沈寿官在韩国的讲演,展示了对日本殖民朝鲜的历史该如何认识、如何展望未来的态度。朝鲜因为有日本殖民地的经历,朝鲜人民对日本的仇恨心理极重。但是时代已经进入到了20世纪60年代,如何在殖民的历史背景下向前看?第十四代沈寿官终于回到故乡韩国。在首尔大学大礼堂的讲演中,他向大学生们提议:

> ……私には韓国の学生諸君への希望がある、韓国にきてさまざまの若い人に会ったが、若い人のたれもが口をそろえて三十六年間の日本の圧制について語った。もっともであり、そのとおりではあるが、それを言いすぎることは若い韓国にとってどうであろう。言う

---

① 金達寿:『古代朝鮮と日本文化』,講談社1994年版,第238—244頁。

ことはよくても言いすぎるとなると、そのときの心情はすでに後ろむきである。あたらしい国家は前へ前へと進まなければならないというのに、この心情はどうであろう。①

最后沈寿官这样结束了他的讲演："あなた方が三十六年をいうなら、私は三百七十年をいわねばならない。"全场以合唱的形式代替掌声表达了对沈寿官的赞同态度。司马在作品中评述道：如果是日本人这样说的话，听众一定不会答应。但是，因为全场都了解沈寿官的经历所以才能够接受他的观点。② 但是，沈寿官毕竟是在日本一直生活过来受到过日本旧式教育的人，在与韩国总统共进晚餐时，沈寿官微醉，一时兴起，大声唱起了日语歌曲。唱的是军歌《麦と兵隊（麦与士兵）》。这是芥川奖获得者火野苇平（1907—1960年）的作品《麦と兵隊》电影版（1938年）的主题歌。这首歌主要描写了侵华战争的第二年——1938年5月徐州会战进军途中的日本军队的情形，是振奋士兵士气的日本著名歌曲。为此日本战败之后，火野苇平受到严厉谴责与处分，他承受不了内心压力，于1960年自杀。歌曲开头词为"徐州徐州と　人馬は進む"，结尾是"行けど進めど　麦また麦の　波の深さよ　夜の寒さ声を殺して　黙々と　影を落として　粛々と　兵は徐州へ　前線へ"，展现了日本士兵趁着黑夜穿过片片麦田向着徐州前线默默行军的场景。很明显，这是歌颂侵略的歌曲。沈寿官作为被日本占领为殖民地的朝鲜的同族，在歌唱侵略中国的歌曲，很是煞风景。作品中只是写到沈寿官后悔破坏了总统官邸的宁静，没有提到后悔唱了这首军歌。③ 这充分说明了沈寿官的另一个侧面，也就是从小受到日本教育的不自觉的行为表现。关于这一点成田龙一教授认为司马辽太郎通过这样的描述批判了日本帝国导致的日本民众的民族主义，也导致了沈寿官在自我身份认同上出现矛盾。④

---

① 司馬遼太郎：『故郷忘じがたく候』，文藝春秋1994年版，第58頁。
② 司馬遼太郎：『故郷忘じがたく候』，文藝春秋1994年版，第58頁。
③ 司馬遼太郎：『故郷忘じがたく候』，文藝春秋1994年版，第60頁。
④ 成田龍一：『戰後思想家としての司馬遼太郎』，筑摩書房2009年版，第190頁。

关于古代较后时期的朝鲜，司马辽太郎在《鞑靼风云录》有所描述。《鞑靼风云录》的主人公日本平户岛的武士庄助护送女真族公主艾比娅回到中国东北，见证了清朝的成立。作品中出现了女真、蒙古、汉、朝鲜、大和、回等多个民族的人。其中由于在护送公主的过程中，途经朝鲜半岛的西部，并在朝鲜进行了短期停留，关于朝鲜的描述也有不少。这些描述主要集中在"出航""北上""皮岛""旋涡""天祥先生""波涛彼岸""满人之地"等七个章节中。作品通过踏上朝鲜土地的庄助的眼睛观察了当时的朝鲜社会状况。

1616年努尔哈赤自立为汗，女真统一。1619年努尔哈赤在抚顺东部的萨尔浒山区大破明军，名将毛文龙逃到了朝鲜的皮岛，驻军于此。日本武士庄助就是这时计划途经朝鲜海域送公主赴女真区域的。由于海上起了风浪，庄助一行的船只被吹向朝鲜，又被毛文龙的战船胁迫到了皮岛。

在这个岛上，可以亲身感受朝鲜政局的剧烈动荡。外部的压力和疲惫，加上政党争执不下这股污水，使朝鲜国土荒芜，洪水泛滥，沟谷淹没，河流决溃，四处流淌。究竟是随夷（女真）还是从明？到底是联合皮岛的明朝孤军毛文龙，还是义无反顾地走上独立自尊之路？[①]

由此可以看到朝鲜当时所处的激烈动荡的政局，以及何去何从的选择困惑。

作品中描述了朝鲜的处境。由于1592年和1597年遭受过两次日本的侵略，各长达一年，朝鲜国力衰弱，疲惫不堪。女真的兴起，使得朝鲜北部又遭到威胁，处于夹缝状态。明朝与女真激烈对立，明朝辽东总司令部万不得已向朝鲜提出出兵请求。出于同盟关系，朝鲜勉强派出1万

---

① 司马辽太郎：《鞑靼风云录》，高士平、金满绪译，重庆出版社2011年版，第98页。

第四章　司马辽太郎的朝鲜书写　111

兵力，但是在萨尔浒战役中由于朝鲜总帅姜弘立下令投降，令明军大败。① 朝鲜担心日本趁朝鲜国力薄弱对朝鲜发动侵略，所以极力隐瞒萨尔浒失利而引起的动荡，日本没有得到任何消息。②

朝鲜在处境极其艰难的情况下，一如既往地以明朝为宗主国，努力做出恪守信义的姿态。③

虽然倡导亲明方针的人很多，但辽东已经成了努尔哈赤的天下，不可轻视他的势力。朝鲜如果明目张胆地支援皮岛的毛文龙，会激怒努尔哈赤，甚至可能导致努尔哈赤进攻朝鲜。而不支援明将毛文龙则是背信弃义，不合乎朱子学的大义名分论。④

朝鲜在处境艰难的情况下，仍然努力做到不对明朝背信弃义。萨尔浒幸存下来的名将毛文龙英勇果敢，与女真军继续对战，为了重整旗鼓驻留在了朝鲜的皮岛。毛文龙为了明朝的存亡不惜一切，朝鲜努力保证岛上的军粮供应。但是，"不知道毛文龙哪儿来的感觉迟钝，他完全不顾朝鲜政府和民间的感情，态度十分傲慢"⑤。作品中还描写了毛文龙手下的幕僚杨武济对朝鲜的态度。虽然他认为萨尔浒战役如果没有朝鲜败退投降，明军就不会败，但是他不恨朝鲜，因为"大国没有恨小国的习惯"。作者笔下的明军俨然一副高高在上的姿态。⑥

另外，作品简单塑造了几个朝鲜人物形象。朝鲜国王是其一。当时的朝鲜第十五代国王对毛文龙边打边撤，把努尔哈赤引入朝鲜很不满意，命令驱逐其出境，但是部下没有人听从国王命令去传话，可见国王的威

---

① 司马辽太郎：《鞑靼风云录》，高士平、金满绪译，重庆出版社 2011 年版，第 78 页。
② 司马辽太郎：《鞑靼风云录》，高士平、金满绪译，重庆出版社 2011 年版，第 56 页。
③ 司马辽太郎：《鞑靼风云录》，高士平、金满绪译，重庆出版社 2011 年版，第 79 页。
④ 司马辽太郎：《鞑靼风云录》，高士平、金满绪译，重庆出版社 2011 年版，第 79 页。
⑤ 司马辽太郎：《鞑靼风云录》，高士平、金满绪译，重庆出版社 2011 年版，第 79 页。
⑥ 司马辽太郎：《鞑靼风云录》，高士平、金满绪译，重庆出版社 2011 年版，第 104—105 页。

力不足。① 朝鲜国王虽然在日本侵略朝鲜时作为王子替父亲指挥军队，处理战时国务，很有能力，但是在即位问题上只得到一部分人的支持。② 萨尔浒战役中朝鲜军队的投降在朝鲜朝廷内部造成了一场大混乱，拥立新王的势力占了上风，国王下台。朝鲜内部的派别之争削弱了朝鲜的实力，加重了内忧与外患。③

朝鲜儒士"天祥先生"是其二。他是朝鲜平安道监司的幕僚，又是明朝的崇拜者。

> ……关于天祥，只知道他是个激进的儒教主义者，因而以华为文明，极其厌恶野蛮。明和朝鲜是华。天祥称明为大华，称朝鲜为小华，认为这两个国在意识形态上属于同一个范畴。他对国家的评价就更低一点儿，他说明朝和朝鲜之所以尊贵，是因为明和朝鲜以华（礼教）为本。在天祥看来，国家是保卫华的机构。④

天祥先生极其尊崇儒教，被称为"小圣人"。他认为日本人都是野蛮人，坚决维护华夷秩序。但是在庄助的眼中，天祥不是一个遇事就能挺身而出的男子汉，他是在逃避剧烈动荡的局势。⑤

另外，还有几个人物形象也是作者着意塑造的，如沈伦承，他是来到皮岛的流亡者，是为了躲避朝廷内部过于激烈的党派之争而来的。他是亲明派，但是他说自己爱朝鲜胜过爱自己的生命。也正因如此，他痛恨大明国。这是因为他信奉圣贤之道才尊明为天朝，但是他并不尊崇傲慢的大明和明人。他的头脑中"明"和"明人"不同，"明"是一个理念，而"明人"是现实中的人，傲慢贪婪无恶不作。在他的华夷理念之下，他把日本人和女真人都看为蛮夷，只要一听到倭这个词，他就感觉

---

① 司马辽太郎：《鞑靼风云录》，高士平、金满绪译，重庆出版社2011年版，第80页。
② 司马辽太郎：《鞑靼风云录》，高士平、金满绪译，重庆出版社2011年版，第78页。
③ 司马辽太郎：《鞑靼风云录》，高士平、金满绪译，重庆出版社2011年版，第79页。
④ 司马辽太郎：《鞑靼风云录》，高士平、金满绪译，重庆出版社2011年版，第97页。
⑤ 司马辽太郎：《鞑靼风云录》，高士平、金满绪译，重庆出版社2011年版，第98页。

会弄脏耳朵。只要一说起倭这个字，他觉得就会烂舌头。他还认为女真人一直侵犯朝鲜边境，"这群野兽对华（文明）来说是五千年之患"。

作品中还描写了一个明朝的宦官黄俨。他本来是进贡给明朝做太监的朝鲜人，受到朝廷宠用被任命为册封使派回朝鲜，成了明朝的钦差大臣，朝鲜国王要对其行臣下之礼。在朝鲜，"黄俨对国王和高官也极其蛮横无理，而且尽其所能收取贿赂"①。从此常回朝鲜，一发不可收拾。

同样是描写到朝鲜的题材，井上靖的《风涛》（1963年）更多地描述了朝鲜被迫加入元军进攻日本的窘迫。而司马辽太郎在《鞑靼风云录》中更多地描述了儒教在朝鲜的影响力之大，以及其危害。作品中还加入了作者自己的评论：

……明朝出了朱子，儒教才有了精确的理论，但同时又产生了一个弊端，即过于从伦理方面看待历史和事物，陷入了理念上的争辩。朝鲜是一个比明朝更加尊崇朱子学的国家，人民执拗地辩论在自然、国家和王统或血统等方面何谓正统，认为这才是学问、教养的本意。这种做法已形成风气，大有渗入骨髓之感。这个时期，当然还不能说朱子学已经普及到日本，像庄助这类人只是有所耳闻罢了。②

司马辽太郎认为儒教导致人们不顾及现实情况，为了自身利益进行你死我活的争斗，把分歧扩大化，一旦要处理现实的国家危难就都傻了眼。③ 朝鲜无论是官僚还是在野的知识分子都是清一色的朱子学派，每当有事时，都要高谈阔论一番什么大义名分。经常是把国家的现实问题抛在脑后，思想意识先行。④

由以上分析可以得出《鞑靼风云录》通过对朝鲜的描写，对儒教持

---

① 司马辽太郎：《鞑靼风云录》，高士平、金满绪译，重庆出版社2011年版，第109页。
② 司马辽太郎：《鞑靼风云录》，高士平、金满绪译，重庆出版社2011年版，第111页。
③ 司马辽太郎：《鞑靼风云录》，高士平、金满绪译，重庆出版社2011年版，第77—78页。
④ 司马辽太郎：《鞑靼风云录》，高士平、金满绪译，重庆出版社2011年版，第259页。

批判态度。作品描写到皇太极把明朝高官的官服赠送给来访的朝鲜国王的弟弟李觉,但是这种服饰在朝鲜只有国王才有资格穿戴,皇太极是故意赐予李觉的,他是在嘲讽儒教的礼仪。①

总之,司马辽太郎通过朝鲜古代题材的文学创作表现了朝鲜后裔对于故乡的思念,以及对在朝鲜扎根的儒教的批判态度。

第二节 "征韩论"与日本近代战争叙事

关于朝鲜的近代,司马辽太郎有两部作品与之相关,即《坂上之云》和《宛如飞翔》。

长篇历史小说《宛如飞翔》于1972年1月至1976年9月在《每日新闻》朝刊连载,主要描写了明治维新的胜利、明治政府的国家建设。作品以政府高官西乡隆盛(1828—1977年)与大久保利通(1830—1878年)两个人的关系、性格特点的差异、不同的选择为主加以描述。松本健一认为该作品虽然成为畅销书但是并没有获得更多的读者,其

图4-2 《宛如飞翔》书影

原因在于"登場人物がすべて司馬のロボットになりすぎていて、読者の読み換えの許容量が少なかった"②。虽然读者的共鸣不高并没有特别畅销,但是这部作品可以说是司马辽太郎表达了自己观点的代表性作品。

西乡隆盛是作品中最主要的人物形象。作为明治政府高官的西乡隆

---

① 司马辽太郎:《鞑靼风云录》,高士平、金满绪译,重庆出版社2011年版,第207—208页。

② 松本健一:『司馬遼太郎』,学研研究社2001年版,第125頁。

盛提出"征韩论",引发了朝野"征韩"与"反征韩"的论争。虽然相关内容基本出现在该作品的前四分之一范围内,篇幅不长,但却描写了西乡隆盛的"征韩论"被推翻,一气之下辞官的整个过程。这里无疑要涉及朝鲜话题,也同时表明了日本明治初期的对外策略。

作品中,西乡隆盛的征韩论实际上不是为了以武力对待朝鲜,他的想法是:"あくまでも修交である。その国使として自分がゆく。彼地（かのち）で殺されるかもしれないが、その結果によって武を用いればよい。"① 西乡的动机在于与朝鲜建立友好关系。这是因为日本虽然明治维新后打开了国门,但是朝鲜还是闭关锁国,且多次羞辱、拒绝了日本派去劝说朝鲜打开国门迈向近代的使节。西乡隆盛反对对朝鲜动用武力,敦促政府先派自己作为遣韩使节前往交涉,如果自己被朝鲜杀掉再看情况对朝鲜动武。

但是,以萨摩藩武士为主、以近卫将校桐野利秋为首的征韩论者却是主张立刻以武力对待朝鲜的一个群体,是壮士型的。② 他们把征韩论炒得沸沸扬扬,甚至轻易没人敢于当面与其辩论。③

西乡之所以提倡"征韩",不仅仅是被同样来自萨摩藩的那些壮士们所左右,而是受到老藩主岛津齐彬（1809—1858 年）亚洲大防御构想的影响,同时受到萨摩藩旧藩臣胜海舟（1823—1899 年）日本朝鲜中国三国同盟论调的影响,极力主张促使朝鲜门户开放。同时是对革命政府的腐败过于失望的反映。④ 但是,更主要的一个原因是西乡隆盛的内心矛盾。

作为萨摩藩的武士,西乡隆盛在明治维新的过程中发挥了重要作用,是明治维新的功勋人士,成为明治政府的高官。"西郷は太政官の高官としては陸軍大将と参議と近衛都督を兼ねているため最高の俸給とりであった。"⑤ 但是他内心却是矛盾的。这主要是因为虽然武士阶层在明治

---

① 『司馬遼太郎全集』第 35 卷『翔ぶが如く』第 1 卷,文藝春秋 1981 年版,第 60 頁。
② 『司馬遼太郎全集』第 35 卷『翔ぶが如く』第 1 卷,文藝春秋 1981 年版,第 65 頁。
③ 『司馬遼太郎全集』第 35 卷『翔ぶが如く』第 1 卷,文藝春秋 1981 年版,第 60 頁。
④ 『司馬遼太郎全集』第 35 卷『翔ぶが如く』第 1 卷,文藝春秋 1981 年版,第 65 頁。
⑤ 『司馬遼太郎全集』第 35 卷『翔ぶが如く』第 1 卷,文藝春秋 1981 年版,第 219 頁。

维新中起到了主导作用,然而在明治时代,他们的特权意识却阻碍了明治政府的施政。明治政府于1869年以"版籍奉还"的形式取消了武士的归属——"藩",大多数武士成了"士族",他们的特权被逐渐削除,但是他们的俸禄支出仍然给明治政府的财政以极大的压力。1873年征兵制实施,武士身份的优越性更是受到极大的影响。这些武士心中充满了不满。西乡隆盛对此充满了同情。

「日本は産業もなにもない。武士のみがある。武士という無私な奉公者を廃止して一体なにがのこるか。外国に誇るべき精神性がなにもないではないか」

とおもった。これを思った瞬間、すでにこの大革命家は、反革命家に転じていたのだが、それは西郷の知ったことではない。かれは一方では自分のつくった明治政府を愛さざるをえない立場にあり、一方では没落士族への際限ない同情に身をもだえさせなければならない。

矛盾であった。①

西乡隆盛站到了武士的一面。而这时的武士由于自己的权力被一步步剥夺,他们对于明治政府抱着深深的怨恨,并有着伺机报复明治政府的动机。这样,作为明治政府高官的西乡实质上就站在了反政府的立场上。西乡处于巨大的矛盾当中。

「これ以外にない」

と、西郷はおもった。維新後、旧階級に対する罪責やら革命の幻滅やらのために鬱々としてむしろ歴史のかなたに消え去りたいとおもっていた西郷は、「これによって日本もたすかる。韓国もよくなる」と、矛盾の統一を信じたのである。

---

① 『司馬遼太郎全集』第35巻『翔ぶが如く』第1巻,文藝春秋1981年版,第104頁。

第四章　司马辽太郎的朝鲜书写　　117

　　西郷がおもった征韓による「日本の幸福」は、士族階級の元気とモラルが戦争によって復活するということであった。列強が干渉してもむろんかまわない。列強の一国ぐらいを相手にして戦勝できる自信が西郷にはあった。①

西乡试图用征韩的方式激发武士的斗志，弘扬武士的精神。明治以后日本也拥有了先进的武器，基本具有了对抗某一个欧美列强的能力。

对于征韩论，司马辽太郎在作品中分析说：

　　征韓論は、厳密には外政問題ではない。
　　内政問題であった。
　　日本の政治が、こと外政問題になると内政が分裂するという奇妙な体質をもつにいたるのは幕末においてその体質の基礎ができ、維新後のこの征韓問題においてその体質が牢固たるものになる。②

在作品里，司马辽太郎描写了西乡隆盛的困惑与选择，以及与之关系最密切的"征韩论"，并得出结论"征韩论"是内政问题。之所以"征韩论"最终被推翻，还是因为日本顾虑西方列强的阻挠以及担心清政府的干涉。主人公西乡隆盛由于"征韩论"被推翻而辞去政府公职，后被推为1877年西南战争反叛军的首领，最终战败自杀。作品自始至终是在描写明治政府刚成立时期的发展进程。描写日本并没有像朝鲜那样被武力逼迫，不是处于被动的、受害者的窘迫境地。

司马辽太郎另一部近代题材的作品《坂上之云》是1968年连载的，创作时期比《宛如飞翔》早三年半。可以说是促发了《宛如飞翔》创作欲望的一个作品。主要描写的是1904—1905年的日俄战争以及战前的形势。在《坂上之云》的创作期间，司马辽太郎实现了很久以来的愿望，

---

① 『司馬遼太郎全集』第35巻『翔ぶが如く』第1巻，文藝春秋1981年版，第106頁。
② 『司馬遼太郎全集』第35巻『翔ぶが如く』第1巻，文藝春秋1981年版，第124頁。

探访了韩国,并创作出版了游记《韩国纪行》(1971年),因此可以说《坂上之云》创作期间作者对朝鲜有了深入的思考。

关于朝鲜的描写,作品集中在使日本获得朝鲜控制权的1894—1895年甲午战争。在"甲午战争"一节中重点提到朝鲜,篇幅长短约20页左右。① 战争的导火线是朝鲜的东学党之乱,但是日俄战争却没有朝鲜的加入,因为日本的目的是与俄罗斯在东亚争夺势力范围,其结果是日俄战争后1910年"日韩合并",日本彻底占领了朝鲜的土地,使朝鲜成为日本的殖民地,直到1945年日本战败。

首先,司马在作品中谈到了甲午战争的评价问题,大多数意见认为这是天皇制日本帝国主义的侵略战争。但是,还是有这样一种意见认为:甲午战争是为了通过保持朝鲜中立来保障日本自身的安全。所以,由日本对傲慢的清朝发动武力打击,在于以此达到日本和清朝在朝鲜的势力均衡的目的。第一种界定是对甲午战争的批判,第二种界定是对甲午战争的正面评价。对此司马评论道:

> 前者にあっては日本はあくまでも奸悪な、悪のみに専念する犯罪者のすがたであり、後者にあってはこれとはうってかわり、英姿さっそうと白馬にまたがる正義の騎士のようである。国家像や人間像を悪玉か善玉かという、その両極端でしかとらえられないというのは、いまの歴史科学のぬきさしならぬ不自由さであり、その点のみからいえば、歴史科学は近代精神をよりすくなくしかもっていないか、もとうにも持ちえない重要な欠陥が、宿命としてあるようにもおもえる。②

以上观点明显认为甲午战争是日本为了保障自身安全而发动的,不

---

① 『司馬遼太郎全集』第24巻『坂の上の雲』第1巻,文藝春秋1981年版,第188—246頁。

② 『司馬遼太郎全集』第24巻『坂の上の雲』第1巻,文藝春秋1981年版,第198—199頁。

第四章　司马辽太郎的朝鲜书写

能用简单的善或者恶加以简单判断。偏向于第二种评价。司马认为就像氢气和氧气不分善恶一样，科学都不存在善恶之分，可以说不分善恶才是科学的根本，但是历史科学的不幸在于它是建立于划分善恶的基础之上的。而司马在《坂上之云》中关于甲午战争要思考的不是善恶，而是在人类历史中日本这个国家的成长问题。①

在以上观点的铺垫下，司马把日本帝国主义与西方帝国主义进行了比较。他谈到了甲午战争前的国际局势以及日本的地位。当时欧美各国已经在工业革命以及殖民地掠夺上获得了足够的利益，君主制已经被推翻，成为国民国家。他们真的变得文明了吗？司马认为并非如此：

> とはいえあいかわらずの帝国主义はつづくが、そういう国家の利己主义も、国际法的にも思想的にも多くの制约をうけるようになり、いわばおとなの利己心というところまで老熟した时期、「明治日本」がこのなかまに入ってくるのである。②

由此可见，司马认为西方帝国主义已经得到极大的发展，并对国家的利己行为开始施加制约。而这个时候才想以脱亚入欧的方式加入帝国主义行列的明治日本就会因为过于稚嫩，不善于遮人耳目，其国家性的利己主义暴露无遗，因而成为众矢之的。

> ……西洋の帝国主义はすでに年季を経、劫を経、複雑で老獪になり、かつては強盗であったものが商人のすがたをさえ仮装するまでに熟していたが、日本のそれは開業早々だけにひどくなまで、ぎこちなく、欲望がむきだして、結果として醜悪な面がある。③

司马在作品中分析认为在已经变得善于伪装的西方列强面前，日本

---

① 『司馬遼太郎全集』第 24 卷『坂の上の雲』第 1 卷，文藝春秋 1981 年版，第 199 頁。
② 『司馬遼太郎全集』第 24 卷『坂の上の雲』第 1 卷，文藝春秋 1981 年版，第 200 頁。
③ 『司馬遼太郎全集』第 24 卷『坂の上の雲』第 1 卷，文藝春秋 1981 年版，第 201 頁。

的帝国主义会不善遮掩，显得极其露骨。这就是说西方列强从 15 世纪开始开拓殖民地，进行帝国主义建设，那个时期目标比较明确，但是大家都争先恐后地这样做，也没有哪个国家对此进行谴责、批判。而到欧洲殖民地扩张成熟之后，刚刚开始帝国主义建设的日本还不善于遮遮掩掩，如果去侵略他国建立自己的殖民地，就会让西方国家感到太明目张胆，成为众矢之的。作者仿佛在说这就是日本受到众多指责的原因所在。作者这样的铺垫有为日本帝国主义化带来的殖民侵略开脱的因素。①

同时，司马辽太郎在作品中谈到了当时的价值观：

> 人類は多くの不幸を経、いわゆる帝国主義の戦争を犯罪としてみるまでにすすんだ。が、この物語の当時の価値観はちがっている。それを愛国的栄光の表現とみていた。②

司马把读者拉到了甲午战争时期的日本，感受到了当时日本的爱国氛围。在他看来，虽然当今认为帝国主义的战争是罪恶的，但是在当时日本的人们认为日本进行的帝国主义战争是完全符合国情的，是爱国的举动。可以说司马在作品中通过以上分析为日本在亚洲的侵略做了一定程度的开脱。

其次，司马强调了甲午战争自我防卫的目的。当写到甲午战争之前的国际局势时，司马笔锋一转，谈到了北京公使馆代理公使小村寿太郎。小村曾经作为日本文部省派遣的留学生在哈佛大学学习过三年法律，之后在纽约律师事务所工作了两年，在此期间，对西方社会的各个方面进行了深入的调查，甚至对纺织业也了如指掌。小村到中国任职时，虽然当时日本的外交地位低，根本不被看在眼里，但是他从头开始了解中国，开拓外交。就是他积极向日本传送相关信息和建议，极大地推动了日本发动甲午战争。在这里，司马写到了朝鲜：

---

① 『司馬遼太郎全集』第 24 卷『坂の上の雲』第 1 卷，文藝春秋 1981 年版，第 201 頁。
② 『司馬遼太郎全集』第 24 卷『坂の上の雲』第 1 卷，文藝春秋 1981 年版，第 211 頁。

第四章　司马辽太郎的朝鲜书写　121

　　原因は、朝鮮にある。
　　といっても、韓国や韓国人に罪があるのではなく、罪があるとすれば、朝鮮半島という地理的存在にある。①

　　司马分析到自古以来半岛就难以守护，朝鲜半岛虽然依附于清朝，但是俄罗斯和日本都在要求拥有保护权。日本如果不能占领朝鲜就没有办法进行自身的防御。②

　　日本は、その過剰ともいうべき被害者意識から明治維新をおこした。統一国家をつくりいちはやく近代化することによって列強のアジア侵略から自国をまもろうとした。その強烈な被害者意識は当然ながら帝国主義の裏がえしであるにしても、ともかくも、この戦争は清国や朝鮮を領有しようとしておこしたものではなく、多分に受け身であった。③

　　司马在作品中强调了日本的自卫意识，认为明治维新、近代战争是日本自卫意识的产物，是被动的。在这里，司马强调了日本的立场，而忽视了战争给朝鲜和中国带来的灾难。可见其立场是有局限性的。
　　另外，司马描写到了甲午战争的发动以及当时存在的问题。1894年2月朝鲜国内东学党发动了农民起义，由于他们的势力不断增强，朝鲜政府十分震惊，6月1日向常驻在朝鲜的清朝代表袁世凯求援。而日本方面探听到了这一消息马上向国内进行了汇报。6月2日，日本内阁会议就决定出兵朝鲜。关于出兵的动机，司马在此做了分析。作品描写到当时的日本首相伊藤博文（1841—1909年）主张尽量避免和清朝开战，出兵仅仅是为了保持中国和日本在朝鲜半岛的势力均衡。陆军大臣大山岩作为

---

① 『司馬遼太郎全集』第24卷『坂の上の雲』第1卷，文藝春秋1981年版，第209頁。
② 『司馬遼太郎全集』第24卷『坂の上の雲』第1卷，文藝春秋1981年版，第209—210頁。
③ 『司馬遼太郎全集』第24卷『坂の上の雲』第1卷，文藝春秋1981年版，第210頁。

内阁成员也持同样想法。但是，参谋本部却另有主张。他们认为出兵就是为了和清朝开战。参谋本部的副部长川上操六留学德国一年半，十分欣赏普鲁士的做法，认为国家的一切职能都要为国防服务。为此，参谋本部在派兵时增大了兵力，并隐瞒了外派兵力的实情，促发并推动了战争。①

  この明治二十年代で川上の考えかたは、その後太平洋戦争終了までの国家と陸軍参謀本部の関係を性格づけてしまったといっていい。②

司马多次在作品以及随笔中谈到"统帅权"，认为近代日本给了军队特殊的权力，以至于他们固执己见，左右了日本。最主要的就是内阁与军队，具体也就是内阁与参谋本部的意见不统一，参谋本部的擅自为之是日本近代战争的一大特征，这一问题一直持续到第二次世界大战结束。

《坂上之云》中所显现的司马的立场基本与当时日本社会基调一致，为侵略性质的近代战争进行了辩解。21世纪日本右翼势力不断加强，《坂上之云》受到他们的推崇。加上司马渊博的历史文化知识背景，他的作品被广泛接受，读者众多。但是，也部分地受到了理论界的批评，如《司馬遼太郎と朝鮮——『坂の上の雲』もう一つの読み方（司马辽太郎与朝鲜——《坂上之云》的另一种阅读)》（備仲臣道 批評社2007年)、《司馬遼太郎の歴史観——その「朝鮮観」と「明治栄光論」を問う（司马辽太郎的历史观——质疑其〈朝鲜观〉与〈明治赞颂论〉)》（中塚明 高文研2009年)、《戦後思想家としての司馬遼太郎（"战后思想家"司马辽太郎)》（成田龍一 筑摩書房2009年）等。

备仲臣道认为日俄战争是对朝鲜的侵略战争，然而《坂上之云》中

---

  ① 『司馬遼太郎全集』第24卷『坂の上の雲』第1卷，文藝春秋1981年版，第211—213頁。
  ② 『司馬遼太郎全集』第24卷『坂の上の雲』第1卷，文藝春秋1981年版，第213頁。

第四章　司马辽太郎的朝鲜书写　　123

贯穿全篇的是司马辽太郎对甲午战争和日俄战争的赞颂。① 同时指出虽然司马辽太郎在《「昭和」という国家（"昭和"这个国家）》（1989 年）中表达了对朝鲜的负疚感，但是也表示了不理解。这是因为虽然日本为朝鲜铺设了铁路，建造了总督府、学校、邮局，但仍然遭到朝鲜人的憎恨。备仲臣道写到日本的所作所为都是为了朝鲜殖民和掠夺资源。早在日俄战争前后日本就加强了对于朝鲜的控制。1904 年 2 月日本就逼迫朝鲜签订了日韩议定书，日本获得在韩国行动的自由，意图在于促使日本在朝鲜的军事占领合法化。1905 年 11 月第二次日韩协议日本得以派总监到朝鲜，监督朝鲜国王的外交行为，日本获得了朝鲜的部分行政统治权。伊藤博文成为驻朝鲜的第一任总监。1910 年 8 月日韩签订了合并条约，日本获得了韩国的统治权，韩国成为日本的殖民地，长达 36 年。备仲臣道认为关于日本对朝鲜的压榨，司马辽太郎在《坂上之云》等作品中表现得过于轻描淡写，不以为然。②

中塚明在专著《司马辽太郎的历史观——质疑其〈朝鲜观〉与〈明治赞颂论〉》中批判性论述了司马辽太郎的朝鲜观。认为司马辽太郎把读者对朝鲜的认识引到了以下三个视角：朝鲜的地理位置、朝鲜的无能论、帝国主义时代的宿命论。于是朝鲜成为帝国主义的受害者，成为日本的殖民地便是无可奈何、顺理成章的事情。这种朝鲜观在司马的作品中的反映就是：没有必要描写日本对朝鲜做了什么，也没有必要描写朝鲜国内各界有什么样的反应。这就是《坂上之云》中对朝鲜描述极其有限的原因所在。③

成田龙一在专著《"战后思想家"司马辽太郎》中明确指出司马认为甲午战争的原因在于朝鲜，日本发动战争的出发点在于本国防御。

---

① 備仲臣道：『司馬遼太郎と朝鮮——『坂の上の雲』もう一つの読み方』，批評社 2007 年版，第 86 頁。

② 備仲臣道：『司馬遼太郎と朝鮮——『坂の上の雲』もう一つの読み方』，批評社 2007 年版，第 162—168 頁。

③ 中塚明：『司馬遼太郎の歴史観——その「朝鮮観」と「明治栄光論」を問う』，高文研 2009 年版，第 66—74 頁。

日清戦争に関し、「戦争の原因」は「朝鮮にある」と司馬はいう。「朝鮮半島という地理的存在」——地政学的見地から原因を求め、「朝鮮を他の強国にとられた場合、日本の防衛は成立しない」と言い募り、日清戦争を「朝鮮の独立を保持」するために「多分に受け身」から引き起こしたものとする。「防衛戦争」として日清戦争を把握するが、この司馬の認識はあまりに「当時」のひとつの主張に振り子を振りすぎたものといえよう。①

成田龙一指出司马完全把立场放在了当时的日本，为甲午战争中的日本开脱责任。成田龙一还指出关于战争描述的选择也是司马辽太郎战争观的一大表现。司马以遵守或违反国际法为遮掩，没有描写遭到批判的甲午战争时期日本对旅顺的大屠杀（据记载有 18000 人）、日军对义和团的镇压。更没有描写甲午战争日军伤亡惨重和战后的生活困窘。

また戦場としての朝鮮や、台湾への出兵についても記されない。叙述において兵士たちは固有名を持たず、日清戦争の死者には戦病死が多いことや、軍部に雇われた軍夫についても言及はなく、さらに、日清戦後経営と日清戦後の社会の貧困への言及もなされない。②

司马辽太郎仅在《坂上之云》"甲午战争"一节中重点提到朝鲜，篇幅极短。日俄战争中几乎对朝鲜没有提及。但是日俄战争期间朝鲜被迫作为日本的战争供给站发挥了极大的作用。

《坂上之云》完成于 1972 年，之后多年司马辽太郎一直拒绝该作品影视化，由此说明司马辽太郎对该部作品所表现出来的历史观会对社会造成何种影响有所担忧。但是，2009 年受安倍晋三内阁的支持，《坂上之云》

---

① 成田龍一：『戦後思想家としての司馬遼太郎』，筑摩書房 2009 年版，第 145 頁。
② 成田龍一：『戦後思想家としての司馬遼太郎』，筑摩書房 2009 年版，第 146 頁。

开始被日本放送协会搬上荧屏，从 2009 年 11 月 29 日到 2011 年 12 月 25 日每年年底播放，前后用了三年，共计 13 集，每集 90 分钟左右。其中的人物被当作为了国家努力奋斗的典型受到崇拜，这个现象值得深思。

第三节　日朝古代文化关联的关注

除了历史小说，司马辽太郎还创作了多部游记。其中有《韓のくに紀行（韩国纪行）》（《街道をゆく》第 2 卷，1971 年 7 月 16 日—1972 年 2 月 4 日《周刊朝日》连载）和《耽羅紀行（耽罗纪行）》（《街道をゆく》第 28 卷，1986 年 3 月 31 日—9 月 19 日《周刊朝日》连载）。由于日本壹岐、对马这两个岛屿位于日本与朝鲜之间，自古以来与朝鲜关系密切，游记《壹岐・対馬の道》（《街道をゆく》第 13 卷，1978 年 2 月 3 日—8 月 25 日《周刊朝日》连载）中有大量关于二者历史关联的记述。

《韩国纪行》写的是日韩邦交正常化 6 年后的 1971 年 5 月 15—18 日的韩国之旅。当被问到此行的目的时，司马写道：

> ……私は、日本人の先祖の国にゆくのだ、ということを言おうとおもったが、それはどうも雑な感じもして、まあ古いころ、それも飛びきり古いむかしむかしにですね、たとえば日本とか朝鮮とかいった国名もないほど古いころに、朝鮮地域の人間も日本地域の人間もたがいに一つだったとそのころは思っていたでしょうね、ことばも方言のちがい程度のちがいはあるにしても、大声で喋りあうと通じたでしょう、そういう大昔の気分を、韓国の農村などに行って、もし味わえればとおもって行くんです……①

看来司马是抱着寻找古代日本与朝鲜的关联的目的到韩国探访的，

---

① 司馬遼太郎:『韓のくに紀行』,『司馬遼太郎全集』第 47 卷，文藝春秋 1981 年版，第 12 頁。

并期望通过去农村追寻古代的痕迹。但是对于韩国的年轻人来说,由于首都首尔都市文化的兴盛,对倒退十个世纪前的农村丝毫不感兴趣。司马只有在韩国的农村才感受到李朝500年仿佛还在持续。①

司马的这部游记按照朝鲜的古代国度"加罗""新罗""百济"的顺序探访了釜山、金海的入江、首露王陵、庆州佛国寺、友鹿村、大邱、洛东江、扶余等韩国各处。在探访的过程当中更多地关注了古代日本与朝鲜的关联。"加罗"又称为"驾洛""任那",位于"新罗"和"百济"之间,这里自古以来与日本关系密切,司马甚至和韩国导游谈到日本人是亚洲各民族的混血,也可以说其血液的一部分就是古代从金海这边传过去的。② 司马还写道,在朝鲜的民间故事里提到釜山、金海附近的人严格地说是日本人,而不是韩国人。③ 日本的古籍《日本书纪》(720年)当中写到这里曾是古代日本的殖民地。④ 除了"加罗",百济与日本也有着密切的关系。660年唐与新罗联合灭了百济国,但是百济的幸存人士展开了游击战

图4-3 《日本的朝鲜文化》书影

---

① 司馬遼太郎:『韓のくに紀行』,『司馬遼太郎全集』第47卷,文藝春秋1981年版,第91頁。
② 司馬遼太郎:『韓のくに紀行』,『司馬遼太郎全集』第47卷,文藝春秋1981年版,第38頁。
③ 司馬遼太郎:『韓のくに紀行』,『司馬遼太郎全集』第47卷,文藝春秋1981年版,第39頁。
④ 司馬遼太郎:『韓のくに紀行』,『司馬遼太郎全集』第47卷,文藝春秋1981年版,第44頁。

并求助于日本,"日本が国家として東アジアに登場するのは、このときからである"①。当时日本大化改新(645年)不久,政局还不稳固。天智天皇(626—671年)尽最大的可能派出多支援军奔赴朝鲜,这就是663年8月的"白村江战役",也是日本历史上第一次向外征战。战争失败以后,百济人大批涌进日本,甚至在战败的第三年,一次就有2000人登陆日本。②这些百济人给日本带去了异质的大陆的先进文化,他们世世代代定居在了日本。日本古代有很多朝鲜人集中安置点,比如平安京迁都以前在京都市内和郊外古代被称为"山城"的地方的开拓者就是朝鲜的移民,被称为"秦氏",他们从本国请来出色的弥勒半跏思维像,建立寺院,在文化上做出不少贡献,有人甚至出任过朝廷的大臣。司马为此感慨道:"侵略というこの凶々しい関係のほかにそういう関係も日本と朝鮮とのあいだに濃厚にある。たとえばその秦氏は決して虐待されていない。"③ 司马指出虽然近代的侵略战争给朝鲜带来伤害,但是在古代,朝鲜移民没有受到日本人的虐待。另外,古代日本也受到了朝鲜的帮助。对马岛自古以来缺乏粮食。有记载在江户时代,有7000人的口粮依赖于朝鲜,其人数接近于岛上人口的四分之一。朝鲜是以伸出援手的方式卖给对马岛的,没有希望得到贸易实惠。④ 由于以上关系的存在,江户幕府一直把对朝鲜的外交委托给对马藩,甚至明治新政府成立初期仍然沿用这种方式。⑤

由以上可以看出古代朝鲜与日本关系的密切。司马辽太郎的43卷《街道行》游记的第1卷是《韩国纪行》的原因也在于此吧。但是在游记中,司马也提到日本与朝鲜自古以来的诸多恩恩怨怨。这从全文的开篇

---

① 司馬遼太郎:『韓のくに紀行』,『司馬遼太郎全集』第47卷,文藝春秋1981年版,第135頁。

② 司馬遼太郎:『韓のくに紀行』,『司馬遼太郎全集』第47卷,文藝春秋1981年版,第142—150頁。

③ 司馬遼太郎:『韓のくに紀行』,『司馬遼太郎全集』第47卷,文藝春秋1981年版,第58頁。

④ 司馬遼太郎:『韓のくに紀行』,『司馬遼太郎全集』第47卷,文藝春秋1981年版,第26—27頁。

⑤ 司馬遼太郎:『韓のくに紀行』,『司馬遼太郎全集』第47卷,文藝春秋1981年版,第29頁。

就可以看得出来：

> 私が韓国にゆきたいと思ったのは、十代のおわりごろからである。①

这一年是 1944 年，司马辽太郎所在的坦克兵部队被从中国东北调回日本本土，途经朝鲜，因为只看到了首尔街边民房的高丽青瓷感觉的暗色屋瓦而不甘心。而此次韩国行实现了司马心中的愿望。但是他在游记的描写中也隐含着日本和朝鲜之间的侵略与被侵略的关系。当时的朝鲜是日本的殖民地，从 1910 年到 1945 年朝鲜作为日本的殖民地度过了 36 年的岁月。司马在游记中提到自己作为长官带领坦克兵小队在釜山行进时迷路的经历。司马从手下开的其他三辆坦克一直跟随自己驾驶的坦克盲目前行说起，对军队中的盲从、参谋的无能等问题进行了质疑，表现了对近代战争的不满。② 这场战争令朝鲜人民对日本恨之入骨，而韩国一直以来的反日教育也是司马韩国旅行的最大顾虑。

司马又把日本对朝鲜的侵犯追溯到日本战国时代。文禄庆长之役丰臣秀吉就两次派军队进攻了朝鲜。1592 年春天，当时丰臣秀吉计划攻陷朝鲜，打入中国，迁都北京。③ 司马曾经听一位在日本的朝鲜人气愤地说，包括庆州佛国寺在内的朝鲜佛教寺院都被丰臣秀吉的大将加藤清正（1562—1611 年）给烧了。司马由此感受到了朝鲜人对侵略军第二军司令官加藤清正的憎恶之情。④ 这场战争中，朝鲜大将李舜臣多次击退丰臣秀吉军队的进攻，后战死，被作为民族英雄一直以来深受尊敬。连日本明

---

① 司馬遼太郎：『韓のくに紀行』，『司馬遼太郎全集』第 47 卷，文藝春秋 1981 年版，第 11 頁。

② 司馬遼太郎：『韓のくに紀行』，『司馬遼太郎全集』第 47 卷，文藝春秋 1981 年版，第 31—33 頁。

③ 司馬遼太郎：『韓のくに紀行』，『司馬遼太郎全集』第 47 卷，文藝春秋 1981 年版，第 59 頁。

④ 司馬遼太郎：『韓のくに紀行』，『司馬遼太郎全集』第 47 卷，文藝春秋 1981 年版，第 57—58 頁。

第四章　司马辽太郎的朝鲜书写　129

治时代都对李将军敬畏有加。

　　明治後、創設されたばかりでまだ自信のなかったころの日本海軍が、東洋が出した唯一の海の名将として李舜臣が存在することに気づき、これを研究し、元来が敵将であったかれを大いに尊敬した。①

司马还撰写了另一本韩国游记《耽罗纪行》。"耽罗"是济州岛的古称，位于朝鲜半岛南部。由于地理位置接近日本，自古以来与日本接触频繁。司马辽太郎偶遇夫人的同学文顺礼及丈夫玄文叔，被他们的人格魅力所吸引，产生了去看看他们故乡济州岛的想法。于是，他改变了探访爱尔兰的计划，于1986年10月访问济州岛七天，他们共同的朋友朝鲜思想史研究家姜在彦先生与他们同行。回国一个多月后的12月，司马再次访问济州岛，同样是七天的行程。该游记描写了两次探访济州岛的经历和司马的所思所想。

在游记中，司马除了描写朝鲜特别是济州岛与日本自古以来的关联之外，和《韩国纪行》一样，对朝鲜、济州岛的儒教进行了大量的评述，关于这一比较突出的创作特征，笔者将在最后结合三部游记进行综合评述。在此将对司马笔下的济州岛的蒙古因素、萨满教、海女等加以分析。

1986年这一年，司马正处于《鞑靼风云录》的创作之中。也许由于司马毕业于蒙古语专业，他对朝鲜、蒙古十分关注。在《耽罗纪行》中谈到了历史上蒙古给济州岛留下的影响。比如，位于济州岛中部的汉拿山上放牧有蒙古马，这是元代蒙古士兵留下来的。"十二世紀末、ここに小さな'部'として存在していたモンゴル部がテムジン（ジンギス汗）という英雄にひきいられることで、草原に勢力をひろげた。"② 但是，到了元朝衰亡之后这些士兵没有和其他地方的元军一样北归，而是留在了济州岛。"帰るにも渡海するのに困難だったということもあるだろう

---

① 司馬遼太郎：『韓のくに紀行』，『司馬遼太郎全集』第47卷，文藝春秋1981年版，第35頁。
② 司馬遼太郎：『街道をゆく』第28卷『耽羅紀行』，朝日新聞社1998年版，第152頁。

が、漢拏山草原が気に入ってもいたにちがいない。それにひとびとがかれらを許容したにちがいなく、溶けこんでその子孫もいまはいない。"①也就是说由于通婚的缘故，济州岛已经没有了纯粹的蒙古人，只有纯种蒙古马还在。而蒙古高原的马却由于混血已经不纯了。

司马的第二次济州岛之行是专门为了实现第一次到济州岛没能实现的愿望——了解济州岛的萨满教和海女而去的。

> 心残りといえば、当初、この地にゆこうと決めたころ、たれよりも海女と神おろしの巫人に会わねばならない、と考えていた。海女と巫人こそ、この島の存在を世界にむかって大きく主張しうる二つの要素なのである。②

司马用了"鬼神附身""若即若离""萨满"等三节谈论了萨满，认为萨满是东亚古代共同的信仰。萨满教最初兴起于西伯利亚，指一种神魂附体的恍惚状态。蒙古古代也有世袭的男女巫师③。日本3世纪的国王卑弥呼就是一个巫女，她曾向中国三国时代的魏国进贡。日本的神道"祭天的古俗"追本溯源也有萨满教的因素，这一点与朝鲜的萨满应该一脉相承。④ 而且，日本平安时代（794—1192年）除了神道系列之外，在民间还存在着巫师，二者并存。⑤ 江户时代的大坂有很多这样的人，甚至还有巫女街的存在。直到明治时代神道成了"国家神道"，为了国家的威信，巫女等异类宗教形式不断被打压。⑥ 在朝鲜，李朝时期由于儒教的兴盛，虽然一般性的葬礼都采取儒教形式，但是子女还是会请来巫师在一旁进行萨满仪式，安慰神灵。⑦ 在韩国，萨满被称为"巫堂"，在济州岛

---

① 司馬遼太郎：『街道をゆく』第28巻『耽羅紀行』，朝日新聞社1998年版，第156頁。
② 司馬遼太郎：『街道をゆく』第28巻『耽羅紀行』，朝日新聞社1998年版，第229頁。
③ 司馬遼太郎：『街道をゆく』第28巻『耽羅紀行』，朝日新聞社1998年版，第244—245頁。
④ 司馬遼太郎：『街道をゆく』第28巻『耽羅紀行』，朝日新聞社1998年版，第252頁。
⑤ 司馬遼太郎：『街道をゆく』第28巻『耽羅紀行』，朝日新聞社1998年版，第253—254頁。
⑥ 司馬遼太郎：『街道をゆく』第28巻『耽羅紀行』，朝日新聞社1998年版，第242—243頁。
⑦ 司馬遼太郎：『街道をゆく』第28巻『耽羅紀行』，朝日新聞社1998年版，第251頁。

被称为"神堂"。它的主要特征是"堂"。

> 私は集落に入るごとに、一幹の老樹があるのを見た。
> その樹が憑代であることは理解できた。シャーマニズムの諸様相のなかに、天にいる神は樹をつたって降りてくるという思想がある。
> 韓国にも日本にもある。この済州島では、この一幹の樹の場所もまた、
> 「堂」
> とよばれる。①

这棵大树就是天上的神灵降到人间的路径。虽然没有建筑物，仅仅是周围围一圈石头，就被称作"堂"，成为祭祀场所。

济州岛的另一个特色是海女。司马从海女研究者——东京大学文化人类学研究者泉靖一谈起。在泉靖一的专著《济州岛》（1966年）里谈到了海女，并附了多张海女的照片，这深深地吸引了司马。虽然古代潜水渔业广泛分布在东亚、东南亚，但是随着古代国家的形成，活动范围受到限制，不断萎缩。日本古代也有潜水渔业，但是进入明治时代男性就退出该作业，只剩下女性作业的"海女"了，现分布在三重县志摩半岛以及长崎、福井、石川、新潟、岩手等地，但是她们的技能赶不上济州岛的海女。为此司马参观了济州岛的海女村——北村里，这里由于年轻人很少有人愿意承继海女职业，海女的老龄化十分严重。韩国海女研究者金荣敦教授在村里等候司马的到来，他介绍说世界上海女目前仅存在于日本和韩国，总计3万人，韩国有2.5万人之多，都是济州岛出身。

游记《壹岐·对马之路》创作于1978年，在时间上处于以上两部游记的创作间隙，是司马1977年探访壹岐、对马二岛的游记。虽然题目是日本的两个岛屿，但是由于这两个岛屿处于日本和朝鲜之间，在历史上见证了日本和朝鲜的往来，所以内容上除了涉及壹岐、对马二岛的地理、

---

① 司馬遼太郎：『街道をゆく』第28卷『耽羅紀行』，朝日新聞社1998年版，第257頁。

人文以及中日之间的历史关系之外，涉及日朝相关内容的篇幅较多。内容包括古代日本尊奉漂流过海而来的朝鲜人的"唐人神"、公元 8 世纪日本遣新罗使的派遣、江户时代朝鲜通信使的来访以及釜山倭馆的设立等。另外，内容上还包括侵犯性的倭寇、元对日本的进攻、丰臣秀吉军队对朝鲜的侵略等。司马在游记中提到了江户时代出现的几位热爱朝鲜的日本儒者，他们分别是藤原惺窝（1561—1619 年）、木下顺庵（1621—1699 年）和弟子雨森芳洲（1668—1755 年）、新井白石（1657—1725 年）。藤原惺窝甚至还对朝鲜带有幻想。他向丰臣秀吉的军队抓回来的朝鲜俘虏——被囚禁在伏见城的朱子学学者姜沆求教，只可惜自己没能生在大唐，没能生在朝鲜。①

关于日朝古代文化的关联，除了以上三部游记之外，还大量出现在司马辽太郎的随笔集、评论集中。如《日本の朝鮮文化（日本的朝鲜文化）》（1972 年）、《古代日本と朝鮮（古代日本与朝鲜）》（座谈会，中央公论社 1974 年）、《アジアの中の日本（亚洲中的日本）》、《歴史の中の日本（历史中的日本）》、《歴史の舞台 文明のさまざま（历史的舞台 文明的种种）》（日本放送出版协会 1981 年）、《歴史の交差路にて（站在历史的岔路口）》（讲谈社 1983 年）、《この国のかたち（这个国家的形象）》（1986 年 3 月—1996 年 4 月《文艺春秋》）等。正如题目一样，这些作品中的论述以日本与朝鲜自古以来的交流为主。

中塚明明确指出司马辽太郎只谈古代朝鲜不谈近代朝鲜，指出司马认为朝鲜是处于李朝式停滞状态的，只能靠外国的侵略否则没有改变自己的能力。② 这可以说是点中了司马朝鲜观的一个要害。

---

① 司马辽太郎：『街道をゆく』第 13 卷『壱岐・対馬の道』，朝日新闻社 2011 年版，第 173—174 頁。
② 中塚明：『司馬遼太郎の歴史観——その「朝鮮観」と「明治栄光論」を問う』，高文研 2009 年版，第 50—54 頁。

第四节　朝鲜儒教的批判

司马朝鲜书写的另一个明显的特征可以说是对于朝鲜儒教大幅度的否定。这些在以上论述过的长篇历史小说《鞑靼风云录》中有所涉及。在游记中批判儒教的篇幅更长。

司马在游记与随笔中谈到了韩国儒者姜沆、李退溪对日本的影响以及日本儒者藤原惺窝、木下顺庵、雨森芳洲、新井白石等与朝鲜儒学的关系。在济州时参观了三姓穴，参加了姜氏家族的儒教式扫墓祭拜祖先的活动，看到济州古港口就想到了李朝时代被流放到岛上的官僚们。司马对朝鲜儒学的批判主要体现在以下几个方面：

首先是华夷思想。游记中，司马多处谈到由于儒教的关系，朝鲜人对日本人加以鄙视。比如1719年作为朝鲜通信使的申维翰撰写了《海游录》，司马认为他的言辞中就不乏对日本的鄙夷。

　　かれの文章癖として、日本人を人間として見ず、一種の人間であるところの「倭」という言葉で表現する。朝鮮は中国以上に中華思想がつよく、むしろ激烈である。中華思想をもつ者だけが「人」であり、持たないのは夷狄であり、それを漢字文化としてしか持っていない中途半端な日本人の場合、特殊人として「倭」と言いようがない、というのがその基本思想であろう。語例をあげると、群衆という場合は群倭、また漢詩がよくできる者をほめて「倭中の傑物」などという。①

司马认为朝鲜中华思想比中国更加强烈，日本虽然在汉字文化圈，但是高不成低不就，他们把日本人当作特殊的人，并不加以尊重，经常

---

①　司馬遼太郎：『街道をゆく』第13巻『壱岐・対馬の道』，朝日新聞社2011年版，第165頁。

将其当作贬低的对象。尤其是到了清代满族掌握政权以后，朝鲜朱子学倾向加重，自称"小华"。他们认为自己的文明才是正统，而非异族统治下的中国。他们贬低他国，日本成了不成体统的野蛮国。司马认为以自己为中心的态度使得朝鲜失去了对周边的关注，比如日本幕府为了加强对朝鲜的外交，命令对马藩在釜山设立了事务所，被称为"倭馆"。但是朝鲜不允许对马的藩士离开倭馆，一般朝鲜人也不得靠近倭馆。这就不如日本的做法开放。日本对荷兰人也有限制，只允许他们居住在长崎出岛，这一点和倭馆类似，但是他们允许100多家翻译人家去学习荷兰语，从荷兰人那里还学了一些医学、数理化方面的知识，其他日本人通过与翻译人家接触也学习到不少相关知识。而且幕府还给了出岛的荷兰人定期到江户参拜的资格。①"古を尚ぶという停滞こそ儒教的には正しい姿であり、相手を正視する視点をもたずに野蛮国でもって片づけてしまわねば、自分の礼教が立たない。国家儒教とはそういうものである。"②司马认为国家儒教的尚古导致了华夷思想，束缚了人们对外界的关注，导致了妄自尊大，阻碍了国家的发展。

其次，儒教对其他宗教的打压。比如司马最感兴趣的萨满就是由于儒教的关系，在韩国受到了打压。

孔子（五五二—四七九 BC）は、この種の宗教現象を極度にきらった。『論語』に、孔子は「怪力乱神ヲ語ラズ」とあるが、むろんシャーマニズムもこれにふくまれる。ともかくも孔子は、
「鬼神」
という思想から、きびしく距離を置いていた人である。③

---

① 司馬遼太郎：『街道をゆく』第 28 卷『耽羅紀行』，朝日新聞社 1998 年版，第 189—190 頁。

② 司馬遼太郎：『街道をゆく』第 13 卷『壱岐・対馬の道』，朝日新聞社 2011 年版，第 188 頁。

③ 司馬遼太郎：『街道をゆく』第 28 卷『耽羅紀行』，朝日新聞社 1998 年版，第 244 頁。

由于儒教对鬼神的鄙夷，在韩国萨满神祠也被称为"淫祠"①；在李朝，从事萨满的人被称为"贱民"。

　　李氏朝鮮は奴婢をふくめて幾種類もの賤民をつくっていた。
「聖職者」
とよばれるべき仏教の僧侶やシャーマン（巫堂・神堂）たちも賤民階級だった。儒教における朱子学絶対主義がそうさせたのである。②

　　这也是朱子学导致的结果。在后来的20世纪70年代，总统朴正熙掀起朝鲜新农村运动，萨满又被当作迷信遭到禁止。③

　　另外，儒教的问题还在于不切实际的形式化。包括对各种仪式活动、服饰的要求。儒教的形式化首先体现在对穿着体面上的执着。在这一点上，朝鲜的渔村、海女遭到了鄙夷，渔村在各个朝代都没有参加科举的资格。

　　儒教は、裸を厭うのである。
信じがたいほどに厭う。

图4-4　济州岛海女博物馆

---

①　司馬遼太郎：『街道をゆく』第28卷『耽羅紀行』，朝日新聞社1998年版，第256頁。
②　司馬遼太郎：『街道をゆく』第28卷『耽羅紀行』，朝日新聞社1998年版，第261頁。
③　司馬遼太郎：『街道をゆく』第28卷『耽羅紀行』，朝日新聞社1998年版，第261—262頁。

華とはもっとも素朴な段階でいえば、衣服を着ているということである。男子はできれば冠をつけているか、せめて髪の一部をおおう巾をつけていなければならない。①

司马认为由于海上操作的关系，从事渔业的人都不能像陆地生活者那样衣冠整齐，于是被讲究穿着体面的儒者所鄙夷。司马指出他们对从事体力劳动的农村区域同样采取鄙夷的态度。"ソウルの人が農村をまるで別国を見るようにばかにしているというのは李朝体制による伝統的なものだということをきいたことがあるが、……地方に出かけることをあまりしないようである。"② 司马指出这种对农村区域的忽视导致了农业的极端落后，其落后状况类似于日本奈良时代农村的经济状况。

韓国における農村の停滞は、旧中国において見たそれとそっくりであり、規模としては縮刷版の感じがした。この停滞は、いまの韓国政府に責任があるわけではなく（将来への責任があるにしても）、さらに勇敢にいってしまえば、韓国にとって諸悪の根源である「日本統治三十六年」にじかに責任があったというように、そのようにいいきってしまうこともどうも大事なものを落としてしまうような気がする。

韓国のひとびとに率直に考えてもらいたいが、この停滞は、こんにちの韓国人の生活意識や規範、習慣のほとんどをつくりあげた李朝五百年の体制に原因が多くもとめられるのではないか、とおもったりした。③

司马认为朝鲜农村经济落后的根源不在于韩国政府，也不在于日本

---

① 司馬遼太郎：『街道をゆく』第28巻『耽羅紀行』，朝日新聞社1998年版，第287頁。
② 司馬遼太郎：『韓のくに紀行』，『司馬遼太郎全集』第47巻，文藝春秋1981年版，第22頁。
③ 司馬遼太郎：『歴史の中の日本』，中央公論社1976年版，第66頁。

36 年的殖民侵略，而是在于儒教李朝体制。他认为儒教这种不切实际的形式化也常体现在仪式礼节上。

儒教は、多分に行事である。
とくに先祖に対する祭祀が重い。それに両親の死にともなう葬儀や埋葬、墓制のこと、服喪のことが大きいのである。①

司马指出儒教没有其他宗教中的神与佛，它的基本思想是"孝"。它有的是对家族、对祖先的敬仰。但是由于葬礼仪式过于严肃，而不让家人得以放松。那么，死者的灵魂得以安息了吗？由于儒教对灵魂的忽视，也回答不了这个问题。同时，司马认为宋以后的朱子学过度意识形态化。

朱子学は、宋以前の儒学とはちがい、極度にイデオロギー学だった。正義体系であり、べつのことばでいえば正邪分別論の体系でもあった。朱子学がお得意とする大義名分論というのは、何が正で何が邪かということを論議することだが、こういう神学論争は時代を経て行くと、正の幅がせまく鋭くなり、ついには針の先端の面積ほどもなくなってしまう。その面積以外は、邪なのである。②

儒学使意识形态化不断增强，不断简单化地用是"正"还是"邪"对事物加以判断，以至于"正"的范围越来越窄，余下的都成了"恶"。司马指出以上倾向由于科举制度而被强化。因为参加科举的人们都要背诵大量的中国经典，其注释就是朱子学的注释，所以他们的知性都凝缩在针尖程度的正义上。而且他们还要经过愚蠢的八股文写作训练，被禁锢在模子里。而这种禁锢中国经历了 1300 年，韩国经历了 950 年之久。③

---

① 司馬遼太郎：『街道をゆく』第 28 卷『耽羅紀行』，朝日新聞社 1998 年版，第 249 頁。
② 司馬遼太郎：『街道をゆく』第 28 卷『耽羅紀行』，朝日新聞社 1998 年版，第 91 頁。
③ 司馬遼太郎：『街道をゆく』第 28 卷『耽羅紀行』，朝日新聞社 1998 年版，第 91—93 頁。

李朝五百年間、中国的儒教体制の模範生であった朝鮮は、中国の歴代王朝から、
　「東方礼儀ノ国」
とほめられつづけてきたように、習俗として礼教を重んじつづけてきた。むろんそれは形式主義であってもかまわない。むしろ形式主義こそ国家と人間の秩序にもっとも大切なものだというのが、儒教的な思考法である。礼とはつまり形式のことで、この形式がいかに煩瑣であれ、これを命がけでまもってこそ人間と社会が成立するというのが、儒教の祖とされる孔子の考え方であった。①

　司马除了批判儒教的形式主义、不切实际之外，还批判了儒教中央集权国家的众多问题，比如其无竞争、贪污、贿赂等。中国和朝鲜作为儒教专制国家，土地等一切都是公有，无法产生竞争机制。

　　中国・朝鮮式の専制体制は、競争の原理を封殺するところにその権力の安定をもとめた。その体制の模範生だった朝鮮の農村には、競争の原理というものが伝統としてない。そのために朝鮮の老農夫はだれをみても太古の民のようにいい顔をしており、日本人の顔に共通した特徴とされるけわしさがない。②

　竞争机制的欠缺使得朝鲜老农夫的脸上一片平和，但是他们只能生活在贫困当中。司马认为儒教国家不可避免地广泛存在贪污现象。

　　李鴻章や袁世凱の政治力は偉大なものであったが、かれらはマッサージ客——外国資本——から国家の名において金をうけとり、または借款し、その何パーセントかを国家のためにつかうだけで

---

① 司馬遼太郎：『韓のくに紀行』，『司馬遼太郎全集』第47卷，文藝春秋1981年版，第77頁。

② 司馬遼太郎：『歴史の中の日本』，中央公論社1976年版，第72頁。

第四章　司马辽太郎的朝鲜书写　　139

　　他は自分の懐ろに入れた。そのことは悪ではなく、体制としての伝統であり、決して汚職ではない。汚職というのは「公務員がその地位を利用して自他の利を図ること」で袖の下に金品を入れるだけのことである。汚職なら日本にもふんだんにある。が、日本では五万円なり二十万円なりをもらった官吏が、それが発覚すると新聞にでかでか書きたてられてしばしば取調室の窓から飛び下りて墜落自殺をする。①

　　司马在大邱住宿的酒店做过按摩，费用是 3000 韩币，但是大部分归介绍人——酒店前台的三个服务员所有，按摩师只能拿到其中的 300 韩币。司马认为这就是儒教体制的产物。② 李鸿章、袁世凯时期就是如此。在日本也有贪污，但是贪污了相当于 3000 元人民币、1 万多元人民币的官员被报纸报道后，常有人为此跳楼而死。就是这样，司马专门在《韩国纪行》"关于贿赂"一节中分析了儒教国家的贪污。

　　最后，司马对儒教做了如下总体评价：

　　……儒教というのは朱子学や何やらの学者の間でこそ思想だが、しかし体制としては「礼教」という瑣末な形式主義にすぎず、人間を一原理でもって高手小手に縛り上げ、それによって人間の蛮性を抜き、統治しやすくするという考え方である。これを文明といってもいい。あるいは文明というのはそういうものかもしれない。③

　　司马认为儒教完全是形式主义的"礼教"，是为了去除人类的野蛮属性，便于统治者的统治而被制定的。

---

　　① 司馬遼太郎：『韓のくに紀行』，『司馬遼太郎全集』第 47 卷，文藝春秋 1981 年版，第 110 頁。
　　② 司馬遼太郎：『韓のくに紀行』，『司馬遼太郎全集』第 47 卷，文藝春秋 1981 年版，第 109—110 頁。
　　③ 司馬遼太郎：『韓のくに紀行』，『司馬遼太郎全集』第 47 卷，文藝春秋 1981 年版，第 81—82 頁。

与以上中国、朝鲜儒教国家的状况不同，司马笔下的日本不是纯粹的儒教国家，因此在很多方面均没有儒教国家韩国的那些问题。虽然萨满在韩国高丽时代被佛教所轻视，在李朝被儒教所鄙夷，但是在日本却没有遭到同样的命运。① 另外，日本并不顾忌在人前裸体，因此有相扑比赛，海女在日本的地位也有相应的保证。所谓的"倭"也就是裹着兜裆布，挥舞大刀到处跑的人。日本不需要文明，也不可以创建文明。这并不是日本人的缺点，文明本身就有束缚人的很麻烦的一面。日本只是随时借用其他国家各种对自己方便的东西，便于自己而已，并不需要独立的文明。② 由此，日本出现了很多不受束缚的状态下产生的知性奇人，而不是朝鲜那样的儒教知识人士。"江戸期には大田蜀山人や平賀源内だけでなく、秋田の殿様で精妙な昆虫分類学者もいたし、大坂の傘職人で蘭学の研究をした人もいたし、伊予宇和島の仏壇の修繕屋だったハンパな職人が銅板張りの蒸気機関をつくったりもした。"③ 这些知性奇人很有探究意识、创新性并发明了很多实用性强的成果。

司马认为日本有着自己的发展轨道。由于古代以来的私有制的竞争机制，日本的农村得以发展。贿赂、贪污行为有所节制。虽然效仿中国实行了律令制度，但不是强权的皇帝独裁制度。④

当然，日本在古代奈良、平安时代儒教体制下的律令制时期也出现了大量的贿赂贪污行为。

　　体制的汚職という変なことばをつかったが日本でも奈良朝、平安朝といった中国もしくは朝鮮風の律令体制であったころは、体制そのものが汚職であった。⑤

---

① 司馬遼太郎：『街道をゆく』第28卷『耽羅紀行』，朝日新聞社1998年版，第252頁。
② 司馬遼太郎：『韓のくに紀行』，『司馬遼太郎全集』第47卷，文藝春秋1981年版，第81—82頁。
③ 司馬遼太郎：『街道をゆく』第28卷『耽羅紀行』，朝日新聞社1998年版，第105頁。
④ 司馬遼太郎：『歴史の中の日本』，中央公論社1976年版，第70頁。
⑤ 司馬遼太郎：『韓のくに紀行』，『司馬遼太郎全集』第47卷，文藝春秋1981年版，第112頁。

第四章　司马辽太郎的朝鲜书写　141

这是由于当时的体制本身造成的，这并不是真正的日本。比如江户时代的官僚很清廉。

　　日本は別個の体制できた。たとえば江戸時代の藩官僚たちは気の毒なほどに清潔であった。もっとも吉良上野介などがワイロをとるということがある。しかし吉良的なワイロはいわば幕府の儀典課長としての教授料もしくはあいさつ料であって、旧アジア的体制のなかでの官吏が汚職をするという、体制そのものが汚職機構になっているということはまったくちがったものなのである。①

虽然在江户时代出现过著名的吉良上野介的受贿事件，但是司马认为那不是体制的问题，而是仅仅相当于收取了奠仪规范的授课费而已。司马认为日本官僚的这种清廉到明治时代仍然得以延续。

　　明治という日本の開化時代は、前時代のこういう体制を原型として成立した。明治の官吏は、井上馨が江藤司法卿に弾劾されたというようなほんのわずかな異例をのぞいてきわめて清潔であったし、ひるがえっていえば明治官吏の清潔を土台にして、はじめて明治の資本主義が成立したわけであり、これをもうひとつ裏返せば、多分に国家の面倒見を必要とする近代的産業というのは、官僚の清潔さの上にしか成立しえないものだともいえる。②

司马认为除个别人，日本明治时代官员都很清廉，一个国家的崛起要在官僚的清廉的基础上才能得以实现。
综上所述，司马比较了日本与传统儒教国家中国、朝鲜的不同。

---

①　司馬遼太郎：『韓のくに紀行』，『司馬遼太郎全集』第47卷，文藝春秋1981年版，第114頁。
②　司馬遼太郎：『韓のくに紀行』，『司馬遼太郎全集』第47卷，文藝春秋1981年版，第114頁。

虽然日本在江户时代推广了儒学,但是到了江户时代中期儒学就开始日本化,所以儒学仅仅是一门学问,没有渗透到风俗习惯的方方面面。①

---

① 司馬遼太郎:『街道をゆく』第 28 卷『耽羅紀行』,朝日新聞社 1998 年版,第 290 頁。

第 五 章

司马辽太郎笔下的日俄关系

自古以来，日本、中国、朝鲜等东亚各国之间就有着不间断的交流与往来，但是，在近代对于东亚各国尤其是对中日朝三国来说，俄罗斯的影响更大，是一个不可忽视的存在。对于这些交流与往来的认识以及描写，表现了作家的俄罗斯认识以及东亚认识。

关于俄罗斯题材，司马辽太郎创作了长篇历史小说《坂上之云》(1968—1972年)、《菜の花の沖（菜花盛开的海滨）》(1979—1982年)，并在《蒙古纪行》(1974年)、《北海道諸街道（北海道诸街道)》(1981年)、《草原记》(1991—1992年连载)、《オホーツク街道（鄂霍茨克街道)》(1993年)等多部游记以及《ある運命について（关于某个命运)》(中央公论社1984年)、《ロシアについて（关于俄罗斯)》(1982年1—10月《文艺春秋》连载)、《这个国家的形象》(1986—1996年)等随笔中都谈到俄罗斯。

司马辽太郎创作《坂上之云》《菜花盛开的海滨》这两部作品前后花去了七年多的时间，为了创作《坂上之云》司马花了五年的时间收集资料，这样看来两部作品创作前后花去了10多年的时间。在这期间，司马辽太郎"しばしば深刻な思いをした"[1]，而且1986年创作随笔集《关于俄罗斯》时仍然觉得自己"余熱がまだ冷えずにいる"[2]。可以说，司马对俄罗斯的思考持续了20余年，相当于进入40岁就在思考，一直到过了

---

[1] 司馬遼太郎：『ロシアについて』，文藝春秋1986年版，第119頁。
[2] 司馬遼太郎：『ロシアについて』，文藝春秋1986年版，第242頁。

60岁。由此可见司马对于俄罗斯的重视。那么司马是从什么视角来探讨俄罗斯的呢？

  私はただ、歴史という大きなわくのなかで、日本とのかかわりにおけるロシアを見たかっただけである。その関係史を煮つめることによって、ロシア像をとりだしてみたかったのである。①

可以看出司马是从日本与俄罗斯的关系史上来探讨俄罗斯的。

  司马笔下的《菜花盛开的海滨》《坂上之云》分别描写了日本江户时代末与俄罗斯开始正式接触时期以及日俄战争时期的日俄关系状况，均为日俄之间交集的关键时期。司马首先把着眼点放在了日俄关系最紧张的日俄战争，之后又追溯到日俄更早的接触时期。

  那么司马在作品中是如何描写并看待俄罗斯的呢？以下将分两节加以论述。

第一节　早期摩擦与人物形象塑造

  日本与俄罗斯的接触比较晚，距今只有200多年的历史，"日本史でいえば、織田信長も豊臣秀吉もまた徳川家康も、ロシアという国名も民族名も知らずに死んだ"②。由于日本被大海环绕的关系，日本明治维新开国之前曾经发生过320多起漂往周边各国的海难事件。而早期的日俄之间的交涉也主要起因于漂流难民。从1696年大坂商船漂流到堪察加半岛被俄罗斯探险队发现，到1853年遣日使プチャーチン抵达日本基本都与日本漂流民的处置有关。俄罗斯为了确保西伯利亚的粮食供应以及开拓日本市场，以送还漂流民为策略展开了与日本的外交。司马把这期间的日俄关系分为几个事件来加以描述。

---

① 司馬遼太郎：『ロシアについて』，文藝春秋1986年版，第243頁。
② 司馬遼太郎：『ロシアについて』，文藝春秋1986年版，第245頁。

第一件：ラクスマン获得日本通商许可。1792年俄罗斯使节ラクスマン以送还大黑屋光太夫等3名日本漂流难民的名义抵达北海道东部的根室，首次向日本提出通商愿望。他在根室越冬，1793年夏按照日本的希望抵达函馆，又向西到了当时北海道的行政机构所在地——松前，与江户幕府派来的三名官员谈判。幕府对此表示了积极的态度，向ラクスマン发放了长崎入港许可书，同意俄罗斯派一艘船只到长崎进行交涉。ラクスマン秋天返回了鄂霍茨克港。此行他感受到了日本的热情和诚意。①

第二件：レザーノフ通商请求遭到日本拒绝。1804年9月俄罗斯使节レザーノフ带着4名日本漂流民到了长崎，但是，由于幕府内部的人员更迭，意见的冲突，俄方一直受到严密的监视，不能从被安排的住所外出到街市一步。这样，在被迫等待了半年以后得到幕府方面的通告是：保持目前的与朝鲜、琉球、中国、荷兰的通信通商关系，拒绝与俄罗斯通商，俄军舰必须撤离长崎。

第三件："文化俄寇事件"。1806年8月记恨在心的レザーノフ命令手下フヴォストフ中尉远征到库页岛和千岛列岛②，袭击和烧毁日本船只，抓捕日本船员。到1807年一年的时间里，他们在库页岛、择捉岛、利尻岛、礼文岛袭击了多处日本人的居留地，抓人、放火，最终只释放了俘虏中的8个人，让他们向日方传达俄方通商的意愿，企图以此威胁日本，逼迫日本同意通商。同时，一方面计划把抓到的日本人带到阿拉斯加作为开拓民，另一方面要求手下人对待抓来的日本人也不要太过分，试图以此让日本人对俄罗斯抱有一定的好感。由于当时的年号是"文化"，所以，此类事件被统称为"文化俄寇事件"。③

---

① ［俄］ゴローニン：『日本俘虜実記』，徳力真太郎訳，講談社1986年版，第33—34頁。
② 当时日俄北方疆界没有明确区分。直到1875年日俄间达成库页岛、千岛交换协议，确定千岛群岛归日本所有，库页岛归沙俄所有。1905年日本在日俄战争中获胜，获得库页岛南部，并积极开发，直到1945年战败撤离。参见司馬遼太郎『オホーツク街道』，朝日新聞社2000年版，第117—118頁。
③ 参见平川新「レザーノフ来航資料にみる朝幕関係と長崎通詞」，『東北大学東北アジア研究センターシンポジウム　開国以前の日露関係』，東北大学東北アジア研究センター2006年，第3—41頁。

第四件：ゴローニン事件。日本方面对フヴォストフ大尉的粗鲁行径采取报复行动。1811年7月，俄罗斯海军大尉ゴローニン（1776—1831年）在受命指挥军舰进行千岛群岛南部测量时，为购买食品登陆幕府管辖的国后岛①的"泊"。在他与当地人进行交涉时，与其他军官、士兵等共7人被幕府守备队抓捕。经日俄交涉，直到1813年10月才被释放。

图 5-1 《菜花盛开的海滨》书影

《菜花盛开的海滨》涉及了江户时代日俄间のゴローニン事件，于1979年4月到1982年1月在《产经新闻》上连载，1982年11月文艺春秋全6卷发行完毕，并被收入《司马辽太郎全集》的第42、43、44卷，1999年被改编为剧本搬上舞台，② 2000年被日本放送协会作为建台75周年纪念制作为电视连续剧。

这是司马56岁到59岁期间创作的长篇历史小说，是司马后期的代表作品。为了撰写《菜花盛开的海滨》，司马用了10年的时间进行调查。

---

① 国后岛：北海道东北部岛屿，是日本与俄罗斯有争议的北方四岛之一。
② 井上ひさし、ジェームス三木、妹尾河童：「「菜の花の沖」司馬さんのメッセージ」，『文藝春秋』1999.4，第340—349页。

第五章　司马辽太郎笔下的日俄关系　　147

调查中让他感到主人公高田屋嘉兵卫是江户时代最了不起的人物。①

《菜花盛开的海滨》首先描写了江户时代的商品经济。主人公高田屋嘉兵卫（1769—1827 年）是真实的历史人物，是江户时期的一名"廻船商人"②，司马把嘉兵卫描写得有血有肉。首先，描写到他生长在春季开满了油菜花的淡路岛，是一个穷困人家的孩子，受到当地人的排挤。后来他离开家乡在船上劳作，后进行海上运输，并获得幕府的极大信任，被任命为"虾夷③地常雇船头"，以幕府御用级别的身份负责往返虾夷区域的海上运输。嘉兵卫被授予"苗字带刀"的资格，超越一般老百姓，有了自己的名字，可以随身携带武士刀，这是与当时日本社会"士农工商"最高阶层"武士"同等的资格。在开发渔业，进行海上运输的同时，他还致力于日本唯一的少数民族阿依努族的民族解放，深受阿依努人的信任，在被迫当俄罗斯人质时，一名阿依努人坚持与其他三名船员跟随他赴俄罗斯。

司马非常喜欢油菜花，他的书桌正对着庭院，落地窗前的庭院中横放着一个直径 1 米左右的大水泥管截面，司马把它当作大花盆，每年都在那里边种上油菜花籽。他非常欣赏盛开的油菜花把庭院染黄的情景。④司马的忌日被命名为"菜花祭"，一是因为司马喜欢油菜花，一是因为司马的作品《菜花盛开的海滨》。由此可见，司马在以菜花命名的本作品中倾注的心血以及司马本人还有读者对作品的认可。

对于司马来说，在《菜花盛开的海滨》中，油菜花不只是花，还存在着更深层的意思：

> 『菜の花の沖』というタイトル、僕は、菜の花というのをずっとセンチメンタルに受け止めていたんだけれど、よく考えると、

---

① 志村有弘：『司馬遼太郎事典』，勉誠出版 2007 年版，第 159 頁。
② 廻船商人：在河边港口之间用商船运输并进行各种业务往来的批发商。
③ 虾夷：江户时代以后主要指北海道、库页岛、千岛群岛的原住民以及他们居住的地区，也指以阿依努语为母语的阿依努人。
④ NHK「街道をゆく」プロジェクト：『司馬遼太郎の風景』，日本放送協会 1997 年版，第 195 頁。

菜の花からは、菜種油を採る。菜種油を採るために、乾鰯を運んでくる、という、非常に現実な意味があるんですよ。①

　　司马本人坦言："「菜の花の沖」という奇妙な題名をつけたのも、菜の花によって江戸期の商品経済を象徴させたかったためである。"② 油菜籽是榨油的原料，榨出来的油在当时不仅被用作照明用的灯油，还被用作女子梳妆用的头油。由于武士梳发髻，所以头油的需求量是极大的。因此，可以说油菜籽是重要的经济作物。据说在当时的江户，一年灯油的需求量是 10 万桶。灯油不仅被用来当作夜间读书、记账、工作的照明，也被用于支撑被称为不夜城的艺妓区"吉原"的繁荣。江户油菜籽油的七八成都是从大坂发送的，如果油菜籽油供应不足就会导致市民情绪的不稳定，1826 年甚至产生了"断油骚动"。③

　　但是，日本土地相对贫瘠，种植油菜籽以及棉花等作物需要用海产——干鰯（沙丁鱼干）作为肥料。这种肥料被称作"金肥"。大坂有很多金肥批发商，即使小店也是一日千金的交易额。④ 高田屋去北海道的初衷就是运回干鰯。

一　幕末日俄关系铺垫

　　关于俄罗斯的内容，主要在本作品的后三分之一，也就是《司马辽太郎全集》的第 44 卷。在这一卷的开头，司马就首先对本节开头部分提到的日俄长期以来的接触进行了铺垫，之后才开始描写 1812 年高田屋嘉兵卫是如何被俄罗斯抓为人质的。44 岁的嘉兵卫被押送到堪察加半岛，他在那里生活了八个月，与俄罗斯军人以及老百姓接触交流。通过学习俄语，得以与负责营救ゴローニン的俄罗斯军官リコルド少佐进行进一

---

①　井上ひさし、ジェームス三木、妹尾河童：「「菜の花の沖」司馬さんのメッセージ」，『文藝春秋』1999.4，第 340—349 頁。
②　司馬遼太郎：『ある運命について』，中央公論社 1984 年版，第 114 頁。
③　司馬遼太郎：『ある運命について』，中央公論社 1984 年版，第 115 頁。
④　司馬遼太郎：『この国のかたち』第 6 巻，文藝春秋 1996 年版，第 129 頁。

第五章　司马辽太郎笔下的日俄关系　149

步的沟通，并获得对方的尊重、信任与友情。最终，嘉兵卫乘坐俄罗斯军舰回到北海道，通过与日方官员的沟通，释放了1811年被日方抓走的俄罗斯人质ゴローニン舰长，避免了日俄间一次大的误会与冲突。

作品的这一卷看起来与前两卷在内容上并没有连贯性，但是实际上这是前两部的延续。它既是高田屋嘉兵卫人生描写的继续，同时也是对嘉兵卫人生极致阶段的描述。嘉兵卫在问题解决的过程中以"日本側の非公式代表としての容儀をとったのである"①。由于嘉兵卫的调解工作，日俄之间的矛盾经过这一次大的周折得以化解。但是，嘉兵卫为此在精神上和身体上消耗过多，"その後、嘉兵衛は、寝たきりにちかい毎日を送った"②。他的人生使命好像就此完结，50岁时他把航运事业转给弟弟金兵卫运营，自己回到故乡淡路岛隐居，失去了往年的锐气和气力，像空壳一样，直到59岁去世。可见嘉兵卫在日俄摩擦上所消耗的气力之大。

作品中，日俄之间的矛盾并不是领土掠夺的矛盾，而是在日俄通商上认识不同的矛盾。这是《菜花盛开的海滨》的主题——江户社会经济的一个侧面，可以说是其国际视野的主题延续。嘉兵卫被抓与ゴローニン舰长被抓有着密切的联系，俄罗斯抓嘉兵卫是为了敦促日本释放ゴローニン舰长。而ゴローニン舰长被日本抓为人质是因为俄罗斯フヴォストフ大尉在库页岛和千岛群岛的暴力掠夺引起的日俄之间的对立、紧张关系以及相互间的误解。

《菜花盛开的海滨》的第三部共18节，司马用前六节介绍了俄罗斯的发展并重点介绍了18世纪末到19世纪初的日俄关系史，分别为"俄罗斯概况""续·俄罗斯概况""レザノフ记""库页岛记""暴走记""ゴローニン"。这六节中没有主人公嘉兵卫的登场，就仿佛是叙述史实，是嘉兵卫将面临的危险处境的背景介绍。在这里，司马追溯了历史。由于国际市场对皮毛的需求以及皮毛市场的高额利润，俄罗斯努力争取获得更多的动物皮毛，为此不断向远东发展，并把目标转向了日本。早期

---

① 『司馬遼太郎全集』第44卷『菜の花の沖』第3卷，文藝春秋1984年版，第389頁。
② 『司馬遼太郎全集』第44卷『菜の花の沖』第3卷，文藝春秋1984年版，第424頁。

日本与俄罗斯并没有更多的交往，只是由于海运的关系，船只经常是命运多舛，日本渔船多次被大风浪漂流到俄罗斯堪察加半岛一带，于是一些日本漂流民被留在当地生活。但是，由于日本漂流民大黑屋光太夫（1751—1828 年）一行执意要求回国，并终于获得了俄罗斯女皇——叶卡捷琳娜二世的许可，1792 年俄罗斯专门派军舰把幸存下来的他们一行三人送回了日本。俄罗斯此行肩负有与日本建立通商关系的任务，同时，作为送还使的ラクスマン还肩负着对日本陆地和海洋进行天文地理学术调查并记录对日本商业的观察与见闻的使命。日本满足了俄罗斯的通商愿望，同意对其开放长崎，并颁发其"信牌"（长崎港入港许可证）。1804 年，沙皇庇护下成立的半官半民的俄美公司负责人レザノフ（列扎诺夫，俄罗斯贵族，1764—1807 年）被任命为首位驻日本大使，以送回日本漂流民的名义到了长崎。但是由于幕府老中①的更迭，日方坚持锁国政策，没有接收俄罗斯的国书，甚至要回了之前发出的"信牌"，把レザノフ赶走。レザノフ感觉名誉受损，心理上受到极大的伤害。于是征得俄罗斯皇帝同意高薪征用现役海军军官到自己的俄美公司服役。1806 年他命令海军大尉フヴォストフ以及另一名海军少尉用两艘武装好的船只去劫掠日本沿岸。1806 年 10 月到第二年 6 月他们多次袭击并劫掠了库页岛、千岛群岛的阿依努人和日本人的公共设施、村落，日俄关系开始紧张。另外，正在英国留学的海军大尉ゴローニン被叫回国，接受了对俄罗斯国内的地理探测以及向鄂霍茨克港运送各种海军军需物资的命令。他于 1811 年 7 月开始进行千岛群岛南部的测量，登陆幕府管辖的国后岛的港口"泊"为购买食品与当地人进行交涉时被幕府守备队抓捕。这实际上是日本方面对フヴォストフ大尉的粗鲁行径所采取的报复行为。

二　日俄典型形象塑造

日本的高田屋嘉兵卫与俄罗斯的リコルド是司马辽太郎塑造的两个典型人物形象。

---

① 幕府老中：江户幕府的职务名。直属于将军，掌管幕府的行政事务。

第五章　司马辽太郎笔下的日俄关系　　151

司马把高田屋嘉兵卫描绘成富有人性魅力的人物，而且认为他的人性魅力在于"一成不变的真诚"。① 嘉兵卫由于被抓为人质，被推到了日俄矛盾冲突的风口浪尖上，而正是由他的真诚贯穿于问题解决的始终。司马笔下的嘉兵卫在被抓为人质的情况下表现出了极大的镇定和克服困难的毅力。1812 年 8 月 14 日，在国后岛"泊"附近的海面上，嘉兵卫乘坐自己的船只——观世丸，被ゴローニン的副手リコルド率领的军舰抓为人质带往堪察加半岛。1813 年 4 月 18 日，他又从堪察加半岛出发去营救ゴローニン，5 月 27 日离开俄罗斯军舰上岸去交涉。这期间，嘉兵卫与俄罗斯人共同度过了近 300 天的时光。到 9 月 29 日ゴローニン被营救成功返回俄罗斯，嘉兵卫在解决日俄冲突问题上用了 1 年零 2 个月左右的时间。司马用了五节的篇幅来描述嘉兵卫被俄罗斯抓为人质到从堪察加出发期间的生活。重点突出了嘉兵卫的以诚待人。嘉兵卫期盼俄方同样真诚相待，以求得平等相处的关系，并做好了最坏的思想准备。

司马笔下的嘉兵卫一直有着独立的人格与胆识。リコルド在手记中记载了嘉兵卫不认为自己是"俘虏"，因为在与リコルド共同生活了 300 天，ゴローニン的人质问题终于得到解决之后，嘉兵卫对リコルド坦言道：

「捕虜というのは、自分の意志に反してお前さんに捕えられ、かむさすかへ行った水主たちだけだ。わしの場合、かむさすかへは承知の上で行ったんだ」

……

「お前さんが間違った男であったら、いつでも、自殺する気でいたのだ。むろん、お前さんと副長を殺し、殺した理由をお前さんの全乗組員に言いきかせたあとで死ぬ心底だったのだよ」②

---

① 司馬遼太郎：『この国のかたち』第 5 巻，文藝春秋 1996 年版，第 198 頁。
② 『司馬遼太郎全集』第 44 巻『菜の花の沖』第 3 巻，文藝春秋 1984 年版，第 265 頁。

可见，嘉兵卫一直是抱着冒死的决心在努力着的。另外，困难面前嘉兵卫表现出了睿智的态度。他向リコルド提出要求："私はロシアへ行く。そのかわり、あなたは決して私に離れない、そのようにしてもらいたい。"① 嘉兵卫通过这种方式把リコルド变成了自己的人质，争取到了主动。但是，另一方面，由于嘉兵卫并不了解并充分信任リコルド，所以嘉兵卫需要一直绷紧神经，随时保持警惕以面对有可能发生的生死攸关的突发事件。1813 年 7 月，ゴローニン被日本囚禁 2 年 3 个月后获释放，1816 年他在俄罗斯出版了《日本幽囚记》，被陆续翻译成各国文字，1825 年被日本荷兰语学者马场佐十郎由荷兰文翻译成日文出版。书中提到嘉兵卫，虽然他们见面时间很短，描写的篇幅也不多，② 但是俄罗斯人尼古拉③就是因为读了此书，随身携带着书中高田屋嘉兵卫的插图（在堪察加时俄罗斯人为他绘制的油画像）于 1861 年慕名到了嘉兵卫的故乡——日本。④

司马辽太郎把嘉兵卫的文化与精神上的修养归功于净琉璃。⑤ 嘉兵卫随身携带净琉璃的剧本，净琉璃给嘉兵卫的影响很大。司马在《菜花盛开的海滨》的后记中论述了净琉璃对嘉兵卫修养上起到的作用。语言表述上的作用暂且不提，在道德修养上，司马认为嘉兵卫从古净琉璃剧本《赖光迹目论》受到的影响最大，他学习源赖光没有让自己的儿子继承家业，而是转给了更有能力的弟弟。⑥

---

① 『司馬遼太郎全集』第 44 巻 『菜の花の沖』第 3 巻，文藝春秋 1984 年版，第 239 頁。

② ［俄］ゴローニン：『日本俘虜実記』，徳力真太郎訳，講談社 1986 年版，第 223—224 頁及第 245—246 頁。

③ 尼古拉：原名日文为イオアン・ディミトロヴィチ・カサーツキン（1836—1912 年），日本东正教最大教堂——东京尼古拉堂的主教，尼古拉为修道名。

④ 司馬遼太郎：『街道をゆく』第 15 巻 『北海道の諸道』，朝日新聞社 1985 年版，第 47—49 頁。

⑤ 净琉璃：日本传统戏剧形式之一，室町幕府初期，有人说唱源氏公子与净琉璃小姐的爱情故事，因而得名。后来转变为由盲人说唱家采用三弦伴奏，代替琵琶，并和演木偶戏的人合作，创造了木偶净琉璃。

⑥ 『司馬遼太郎全集』第 44 巻 『菜の花の沖』第 3 巻，文藝春秋 1984 年版，第 450—452 頁。

第五章　司马辽太郎笔下的日俄关系　　153

　　嘉兵衛やその時代のひとたちは、このような演劇的詞華(しか)を通して倫理まで学んだのだが、このような素養が、ロシア艦に乗りこんで以来の非日常性にかれを堪えさせたといっていい。さらには、リコルドとのあいだの困難な意思疎通にも、その底において大きく役立ったといえる。①

　　作品指出嘉兵卫本人就是一场净琉璃的主角，他在剧中经历了一个又一个波折。虽然与リコルド建立了难得的信赖关系，但是他仍然是俄方手中的人质。当他提出自己一人上岸与日方进行调解的时候，还是与リコルド产生了激烈的意见冲突。嘉兵卫在各种紧迫场合都是这样以其诚意和胆魄与对方的心灵相碰撞，产生一个又一个戏剧性的展开。リコルド在回国以后撰写了手记。手记中多处提到朝夕相处的嘉兵卫，赞赏嘉兵卫的堂堂正正，不搞背后把戏，为人可靠；赞扬了嘉兵卫的友情、为人善良、有修养、有度量，甚至不惜用"偉大なわが友（伟大的朋友）高田屋嘉兵卫"② 一词。

　　另外，俄罗斯军官リコルド被描写成了俄罗斯帝国正规军人的代表。首先，作为俄罗斯军人，他强迫嘉兵卫和其他四个水主作为人质跟他去俄罗斯，这是一种野蛮行径。司马认为他的这种做法是俄罗斯文化的体现：

　　この場合のリコルドには罪なくしてそのような目に遭う水主四人に対する人間的な同情は見られない。このことは海軍少佐ピョートル・リコルドがそういう人格だったということではなく、人間の思考、判断、または行動をときに決定する解明不要の（あるいは不可能の）文化というものである。このロシアと日本が接触する

---

　　① 『司馬遼太郎全集』第44巻『菜の花の沖』第3巻，文藝春秋1984年版，第452頁。
　　② ［俄］リコルド：「日本沿岸航海および対日折衝記」，ゴローニン『ロシア士官の見た徳川日本』，徳力真太郎訳，講談社1994年版，第226頁。

海域では、ロシア側はもはやこの文化を平然と持ちはじめていた。その文化はむろん、ロシア史とロシア社会に根があるであろう。

しかも、ロシア人にとって、被害を与えないと信じているようである。

……

むしろ思いやろうともしない。そういう感性をリコルドから奪っているものは、はっきりしている。愛国心であった。自分の国だけを愛することが正義のすべてであるという絶対主義国家が創造したものを、皇帝の忠良な艦長であるリコルドが多量にもっていることは、いうまでもなかった。①

リコルド认为虽然嘉兵卫等人是作为人质离开本国，但是俄罗斯方面会提供食物与衣物，会善待他们，如果愿意留在俄罗斯生活也会受到欢迎，而且日裔俄罗斯人都生活得很幸福。他丝毫没有考虑到强迫人们背井离乡给人们内心世界带来的痛苦与折磨。②

但是，另一方面，リコルド为了营救好友ゴローニン，同意了嘉兵卫提出的当人质后同居一室的要求，并贯彻始终，司马又把他描写成一个有信誉、重情义的军人。同时，リコルド还表现出了对嘉兵卫的平等、友善态度。比如嘉兵卫头一次到俄罗斯军舰ディアナ号上与リコルド见面时，实际上是俘虏的身份，但是リコルド用加了糖的红茶和蛋糕款待嘉兵卫，而且请嘉兵卫坐了上座，极尽礼仪之致。

この礼節や品性もまた、ロシアが百年かかってその貴族や将校中心に培ってきたものである。軍人の礼節や品性は、その上官に対するときにあらわれるというのは、犬が飼主に対して従順であるのと同様、当然なことといっていい。それが敵に対してあらわれる場

---

① 『司馬遼太郎全集』第 44 巻『菜の花の沖』第 3 巻，文藝春秋 1984 年版，第 240—241 頁。

② 『司馬遼太郎全集』第 44 巻『菜の花の沖』第 3 巻，文藝春秋 1984 年版，第 241 頁。

第五章　司马辽太郎笔下的日俄关系　　155

合こそ、真贋(しんがん)が試されるといえる。リコルドは本物であった。①

对于此，司马在作品中指出这是俄罗斯文化的表现之一，并不是故意摆样子，而是自然而然地做出的文明举止，反映了俄罗斯文明优雅的一面。リコルド始终以这种优雅的文明举止对待嘉兵卫。

本作品以嘉兵卫和リコルド为典型，描写出了日俄双方的立场、文化冲突，也描写出了各自的人格魅力、双方的友情。另外，还通过描写嘉兵卫介绍自己的女人与俄罗斯士兵军官见面，以及鄂霍次克行政长官ペトロフスキー把16岁的女儿介绍给嘉兵卫，嘉兵卫受到友人一样的对待被军官女儿亲吻等，描述出了日俄间友好平等的氛围。

三　幕府对俄罗斯的过度恐惧

虽然作品中有不少关于日俄双方友好交往的情节，但是围绕当时的日俄关系，不禁会产生两个疑问：一个是俄罗斯是否带有侵略意图，一个是日本如何看待俄罗斯。

关于侵略性的问题，司马在《菜花盛开的海滨》中提到了俄罗斯人向东扩张的动机。首先，司马认为俄罗斯到西伯利亚并不是侵略，而仅仅是为了皮毛。

要するに、江戸期を通じ、ロシア人にとってシベリアおよびオホーツク海域での進出は、原住民をおどして毛皮をとりあげることを主目的とした。強大な勢力（たとえば清国）とは対決を避け、もっぱら交易を持ちかけた。領土所得欲が先行したわけではなかった。②

司马分析认为到美洲的欧洲人之所以杀戮当地人是因为他们需要掠

---

①　『司馬遼太郎全集』第44卷『菜の花の沖』第3卷，文藝春秋1984年版，第231頁。
②　『司馬遼太郎全集』第44卷『菜の花の沖』第3卷，文藝春秋1984年版，第17—18頁。

夺当地人的土地，再当作自己的农场种植小麦、玉米等谷物，并围上围栏养牛。而俄罗斯进入西伯利亚主要是为了索取那里的毛皮，那里有像宝石一样昂贵的黑貂皮，只有当地人才具有捕获技术。如果杀了他们，就什么也得不到，所以俄罗斯人仅仅是在当地人头上加了"毛皮税"，以此为名拿走当地的毛皮。可见，俄罗斯不是以占有土地为主要目的。

关于俄罗斯对日本的关注司马也是持同样的看法。他强调俄罗斯女皇之所以1792年能够同意送大黑屋光太夫回日本，应该有伊尔库茨克的毛皮财阀シェリコフ在宫廷做了工作的缘故。① 同时，司马在作品中强调受到政府支持的俄罗斯俄美公司到日本的目的是由于俄罗斯在北太平洋的皮毛获取存在局限，需要打开局面，因此他们的目的是与日本通商。日本人口众多，如果要侵略日本的话，需要动用数十万士兵，为了运送士兵，起码需要准备1000艘帆船。这是不现实的，所以俄美公司的每一次理事会都没有人提出"应该入侵日本"。②

其次，在当时的俄罗斯，严惩了擅自侵犯日本的海军大尉フヴォストフ以及另一名海军少尉，他们接受俄美公司レザノフ的命令劫掠日本沿岸后，1807年8月27日一回国就被逮捕，罪名为"叛逆罪"，也就是违反了沙皇的意志，侵犯日本是不被允许的。③ 在营救ゴローニン时，俄方携带了国书，国书中谈到对随意肆虐日本的二人进行了惩治，以求得到日方的谅解。

以上证明，俄罗斯对外表明自己没有侵略日本的意图，但是司马认为也不能完全排除俄罗斯的侵略动机。在当时，欧洲的风潮是欧洲各国都在抢占其他国家还没有拿到的岛屿与半岛，所以司马与涉猎了俄罗斯众多文献的郡山良光持同样的观点，认为ゴローニン的远东航海任务是"侵略政策的侦查行动"，也就是"じつは、侵略の予備段階の調査にきたのだ"④。因此，司马辽太郎认为俄罗斯一系列行动的背后是暗藏着侵

---

① 『司馬遼太郎全集』第44巻『菜の花の沖』第3巻，文藝春秋1984年版，第54頁。
② 『司馬遼太郎全集』第44巻『菜の花の沖』第3巻，文藝春秋1984年版，第60頁。
③ 『司馬遼太郎全集』第44巻『菜の花の沖』第3巻，文藝春秋1984年版，第173頁。
④ 『司馬遼太郎全集』第44巻『菜の花の沖』第3巻，文藝春秋1984年版，第182頁。

第五章　司马辽太郎笔下的日俄关系

略的动机的，只是时机未成熟而已。

关于日本对俄罗斯的外交应对，司马从历史视角对俄罗斯威胁论进行了剖析。在江户时代，欧洲各国不断向东方扩张，他们向东方索取各种香料以及金银，并把宗教带到东方。司马认为日本的锁国是幕府统治者感到了西方对其统治体制的威胁，"鎖国は、その恐怖のあらわれであった"①。虽然幕府允许西方国家荷兰进出日本从中获取世界信息，但是由于荷兰自己的立场，他们提供给幕府的信息难免有失客观，再加上国际局势动荡，只靠从荷兰获取信息的日本"国際的には失明状態というにひとしかった"②。同时，由于日本锁国，武器一直保持江户时代初期的水平，不论世界上有什么样的变化，都不允许制造新式的武器以及舰船。在国内日常运营中，由于1609年的限制令，为了防止船只具有远洋航行的能力，沿海航行的船只除了船只容量最多不能超过1000石③以外，还被要求一艘货船只能使用一根桅杆，一张帆。由于日本船船桨容易断裂，容易被漂流，加之船上没有甲板，像一只木碗，大浪打来容易打到货物上，因此航行的危险系数很高。④ 日本就是这样以锁国的方式在祈求和平永存的。司马认为，锁国让日本对外界产生了无端的恐慌，对外一味地抱着恐怖心理和被害意识。比如在应对レザノフ的长崎到访时，他们心里想的是："門口に疫病神が立っている。なんとか退散してもらうことができまいか。"⑤ 就和农民驱逐害虫的心理一样简单。司马指出这样导致了幕府高官在应对レザノフ过程中的无礼，他们不仅让レザノフ在长崎等待了半年左右，还拒收レザノフ带来的俄罗斯国书和物品，并从江户遣使者送来了无礼的公函，要求レザノフ的船只尽快离港。司马认为幕府领导层的俄罗斯威胁论影响了彼此的交流，致使两国的外交史上留下了许多症结。

---

① 『司馬遼太郎全集』第44卷『菜の花の沖』第3卷，文藝春秋1984年版，第182頁。
② 『司馬遼太郎全集』第44卷『菜の花の沖』第3卷，文藝春秋1984年版，第183頁。
③ 石：数量词。10立方尺。
④ 司馬遼太郎：『この国のかたち』第4卷，文藝春秋2003年版，第198頁。
⑤ 『司馬遼太郎全集』第44卷『菜の花の沖』第3卷，文藝春秋1984年版，第96頁。

四 兼谈井上靖笔下的日俄关系

在谈到日俄关系史时，司马辽太郎在作品《菜花盛开的海滨》中提到日本漂流民传兵卫①与大黑屋光太夫等人，并提到井上靖（1907—1991年）的长篇历史小说《おろしや国酔夢譚（俄罗斯国醉梦谭）》② 是对大黑屋光太夫人性的描写。

> かれは、嘉兵衛のこの年から二十一年前の一七九二年（寛政四年）、ネモロ（根室）に帰着し、その翌年、江戸に送られた。江戸にあっては、雉子橋外の御馬小屋にとどめおかれた。幕吏から執拗かつ精密な訊問をうけた。③

司马辽太郎的《蒙古纪行》虽然是描写他访问蒙古的经历，但也写到途经俄罗斯的见闻，其中就专门设有一节"光太夫"介绍他在俄罗斯的经历。"光太夫の人間とその一行の海上漂流とロシアにおける漂流については、井上靖の『おろしや国酔夢譚』によってひろく知られた。"④《俄罗斯国醉梦谭》描写的时代早于嘉兵卫被抓为人质的时代20年，但是也是嘉兵卫不断成长发展的时代。它主要描写了大黑屋光太夫等江户时代中期漂流到俄罗斯的日本船员的生活，以及少数人最终回到日本的经历。

井上靖和司马辽太郎一样也是日本战后著名的历史小说家，他1965年5月开始第一次长达一个半月之久的俄罗斯之旅，以考察亚洲中部的

---

① 传兵卫：1696年海上漂流民，经过200多天漂到堪察加沿岸，16人中仅他一人生还，后在俄国开创日语学院。
② 中文译名取自卢茂君《井上靖中国题材历史小说研究》，九州出版社2010年版，第8页。
③ 『司馬遼太郎全集』第44巻『菜の花の沖』第3巻，文藝春秋1984年版，第379—380頁。
④ 司馬遼太郎：『街道をゆく』第5巻『モンゴル紀行』，朝日新聞社2001年版，第65頁。

第五章　司马辽太郎笔下的日俄关系　　159

丝绸之路，往返途经哈巴罗夫斯克、伊尔库茨克等西伯利亚城市，目的地为当时苏联管辖下的哈萨克斯坦、塔吉克斯坦和吉尔吉斯斯坦。在往返途中，他听说了大黑屋光太夫的经历，接受同行的俄罗斯研究专家佐藤九祚的建议，决定创作《俄罗斯国醉梦谭》。① 后来《俄罗斯国醉梦谭》于 1966 年 1 月到 1967 年 12 月在《文艺春秋》上连载。1968 年 5 月，井上靖又用了一个半月的时间到苏联调查，专门踏寻了大黑屋光太夫等漂流民的足迹并访问了专家学者。② 回国后在当年 6 月末又去北海道调查，对连载进行大幅的修改，于当年 10 月出版了单行本。③ 1969 年 4 月，井上靖以该作品获日本文学大奖，1992 年被搬上银幕。

《俄罗斯国醉梦谭》是以日俄漂流民的历史为背景，借鉴描写了光太夫经历的《北槎闻略》而创作的一部历史小说。本作品展示了光太夫执着的人格魅力。1782 年从三重县伊势向江户出发的船老大——大黑屋光太夫率领的渔船神昌丸在途中被风暴袭击，经过 8 个月的漂流终于抵达当时俄罗斯管辖的远东岛屿アムチトカ岛，四年后乘坐再建造的船只抵达堪察加半岛，在那里经历了严寒。为了获得回日本的许可，光太夫代表大家一路向西到圣彼得堡见到女皇——叶卡捷琳娜二世，终于得到归国许可。光太夫为此用了 10 年的时间，经过了不懈的努力。一行本来 17 人，其间陆续有人死亡，还有一人信奉东正教留在俄罗斯，一人留下来与俄罗斯女子结婚当了日语教师，只有光太夫等三人踏上归途，途中同伴小市在北海道病故，最后只有光太夫和矶吉回到了江户。

为什么执意要回国呢？想回国与亲人团聚是可以理解的。同时，也因为光太夫的一个强烈愿望，那就是把俄罗斯见闻告诉国内的人们。

　　俺はな、俺は、俺はきっと自分の国の人間が見ないものをたんと

---

① 福田宏年：『井上靖評伝覚』，集英社 1979 年版，第 221 頁。
② 井上靖：『歴史小説の周囲』「おろしや国酔夢譚」の旅，講談社 1983 年版，第 55—77 頁。
③ 卢茂君：《井上靖中国题材历史小说研究》附录"井上靖生平与著述编年"，九州出版社 2010 年版。

见たんで、それを持って国へ帰りたかったんだ。あんまり珍しいものを見てしまったんで、それで帰らずには居られなくなったんだな。見れば見るほど国へ帰りたくなったんだな。思えば、俺たちはこの国の人が見ないものをずいぶん沢山見た。そして帰ってきた。

だが、今になって思うことだが、俺たちの見たものは俺たちのもので、他の誰のものにもなりはしない。それどころか、自分の見て来たものを匿さなければならぬ始末だ。①

以上光太夫的两段话道出了他回国后的烦恼，他在俄罗斯的见闻有很多，他想把它们都告诉国内的同胞们，为此他每天都把这些见闻详细地记录下来。但是光太夫历经周折回到日本以后，却因为锁国的关系被幽禁起来，失去了与外界沟通的权利与自由。因此，光太夫没有办法与国人分享对俄罗斯的观察和了解的众多外界信息。这种半监禁状态让光太夫明白了自己的见闻是不能够公之于众的。他强烈的归国热情与回国后的被幽禁成为鲜明的对比。同时，俄罗斯以送回漂流民为由向日方提出的通商要求也遭受到日方的冷漠处理。由此，司马在《菜花盛开的海滨》对锁国政策进行了批判。

《俄罗斯国醉梦谭》中也描写了拉克斯曼等不少俄罗斯人以及学者对光太夫等漂流民的关照，表现了两国民间的友情。实际上俄罗斯当时对待日本漂流民的方式是挽留他们来教授俄罗斯人日语，以便于获取日本信息。在光太夫的经历中同样如此。村山七郎在《漂流民の言語（漂流民的语言）》一书第七章"大黒屋光太夫の日本語資料——18世紀後半の伊勢方言（大黑屋光太夫的日语资料——18世纪后半期的伊势方言）"论证了在俄罗斯期间，光太夫曾被要求到日语学校讲授日本的风俗以及协助俄罗斯人修订外语辞典的日语部分。② 但是由于光太夫一再坚持返回祖国，俄罗斯才开始考虑是否送他们回国的问题，并初步打算通过

---

① 井上靖：『おろしや国酔夢譚』，文藝春秋 1990 年版，第 357 頁。
② 村山七郎：『漂流民の言語』，吉川弘文館 1965 年版，第 240—241 頁。

第五章　司马辽太郎笔下的日俄关系

送他们返回日本，沿途勘察地理，并尝试打开通商之路。俄罗斯这才终于同意把他们三人送回日本。

关于江户时代的日俄关系，日本其他作家也有涉及。比如吉村昭（1927—2006年）就有一系列的漂流民题材作品。作品《北天の星（北天之星）》（1974年至1975年连载）描写择捉岛的小官吏五郎治等二人于1807年被俄罗斯抓为人质带往西伯利亚的经历。俄罗斯的目的是逼迫日本通商。五郎治于1812年高田屋嘉兵卫被抓为人质之前回到日本，并利用在俄罗斯学到的技术在函馆为当地人种痘。与此相反，作品《花渡る海（渡花之海）》（1985年）虽然也是描写1810年漂流到俄罗斯堪察加与俄人员交换得以回国的船员，但是他学到的种痘技术没能受到日本支持，贫困交加而死。《漂流》（1976年）以被漂流到赤道附近无人岛上的船员长平为主人公，描写了长平经过13年的海岛生活又回到日本的经历。这三部作品的主题都是表现如何在极限状态下的生存问题。

历史小说家的这些作品被陆续搬上电视以及银幕，影响面极广。司马辽太郎和井上靖等均关注中国，多次到过中国，并撰写了大量的中国题材文学作品。比如井上靖1957年首度访问中国，陆续发表了《天平之甍》（1957年）、《敦煌》（1959年）、《楼兰》（1959年）、《杨贵妃传》（1963年）、《孔子》（1989年）等中国题材作品。但是他们也同样关心周边其他国家，比如司马笔下的《菜花盛开的海滨》，又比如俄罗斯旅行使井上靖的创作题材由丝绸之路转向了俄罗斯，再加上他弟弟井上达的专业就是俄语，井上靖很容易就萌发创作俄罗斯题材的愿望。

目前在日本文学研究上存在一个盲点，就是中日研究界多关注中国题材或者弘扬日本民族精神层面的创作，而对俄罗斯题材文学涉及不多。事实上俄罗斯虽然是欧洲国家，但是它的东部位于亚洲区域，在历史上与东亚各国有着各种各样的关联，所以，对俄罗斯题材文学进行分析是必要的。司马辽太郎的《菜花盛开的海滨》以及多部随笔体现了日本历史小说家对于俄罗斯以及日俄关系的认识，值得研究。

在作品《菜花盛开的海滨》中，司马通过对高田屋嘉兵卫自身发展的描述，强调了近世社会中社会经济、商业发展的重要性，介绍了日式

船只的设计和航海技术，赞赏了嘉兵卫在其中发挥的作用，并赞颂了追求实学的学者的努力。"その時代の一典型として、嘉兵衛という船乗りを書きたかったのである。"① 巧合的是アンリ・トロワイヤ创作了近世史三部作品《彼得大帝》《叶卡捷琳娜女皇》《亚历山大一世》，这三部作品所描写的时间段与《菜花盛开的海滨》基本接近。但是这些作品没有放眼于日俄关系，由此显示了司马辽太郎宽广的国际视野。

关于日俄关系，北方领土是一个重要问题，司马辽太郎对此同样表示关心。在《菜花盛开的海滨》的前三分之一部分描写了主人公嘉兵卫从一个遭到排挤与欺负的穷苦人家少年发展到拥有自己的商船队的经过，中间的三分之一描写了嘉兵卫在北海道的渔业开发与商船运输以及到北方四岛的渔业开发与运输。在涉及开发北方四岛之一的择捉岛渔业时，司马用"火山岛""择捉岛杂记"等章节对千岛群岛以及北方四岛的领土所有权进行了分析梳理。在作品中，司马列举了榎本武扬翻译的《千岛志》（1771年，俄罗斯人 A. S. ボロンスキー）②、工藤平助（1734—1801年）的《赤虾夷风说考》（1783年，非公开出版，对幕僚影响大）。③ 从日俄两个角度追溯历史进行了所有权的分析。司马追溯到1754年日本早于俄罗斯在国后岛设立小型行政机构"场所"，④ 择捉岛的日俄纷争，⑤ 千岛群岛的日本所有权获得的经过，⑥ 等等。在最后的三分之一部分，由于嘉兵卫作为人质被抓到了堪察加，日俄领土问题又涉及了库页岛等地，还谈到了中国对于库页岛的发现以及库页岛对元政权的朝贡。⑦ 司马在随笔集《关于俄罗斯》的一开篇就提到"北方领土"：

---

① 司馬遼太郎：『ある運命について』，中央公論社1984年版，第113頁。
② 『司馬遼太郎全集』第43卷『菜の花の沖』第2卷，文藝春秋1984年版，第281頁。
③ 『司馬遼太郎全集』第43卷『菜の花の沖』第2卷，文藝春秋1984年版，第82—84頁。
④ 『司馬遼太郎全集』第43卷『菜の花の沖』第2卷，文藝春秋1984年版，第288頁。
⑤ 『司馬遼太郎全集』第43卷『菜の花の沖』第2卷，文藝春秋1984年版，第290—291頁。
⑥ 『司馬遼太郎全集』第43卷『菜の花の沖』第2卷，文藝春秋1984年版，第293—295頁。
⑦ 『司馬遼太郎全集』第43卷『菜の花の沖』第2卷，文藝春秋1984年版，第112—113頁。

……たしかに国際法的には、狭義の北方領土（歯舞・色丹と択捉・国後）は古くから日本に属し、いまも属しています。固有の領土であるということは、江戸期以来のながい日露交渉史からみても自明のことです。①

可见司马对日俄领土争执是十分关注的。

第二节　日俄战争书写

长篇历史小说《坂上之云》于 1968 年至 1972 年连载于《产经新闻》，单行本 6 卷（文艺春秋 1969—1972 年初版发行），文库版 8 卷（文春文库 1978 年初版发行）。

　　この作品は、執筆時間が四年と三か月かかった。書き終えた日の数日前に私は満四十九歳になった。執筆期間以前の準備時間が五カ年ほどあったから、私の四十代はこの作品の世界を調べたり書いたりすることで消えてしまったといってよく、書きおえたときに、元来感傷を軽蔑する習慣を自分に課しているつもりでありながら、夜中の数時間ぼう然としてしまった。……この十年間、なるべく人に会わない生活をした。明治三十年代のロシアのことや日本の陸海軍のことを調べるという作業は、前半は苦しくはあったが、後半は何事かが見えてきて、その作業がすこし楽しくなった。②

以上是司马辽太郎在第六部后记中的一段话，《坂上之云》的连载用时 4 年零 3 个月，加上之前查资料的 5 年时间，司马辽太郎为了撰写《坂上之云》用了 10 年时间。开始进行创作准备时，司马刚好 40 岁。四十

---

① 司馬遼太郎：『ロシアについて』，文藝春秋 1986 年版，第 7—8 頁。
② 『司馬遼太郎全集』第 26 巻『坂の上の雲』第 3 巻，文藝春秋 1981 年版，第 510—511 頁。

而不惑，司马进入不惑之年的作品可以说是他的一部成熟的作品。在第一部后记中司马写道："たえずあたまにおいているばく然とした主題は日本人とはなにかということであり、あれも、この作品の登場人物たちがおかれている条件下で考えてみたかったのである。"① 司马在思考日本人到底是什么的问题。

《坂上之云》是以描写日本为主的作品，而且关于该作品的研究成果绝大多数都是以评论日方人物、事件为主。但是，由于作品描写了日俄关系以及日俄战争的陆海战役，因此作品中有大量有关俄罗斯的内容。作品第一部写到了甲午战争，第二部描写日俄战争开战前的国际局势，第三部描写在中国东北的日俄陆上战役，第四部主要描写日俄旅顺战役，第五部描写陆上战役的同时描写俄军舰队的临近，第六部描写日俄海上战役。因此，与俄罗斯相关的内容在作品中所占的比重较大。关于俄罗斯的史料，司马辽太郎借助年轻时学习过一年俄语的功底，一边查字典，一边把相关军事用语自己制作成单词本来使用，并向相关朋友确认具体情况，消耗了大量的精力。② 下边让我们看看司马对俄罗斯的思考。

一 俄罗斯威胁论

日俄战争为何会开战呢？司马在《坂上之云》中记述了大量与国际形势相关的内容，包括对俄罗斯人、少数民族、政治制度的介绍，尤其是在远东的日俄利益冲突问题。作品中谈到日俄战争的爆发原因在于日本感受到了俄罗斯的威胁：

> 北清事変いらい満州に居すわっているロシアが、またまた軍事・経済上の大きな利権を得るべく清国に強要しているらしい。それが成立すれば、当然、日本の安全にとって脅威になる。

---

① 『司馬遼太郎全集』第24卷『坂の上の雲』第1卷，文藝春秋1981年版，第273頁。
② 『司馬遼太郎全集』第26卷『坂の上の雲』第3卷，文藝春秋1981年版，第511頁。

第五章　司马辽太郎笔下的日俄关系　165

事実ならば、日本はあらゆる手をつくしてそれを阻止しなければならない。①

在"开战"一章中，司马又写道：

日露戦争というのは、世界史的な帝国主義時代の一現象であることにはまちがいない。が、その現象のなかで、日本側の立場は、追いつめられた者が、生きる力のぎりぎりのものをふりしぼろうとした防衛戦であったこともまぎれもない。②

司马写到日本当时的处境是处在俄罗斯的逼迫之下，只能拼足力气加以自我防卫。那么，日本是如何感受到俄罗斯威胁的呢？

首先，日本与西方列强差距过大。俄罗斯的彼得大帝（1672—1725年）是一个开明的君主，和日本萨摩藩藩主岛津齐彬、佐贺藩藩主锅岛闲叟（1814—1871年）极其相似，只不过后者比彼得大帝的生存年代迟了150年左右。这150年的差距需要明治维新后的日本去赶超，这就是日本必须面对欧美强国的命运。明治维新后的岩仓具视（1825—1883年）带领200人左右的大使节团访问了欧美，包括大久保利通、木户孝允（1833—1877年）、伊藤博文等将近一半的明治政府内阁成员都参加了这个使节团。此次出访让日本体会到与欧美列强之间的差距之大。③

其次，俄罗斯把手伸向中国，又将伸向朝鲜。在日本攘夷热的1858年左右，俄罗斯侵略热也急剧升温。

この時期になると、ロシア帝国の侵略熱はすさまじくなる。帝国主義の後進国であっただけに、それだけにかえって目覚めたとな

---

① 『司馬遼太郎全集』第24卷『坂の上の雲』第1卷，文藝春秋1981年版，第400頁。
② 『司馬遼太郎全集』第24卷『坂の上の雲』第1卷，文藝春秋1981年版，第495—496頁。
③ 『司馬遼太郎全集』第24卷『坂の上の雲』第1卷，文藝春秋1981年版，第369頁。

ると、かさにかかったような侵略の仕方をした。日本の幕末ごろからしきりにシナ領に食指をうごかした。①

1861年2月，俄军舰占领了对马岛，并在岛上掠夺，同时要求日本幕府把对马割让给俄罗斯，最终由于英国驻日公使的干涉才泱泱离去。俄罗斯向远东的扩张到亚历山大二世时期空前高涨，为了进一步在中国东北等地扩张，1889年俄罗斯开始建设西伯利亚铁路。② 日本对此极度恐慌。

日本は歴史的にロシアの南下策をおそれることおびただしい。さらには日本防衛の生命線として朝鮮半島を重視した。この朝鮮半島を、露清両勢力から独立した地帯にすることを国防の主眼に置き、そういう朝鮮問題が争点になって日清戦争をおこした。③

日本在甲午战争的胜利使得日俄关系发生了变化，俄罗斯一直避免与日本正面冲突。但是，日本为了先发制人发动了日俄战争。

ロシアは後世の史家がどう弁解しようと、極東に対し、濃厚すぎるほどの侵略意図をもっていた。④

像以上所描写的那样，司马多次在作品中强调俄罗斯对远东的侵略意图，表达了日本对俄罗斯的恐惧。司马还提到伊藤博文就是害怕俄罗斯的政治家代表，其绰号为"恐俄家"。⑤ 作品中提到1891年尼古拉二世登基之前访问日本时被刺伤。司马对刺杀者的动机这样评述：

---

① 『司馬遼太郎全集』第24卷『坂の上の雲』第1卷，文藝春秋1981年版，第377頁。
② 『司馬遼太郎全集』第24卷『坂の上の雲』第1卷，文藝春秋1981年版，第379頁。
③ 『司馬遼太郎全集』第24卷『坂の上の雲』第1卷，文藝春秋1981年版，第380頁。
④ 『司馬遼太郎全集』第24卷『坂の上の雲』第1卷，文藝春秋1981年版，第492頁。
⑤ 『司馬遼太郎全集』第24卷『坂の上の雲』第1卷，文藝春秋1981年版，第422頁。

第五章　司马辽太郎笔下的日俄关系　　167

　　過度な危機意識というのは、妄想をうみやすい。津田は妄想した——このたびロシア帝国の皇太子が艦隊をひきいて日本見物にきたのは、侵略の前提行動であり、日本の実情や地理を偵察しにきたのである、と。が、これはかならずしも津田だけの妄想ではない。当時、この説をなすものが多かった。①

众多日本人对俄罗斯的过度恐惧导致了人们的妄想，以至于发生刺杀皇太子事件，加剧了日俄间的摩擦，成为日俄战争的潜在原因之一。

远藤芳信分析了司马对日本恐惧心理的认识。

　　つまり、司馬によれば、幕末からの防衛構想は、征韓論・日清戦争・日露戦争につらなる山県有朋などの帝国主義的膨張論に代表されるように、被害妄想や幻想を基盤にしたリアリズムにかけるものである。すなわち、被害妄想や幻想を基盤にして「危機意識」「恐怖心」をあおりたてつつ、国家権力と軍備を強化・拡張する発想が日本人とアジアを不幸にしたことになる。②

司马认为日本对俄罗斯抱有强烈的恐惧心理，这是日本江户时代末期没有必要的危机意识造成的，后来成为发动日俄战争的要因。

日俄战争的爆发是必然的吗？牧俊太郎总结了很多学者的观点认为，"俄罗斯威胁"与实际进攻过来是两回事，日俄战争是可以避免的。因为当时西伯利亚铁路还没有贯通，俄罗斯的远东海军还很薄弱，只要日本不占领朝鲜，俄罗斯就比较放心。日本当时并没有占领朝鲜的意思，俄罗斯政府当时的方针也是尽量避免与日本正面军事冲

---

　　① 『司馬遼太郎全集』第 24 巻『坂の上の雲』第 1 巻，文藝春秋 1981 年版，第 374 頁。
　　② 遠藤芳信：『海を超える司馬遼太郎——東アジア世界に生きる「在日本人」』，フォーラム A1998 年版，第 239 頁。

突，从中国东北完全撤离，西伯利亚铁路民营化，承认朝鲜为日本的势力范围，等等。① 因此，日俄战争是日本片面强调俄罗斯的威胁主动发起的。

中村政则也提出最近的研究成果对过度的"俄罗斯威胁论"持否定态度：

> 現在でもそうだが、「仮想敵国＝脅威論」というのは、過剰に宣伝される傾向にある。ましてや東アジアが欧米帝国主義の"草刈り場"になった二〇世紀初頭にあっては、「ロシア脅威論」が日本人のなかに浸透したとしても、おかしくない。しかし、それには「つくられた脅威論」という側面もあったのである。②

中村认为"俄罗斯威胁论"的存在是可以理解的，但是对它的强化却是人为因素。

二　日俄军官的对比描写

《坂上之云》出场人物共计1078人，其中女士仅22名。③ 作品中关于民众的笔墨也很少。

> 『坂の上の雲』が描く防衛戦争論で、見逃せない第二は、国民こぞっての「国民の戦争」としながら、戦争の記述は、戦略や作戦の立案、指揮に当たった、軍幹部の動向を軸に描かれている点である。徴兵された兵士や、彼を送り出した妻、兄弟姉妹としての

---

① 牧俊太郎：『司馬遼太郎「坂の上の雲」なぜ映像化を拒んだか』，近代文藝社2009年版，第24—25頁。

② 中村政則：『近現代史をどう見るか——司馬史観を問う』，岩波書店1997年版，第30—31頁。

③ 出久根達郎：「一千八十七名」，文藝春秋臨時増刊『司馬遼太郎ふたたび——日本人を考える旅へ』2006.2，第132—135頁。

国民へのまなざしがない。①

司马把精力集中放在对战争的记述、战争的展开、作战计划的制订、具体指挥与运作等层面，而没有把注意力放在下层的士兵上，对士兵的描述很少。"兵士の表情と恐怖、兵士の心性、あるいは日本の軍隊の「天皇の軍隊」としての性格などで、兵士の手紙を持ち出しても、司馬はかかる点を読み取ろうとはしませんでした。"② 加藤周一总结其原因为："司馬遼太郎氏の史観は天才主義である。……このような天才たちは、政治的支配層の力関係の中で動き、国際情勢に反応し、技術的進歩に敏感である。しかしそこには、民衆が演じた役割と、経済的な要因がもったであろう意味は、ほとんど描かれず、ほとんど分析されない。"③ 司马辽太郎的创作动机决定了作品的中心是描写日俄战争的作战中枢，民众不是着眼点。因此，日俄双方的将领所占的篇幅多是顺理成章的。到目前为止，相关描写中关于秋山好古（1859—1930年）、秋山真之（1868—1918年）、东乡平八郎（1847—1834年）、乃木希典等日本方面将领的评述占了较大的比例。

作品对俄方的评述较少，描写了一些俄方将领。

首先是俄罗斯沙皇。1891年，尼古拉二世（1868—1918年）还是皇太子，这一年他24岁。他到访日本，在经过大津时被具有忧国倾向、担任警备任务的巡查津田三藏拔刀刺伤，一刀刺到了太阳穴，一刀刺到了后脑。他轻蔑地称日本人为"猴子"，甚至在正式公文中也这样写。他"即位する以前から日本人に対し、生理的とまでいえる憎悪をもっていた"④。他1894年至1918年在位，继位当月日本海军闯入大连湾，陆军

---

① 牧俊太郎：『司馬遼太郎「坂の上の雲」なぜ映像化を拒んだか』，近代文藝社2009年版，第30頁。
② 成田龍一：『司馬遼太郎の幕末・明治』，朝日新聞社2003年版，第299頁。
③ 转引自中村政則『近現代史をどう見るか——司馬史観を問う』，岩波書店1997年版，第40頁。
④ 『司馬遼太郎全集』第24卷『坂の上の雲』第1卷，文藝春秋1981年版，第373—374頁。

占领各炮台，旅顺要塞被日军攻陷。他宠信的ロジェストウェンスキー专制独权，导致士气低下；皇后信任一个叫ラスプーチン的妖僧，是一个把俄罗斯宫廷推进革命烈火中歇斯底里体质的女人。①

财政大臣ウイッテ有着很高的权限。在当时的俄罗斯，外务大臣负责欧洲外交，财政大臣掌管财产以及可以成为财产的土地，远东事务包括西伯利亚铁道的建设与运营均在其职权范围之内。作为大臣中的实力派，他在外交方面有较多的发言权。ウイッテ主张尽量避免与日本的战争，认为日本除了稻米之外，资源贫乏；隔着大海不利于统治。同时要稳定中国，采取怀柔政策。②但是由于遭到其他大臣的反对，皇帝最终决定夺下中国的辽东半岛。ウイッテ很失望。③

远东总督アレクセーエフ是皇帝的宠臣，是皇帝在远东的代理人。他掌管了远东的军事、内政、外交，是一个独断专权的人。他的周围聚集着一些过激的帝国主义者，他们推动着他向远东侵略的路上加速行进。但是，他不懂得陆军知识，害怕马。旅顺阅兵本应该骑马到来，他却徒步到阅兵地点。他对日本持轻蔑态度，他常说"猿に戦争ができるか"，没能对日本开战做出正确判断。④在日军攻击旅顺口的战役打响之时，他正在旅顺的海军会馆召集幕僚和文官大摆酒宴，接到被日军水雷部队奇袭的报告还抱着怀疑的态度，确认了情报的真实性之后仍然放心大胆地继续宴会。之后，在迎战日军的情势之下，作为外行人与陆军大臣クロパトキン争议作战计划，坚持派兵力到鸭绿江，分散了俄军兵力。⑤他最终被解任。

クロパトキン是陆军大臣，后接任アレクセーエフ的工作，任远东陆海军总司令。他是欧洲屈指可数的战术家，甚至他的作战计划和兵力

---

① 『司馬遼太郎全集』第26卷『坂の上の雲』第3卷，文藝春秋1981年版，第283頁。
② 『司馬遼太郎全集』第24卷『坂の上の雲』第1卷，文藝春秋1981年版，第382—385頁。
③ 『司馬遼太郎全集』第24卷『坂の上の雲』第1卷，文藝春秋1981年版，第386頁。
④ 『司馬遼太郎全集』第25卷『坂の上の雲』第2卷，文藝春秋1981年版，第12—20頁。
⑤ 『司馬遼太郎全集』第25卷『坂の上の雲』第2卷，文藝春秋1981年版，第64頁。

第五章　司马辽太郎笔下的日俄关系　171

部署完全可以原封不动地成为欧洲一流陆军大学的教科书。对于这一点，来自外国的观战武官的意见都是一致的。① 但是另一方面，クロパトキン也是一个完美主义者。在战术方面也有缺憾，他命令在西部战线中取胜的俄军放弃已经夺取的军事阵地向渡过鸭绿江的黑木军方向转移，使俄方失去了已经获得的军事优势。在和黑木军争夺馒头山激战中最终选择了放弃。"かれはこれ以上、饅頭山に固執することをみずからの心理から消した。これもかれにおける心理上の課題であり、戦術上の課題ではない。かれはなお豊富な兵力と弾薬があった。もう二波ほど大攻撃をしかければ、黒木軍はくずれるかもしれない。結局は、クロパトキンと黒木との性格の相違がこの戦いの勝敗をきめることになった。"② クロパトキン开始撤离馒头山，撤离辽阳。1895 年 1 月，在黑沟台战役俄军本来处于优势的情况下，他又命令撤退。③ 奉天的败因也在于他无用的兵力移动，之后他命令俄军退到浑河附近，再退至铁岭。对于クロパトキン不断出现的错误战术指令，司马评价说："クロパトキンは恐怖体質の人間にありがちな完全主義者で、敵の消耗はどうであれ、自軍がかれの精神を安定させるだけの兵力と材料を具備していなければならなかった。"④ 作品中多次指出クロパトキン完美主义给俄军带来的失败。另外，クロパトキン还是有自己小算盘的将领，他官僚作风严重，私心重，排挤第二军司令グリッペンベルグ，争战功。奉天战役之后由陆海军总司令被降职为第一军司令。司马写道："帝政ロシアの不幸は、こういう性格の者を総司令官にしてしまったところにもあった。"⑤

ロジェストウェンスキー提督是バルチック舰队（波罗的海舰队）总司令，率领舰队绕行非洲南部经印度洋进入太平洋。他是一个谨小慎微，恐惧心强的将领。舰队从俄罗斯刚刚出发，他就在经过挪威、丹麦的航

---

① 『司馬遼太郎全集』第 25 卷『坂の上の雲』第 2 卷，文藝春秋 1981 年版，第 166 頁。
② 『司馬遼太郎全集』第 25 卷『坂の上の雲』第 2 卷，文藝春秋 1981 年版，第 170 頁。
③ 『司馬遼太郎全集』第 25 卷『坂の上の雲』第 2 卷，文藝春秋 1981 年版，第 550 頁。
④ 『司馬遼太郎全集』第 2 卷『坂の上の雲』第 3 卷，文藝春秋 1981 年版，第 248 頁。
⑤ 『司馬遼太郎全集』第 26 卷『坂の上の雲』第 3 卷，文藝春秋 1981 年版，第 164 頁。

行中过度地担心日本海军的突袭。在丹麦南部海域，他过早命令舰队进入紧急战备状态，使得整个舰队都被恐日的心理所支配，以致驶向亚洲的整个航行中一直被弄得精疲力竭。另外，由于舰队是勉强拼凑出来的，船舰老旧，到了非洲海岸时故障不断；而且天气潮热难耐，士兵还要进行繁重的煤炭装卸作业，疲惫不堪。他脾气暴躁，不相信别人，对整个舰队都带着不满，无论对舰长还是士兵都咆哮不断。他一出现，就有士兵向同伴示意，水兵们就迅速地躲开了，就连军官也都躲着他。在舰队与日军正式开始海战前，舰队第二战舰司令病逝，但是他为了不动摇军心，没有通告全体，也没有指定临时司令，仅仅让其战舰战队跟随自己所在的第一战舰战队。这导致了战时整个舰队的失控。最终他被自己一直宠爱的担任通报工作的驱逐舰舰长バラーノフ中佐抛弃不管，他所乘坐的旗舰严重受损，他因此受伤成为日军俘虏。

虽然以上俄方的关键性人物都是专制、无理、刚愎自用的典型人物形象，旅顺要塞司令ステッセル却受到司马的赞赏。他率领旅顺的驻军与日军展开激烈的陆战，最终向乃木希典投降，回国之后被军事法庭问罪，被判以死刑。日方在欧洲各国媒体上对当时的局势加以论证，为ステッセル开脱了罪行。① 司马对他的评价相对较高：

> ステッセルはその性格としては貴族趣味で、見栄坊で癇癪もちである上に、その夫人のウェラ・アレクセーエヴナの発言に拘束されるところがしばしばあり、かならずしも最上の司令官ではなかったかもしれないが、要塞防衛につよいというロシア人の特性を十分そなえており、かれほど日露戦争を通じ、日本軍に打撃をあたえつづけた司令官もなかった。②

ステッセル充分利用了旅顺要塞的坚固性，消耗了日军的大量兵力，

---

① 『司馬遼太郎全集』第25巻『坂の上の雲』第2巻，文藝春秋1981年版，第469頁。
② 『司馬遼太郎全集』第25巻『坂の上の雲』第2巻，文藝春秋1981年版，第293頁。

包括203高地的坚守。实际上，作品中还有一些其他俄军将帅的英勇描写。比如勇战派的要塞司令官スミルノフ①、坚守战略高地瞭望台的ゴルバトフスキー少将②、被提升为总司令主张进攻主义的猛将——原第一军总司令リネウィッチ大将③、不愿撤退的第三军司令イリデルリング大将④等。但是作品总体来说对俄罗斯方面的正面描述偏少，其代表性人物的整体倾向是官僚主义、保守主义。

与此相反，作品中对日本将领赞颂的成分占绝大部分比例，文中多处写到日方将领具有统帅的素养。陆军参谋本部总长大山岩（1842—1916年）信任次长儿玉源太郎（1852—1906年），当率领幕僚离开日本时说："いくさのさしずはすべて児玉サンにまかせます。ただまけいくさになったときは私が出て指揮をとるでしょう。"⑤ 司马随后在作品中评价说：

> ……勝ちいくさはすべて児玉のしごとにしてしまうというのが、大山の将としての大きさであった。ただ戦闘が惨烈になり、全戦線が敗色で崩れたつとき、味方を大崩壊からなんとか食いとめる唯一の道は、総大将の器量にあることは古今東西かわらない。それには全軍からいわば軍神のような信望を得ている人物であることが必要であった。それが山のように動かず、将士に前途の希望をもたせつつ鼓舞し、あくまで沈着豪胆に適切な指揮機能をはたしてゆく人物がのぞましい。大山は、それには自分のほうが児玉より適材であることを知っていた。⑥

---

① 『司馬遼太郎全集』第 25 卷『坂の上の雲』第 2 卷，文藝春秋 1981 年版，第 451 頁。
② 『司馬遼太郎全集』第 25 卷『坂の上の雲』第 2 卷，文藝春秋 1981 年版，第 452 頁。
③ 『司馬遼太郎全集』第 26 卷『坂の上の雲』第 3 卷，文藝春秋 1981 年版，第 257 頁。
④ 『司馬遼太郎全集』第 26 卷『坂の上の雲』第 3 卷，文藝春秋 1981 年版，第 240—241 頁。
⑤ 『司馬遼太郎全集』第 25 卷『坂の上の雲』第 2 卷，文藝春秋 1981 年版，第 227 頁。
⑥ 『司馬遼太郎全集』第 25 卷『坂の上の雲』第 2 卷，文藝春秋 1981 年版，第 227 頁。

大山岩放手让参谋次长儿玉发挥战略策划才能，把功劳都让给儿玉，但是当出现问题的时候，由自己出面来承担责任。司马随后写到大山岩的家离明治维新功臣西乡隆盛家很近，少年时就受到西乡的影响，在幕府末期，在西乡身边做助手。西乡就是一个具有大将气量的人，他是大山岩的榜样。

司马笔下的联合舰队参谋长岛村速雄也是一个这样的将领，他把一切参谋工作都委托给参谋秋山真之，始终如一，使秋山真之能够没有阻碍地尽情发挥才干，最终由于秋山真之的战略战术使得日本海军取得了与俄罗斯海战的胜利。①

但是也有个别将领是不符合此标准的，比如日本陆军总帅山县有朋"人間としては独特の臭気がつよく、有能な部下に十分能力をふるわせるほどの雅量もない"②。另外，还有第三军司令乃木希典。乃木把决策权委托给参谋长伊地知幸介，但是由于伊地知的无能而导致第三军在攻占203高地时多次出现重大人员伤亡。伊地知在作品中受到司马的批判。

另外，司马笔下日军将领的一个突出品质是勇敢，置生死于度外，比如海军司令东乡平八郎。他在封锁俄国旅顺舰队的海战中虽然受到岛村参谋长的多次催促也仍然不进军舰上的司令塔，冒着生命危险一直站在舰桥上。他说在司令塔里看不清楚外边的战况。每次海战都是如此，"胆力という点では、この小柄な薩摩人は敵将のたれよりもまさっていた"③。而且，东乡一直保持着镇定。封锁旅顺港出口的海战接连失去了初濑和八岛两艘大型战舰，成为几乎能够左右日本命运的一大惨重损失。当报告者痛哭失声，以及随舰队观战的英国海军大佐ペケナム为此向东乡表示慰问的时候，东乡或是脸不变色，给报告者递上点心，或是表情平和地露出微笑，以此把全舰队从败北的情绪中解救了出来。ペケナム晚年见到秋山真之时称赞东乡平八郎，说："あのときほど人間の偉大さ

---

① 『司馬遼太郎全集』第25卷『坂の上の雲』第2卷，文藝春秋1981年版，第22頁。
② 『司馬遼太郎全集』第25卷『坂の上の雲』第2卷，文藝春秋1981年版，第97頁。
③ 『司馬遼太郎全集』第25卷『坂の上の雲』第2卷，文藝春秋1981年版，第121頁。

というものを感じたことがない。"①

司马用大量笔墨对日俄的高层将领做了对比性描写，比如俄罗斯皇帝与将领的无能，以及日本将领的勇猛和领袖精神，并分析说这就是日本获得日俄战争胜利的原因。

评论家牧俊太郎把《坂上之云》与另一位著名历史小说家大冈升平（1909—1988年）几乎同一时期创作的战争题材小说《莱特战记》（1967—1969年）加以比较。虽然一个是日俄战争，一个是第二次世界大战，题材有所不同，但是由于大冈升平是根据自身的战争体验加以创作的，因此从士兵的眼光加以描写是大冈的创作特色，这也贯穿了大冈的其他作品。司马的视角与之不同，他是"二战"末期被速成培养起来的军官。②

三 战争胜负原因的剖析

大众文学评论家尾崎秀树对于日俄战争时期双方力量对比是这样分析的：

> 両軍の火力はロシア側がやや優れていたが、日清戦争の場合のように大きなへだたりはなく、補給能力の面でかなりな差があったとはいえ、客観的にみれば日本が必ず負けるというものではなかった。また国内的にも日本が国論の統一にある程度成功していたのに反して、ロシア社会は帝政末期の社会的矛盾を内包しており、明石元二郎らの暗躍を可能にするような条件が備わっていた。物力、精神力の両面から検討すると、士気や国内体制の上では日本に分があり、物力の面ではロシア側にやや有利であるといった評定

---

① 『司馬遼太郎全集』第25巻『坂の上の雲』第2巻，文藝春秋1981年版，第280—281頁。

② 牧俊太郎：『司馬遼太郎「坂の上の雲」なぜ映像化を拒んだか』，近代文藝社2009年版，第31頁。

がなりたつかもしれない。①

虽然俄军的火力稍强于日本，但是日俄双方各有优势。俄罗斯在物质力量上占优势，日本在士气和国内体制上占优势，但是在供给上占劣势。俄罗斯国内出现了混乱局面，日本也命令明石元二郎在俄罗斯积极地开展扰乱工作。司马在作品中指出俄罗斯存在的大量问题。

作品分析了俄罗斯军事上的优势。俄罗斯作为一个大国，有其强大的一面，比如其堡垒十分坚固，以203高地为例，堡垒里的战壕有2米之深，在高地东北部以及西南部均有这样的堡垒，凹陷地带配有炮台与战炮，堡垒、炮台之间均有暗道相通，半山腰设有木栏和散兵战壕，下边还拉着铁丝网。② 另外，旅顺舰队装备精良，大多数军舰是新近制造的，采用了很多新的设备与技术，比如军舰上的炮都配有"照准望远镜"，而日本舰队只有一艘军舰具备此类望远镜，③ 其他军舰的炮兵只好靠肉眼进行判断。同时，作品指出俄罗斯在传统上对大炮执着，俄军炮兵实力强。这也许是与曾经受到善用炮兵，大量采用炮击的拿破仑的侵略有很大的关系。④

但是俄罗斯无论是内部还是外部都存在着危机。对内它是一个极其专制的国家，对人民的压制使得各地频繁爆发暴动以及破坏事件，处于革命前夕。⑤ 同时，社会上层表现出顽固的官僚主义，"世界で最も濃厚な官僚国家であるくせに、官僚機構そのものは錆び腐ってなんの役にも立たなかった"⑥。这在以上对俄罗斯将领的分析中就可以窥见一斑。在俄罗斯军队里，长官对士兵打骂已是常态，バルチック舰队总司令ロジェストウェンスキー中将就是如此。他不分舰长还是普通水兵都是打骂不停，以至于军舰上雇用的法国服务者、厨师在从欧洲驶往亚洲的途中全

---
① 尾崎秀樹：『歴史の中の地図 司馬遼太郎の世界』，文藝春秋1991年版，第273頁。
② 『司馬遼太郎全集』第26巻『坂の上の雲』第3巻，文藝春秋1981年版，第322頁。
③ 『司馬遼太郎全集』第26巻『坂の上の雲』第3巻，文藝春秋1981年版，第32頁。
④ 『司馬遼太郎全集』第26巻『坂の上の雲』第3巻，文藝春秋1981年版，第117頁。
⑤ 『司馬遼太郎全集』第26巻『坂の上の雲』第3巻，文藝春秋1981年版，第63頁。
⑥ 『司馬遼太郎全集』第26巻『坂の上の雲』第3巻，文藝春秋1981年版，第302頁。

体逃跑。① 陆军大臣クロパトキン虽然是屈指可数的战略专家，但他也是一样劈头盖脸地训斥参谋与副官。② 这些将领的所作所为导致俄罗斯的下级将校"つねに不信感をもっていた。これはロシア陸軍（海軍もふくめて）の慢性的疾患といってよかった"③。

官僚主义还体现在指挥不力上。俄罗斯为了增援日俄战场，搜罗了大量的老重军舰组成ネボガトフ舰队，经过非洲南端驶往亚洲战场，这些军舰每小时只能运行十三四海里（日方东乡手下的第三舰队速度达到20海里），而且经常出现故障，战斗力低下。司马认为这个舰队的派遣是失败的，反而成为俄军的拖累。④ 俄罗斯官僚机构派出ネボガトフ舰队之后就不再给予其情报支持，使得舰队不能及时把握将要汇合的ロジェストウェンスキー（バルチック）舰队的正确位置。以至于バルチック舰队在ヴァン・フォン湾距离陆地三海里的洋面上往返徘徊等待ネボガトフ舰队，而ネボガトフ舰队也因为不能明确バルチック舰队的位置而焦虑。⑤

那么，俄军士兵的能力又如何呢？俄罗斯水兵的教育水平低下，很多人是文盲。⑥ 哥萨克骑兵的下级指挥官的指挥能力差，不能发挥集中兵力的优势而分散兵力，减弱了实力。⑦ 针对其原因，司马认为："ロシアの庶民はなお上代以来の農奴制の気分をつよく残していて、いわば人間は一個の労働力でしかないという環境がうんだ一種の痴呆性——素質としてではなく——が存在した。このため戦場に出ても、みずから物事を判断することには馴れず、そのことがロシア陸軍の欠陥にさえなっていた。"⑧

---

① 『司馬遼太郎全集』第25卷『坂の上の雲』第2卷，文藝春秋1981年版，第424—425頁。
② 『司馬遼太郎全集』第25卷『坂の上の雲』第2卷，文藝春秋1981年版，第166頁。
③ 『司馬遼太郎全集』第25卷『坂の上の雲』第2卷，文藝春秋1981年版，第167頁。
④ 『司馬遼太郎全集』第26卷『坂の上の雲』第3卷，文藝春秋1981年版，第305頁。
⑤ 『司馬遼太郎全集』第26卷『坂の上の雲』第3卷，文藝春秋1981年版，第305頁。
⑥ 『司馬遼太郎全集』第25卷『坂の上の雲』第2卷，文藝春秋1981年版，第290頁。
⑦ 『司馬遼太郎全集』第25卷『坂の上の雲』第2卷，文藝春秋1981年版，第510頁。
⑧ 『司馬遼太郎全集』第26卷『坂の上の雲』第3卷，文藝春秋1981年版，第218—219頁。

同时，在司马的笔下，俄罗斯还存在诸多不利因素，首先在民族性上，"ロシア人は元来が鈍重な民族とされている。つねに西欧のひとびとからそういわれ"，"奉天会議に関するかぎり、作戦計画というこの高度な頭脳作業は日本側にのみ存在し、ロシア側には皆無であったともいえる"。① "客観的にみてロシアの造艦や造兵の技術水準はむしろ高いぐらいで決して低いものではなかったが"，但是俄罗斯民众对西欧的机械制品十分推崇，"この時代のロシア人の不幸は、自国の機械というものにさほどの自信をおいていないことであった"。② 同时，由于对西欧的自卑感，导致过分重用具有德国血统以及斯拉夫血统的官员，对于本民族的官员缺乏自信心。③

在战略战术上，俄罗斯总是重视防御，经常会被动地考虑如果被攻击怎么办，甚至在圣彼得堡附近建造军港兼商港的リバウ港这样优良的条件下，过多考虑不冻港没有冰冻的天然防御条件容易被袭击，对坚持建港的总理大臣ウイッテ加以非议。④ 在具体作战上，"ロシア軍の習性は、一定の線まで前進すればそこで防衛陣地を構築し、さらに機をみて陣地をすすめるというところにあり、日本軍のようにむやみやたらと走りまわらない"⑤。在对待敌情上，"敵情を誇大にみるというのはロシア軍の通弊であり、逆に過小にみるというのは日本の通弊であった"⑥。

与俄罗斯相反，司马辽太郎对日本军队倍加赞赏。除了对日军将领领袖人格的赞赏，指出"日露戦争時代の日本の官界にはこの病弊はまったくなかった"⑦，认为日本在官僚阶层不存在腐败现象，还高度赞赏

---

① 『司馬遼太郎全集』第 26 卷 『坂の上の雲』第 3 卷，文藝春秋 1981 年版，第 243 頁。
② 『司馬遼太郎全集』第 26 卷 『坂の上の雲』第 3 卷，文藝春秋 1981 年版，第 28 頁。
③ 『司馬遼太郎全集』第 25 卷 『坂の上の雲』第 2 卷，文藝春秋 1981 年版，第 273 頁。
④ 『司馬遼太郎全集』第 25 卷 『坂の上の雲』第 2 卷，文藝春秋 1981 年版，第 273—274 頁。
⑤ 『司馬遼太郎全集』第 25 卷 『坂の上の雲』第 2 卷，文藝春秋 1981 年版，第 530 頁。
⑥ 『司馬遼太郎全集』第 25 卷 『坂の上の雲』第 2 卷，文藝春秋 1981 年版，第 507 頁。
⑦ 『司馬遼太郎全集』第 26 卷 『坂の上の雲』第 3 卷，文藝春秋 1981 年版，第 68 頁。

了日本的集团主义。司马对日本陆军进行了不少批判，但是对海军高度赞赏。① 指出日本的海军舰队是被有计划地采用最好的装备组建成的，采用最好的英国煤炭来驱动，以秋山真之为代表的海军参谋认真借鉴古代水军兵书研究现代兵法，海军内部还能够脱离陆军的等级制度，不需要特别的手续就可以和任何上层人物自由地讲述自己的意见。② 同时，海军重视通过训练提高舰上炮兵的能力，经过三个月的炮兵训练，基本可以达到百发百中。③ 司马还称赞日本骑兵的敏捷，并把其原因归结为江户时代庶民掌握的自我保护能力。日本国民识字能力高得多，士兵都有头脑，而不是像俄罗斯一样只有将校才有智慧。④ 日本为了得到国际承认，是遵守国际法的优等生，优待俘虏。⑤ 同时，注意卫生消毒，在开战之前让所有舰上士兵入浴，"戦闘に出てゆく軍艦の艦内をすっかり消毒してしまうなど、世界の海戦史で例のないことで、環境衛生の歴史からみても珍例とするに足るものであった"⑥。

　　作品也提到日方存在的问题。比如谈到日本炮兵准确度高时，提到日军步枪的狙击能力弱。

　　　　日本步兵の小銃による狙擊能力のへたさも、民族の性格かもしれなかった。小銃射擊には計算などは必要がなかった。気の走った人間が概してへたであった。⑦

　　在作品中还提到日本的以下问题：无雄厚的经济条件就发动战争；日本的外交问题；慢待记者导致对日报道不利，公债受影响；陆军轻技

---

① 福井雄三批评了司马以陆军为恶方，以海军为善方的固定观念。参见福井雄三『「坂の上の雲」に隠された歴史の真実』，株式会社主婦の友インフォス情報社 2009 年版，第 40 頁。
② 『司馬遼太郎全集』第 26 巻『坂の上の雲』第 3 巻，文藝春秋 1981 年版，第 329 頁。
③ 『司馬遼太郎全集』第 26 巻『坂の上の雲』第 3 巻，文藝春秋 1981 年版，第 118 頁。
④ 『司馬遼太郎全集』第 26 巻『坂の上の雲』第 3 巻，文藝春秋 1981 年版，第 218 頁。
⑤ 『司馬遼太郎全集』第 26 巻『坂の上の雲』第 3 巻，文藝春秋 1981 年版，第 205 頁。
⑥ 『司馬遼太郎全集』第 26 巻『坂の上の雲』第 3 巻，文藝春秋 1981 年版，第 374 頁。
⑦ 『司馬遼太郎全集』第 26 巻『坂の上の雲』第 3 巻，文藝春秋 1981 年版，第 218 頁。

术；脚气病减弱兵力；不会用骑兵，不相信骑兵情报；教条主义导致士兵的牺牲；工兵差；轻敌，冒险战术，肉弹血战，战略错误……虽然存在着以上的各种问题，但是日本士兵都很英勇，甚至俄罗斯为日本士兵的英勇表现而立碑。①

作品总结日俄战争胜利：

> 要するにロシアはみずからに敗れたところが多く、日本はそのすぐれた計画性と敵軍のそのような事情のためにきわどい勝利をひろいつづけたというのが、日露戦争であろう。②

综上所述，作品对日俄双发进行了细致的对比，更多地表示了对日军的肯定。

四　战争性质的界定

在《坂上之云》中多次出现"祖国防卫战"的说法。这涉及对日俄战争性质认定的问题，非常值得探讨。那么，为什么司马认为是"祖国保卫战"呢？在"开战"一章中，司马写道：

> 日露戦争というのは、世界史的な帝国主義時代の一現象であろうことにはまちがいない。が、その現象のなかで、日本側の立場は、追いつめられた者が、生きる力のぎりぎりのものをふりしぼろうとした防衛戦であったこともまぎれもない。③

日俄战争是日本和俄国争夺殖民地的一场战争，但是司马从日本的立场出发，认为是被逼到绝路而不得不发动的防卫战役。对此，司马这样写道：

---

① 『司馬遼太郎全集』第25巻『坂の上の雲』第2巻，文藝春秋1981年版，第513頁。
② 『司馬遼太郎全集』第24巻『坂の上の雲』第1巻，文藝春秋1981年版，第506頁。
③ 『司馬遼太郎全集』第24巻『坂の上の雲』第1巻，文藝春秋1981年版，第495頁。

第五章　司马辽太郎笔下的日俄关系　181

　　日露戦争そのものは国民の心情についてはたしかに祖国防衛戦争であったし、従って政府は戦意昂揚を国民に強いる必要はなく、その種の政府による宣伝ということはいっさいなかったといっていい。①

　　战争获得本国国民的支持很重要。司马认为日本国民一致认为日俄战争是为了保护国家，所以政府用不着进行宣传，国民就斗志昂扬了。在最后一部的后记中，司马谈到了"祖国保卫战"：

　　人間と人生について何事かを書けばいいとはいうものの、この作品の場合、成立してわずか三十余年という新興国家の中での人間と人生であり、それらの人間と人生が日露戦争という、その終了までは民族的共同主観のなかではあきらかに祖国防衛戦争だった事態の中に存在しているため、戦争そのものを調べねばならなかった。②

　　司马认为虽然只要写写人与人生就可以，然而由于这部作品所描述的是刚刚成立三十几年的新兴国家处于"祖国防卫战"状态，所以必须对日俄战争进行细致的调查。
　　对于司马辽太郎"祖国防卫战"的说法，部分日本人对此表示赞同。高桥诚一郎与司马辽太郎的意见一致，认为日本卧薪尝胆，日俄战争是与野蛮帝国展开的"祖国防卫战"，在与列强的抗争中日本"忠君报国"的思想得以复活。③鹫田小弥太认为战争与掠夺是当时的常态与原则，为了保护自己就需要战争。

---

　　①　『司馬遼太郎全集』第 26 卷『坂の上の雲』第 3 卷，文藝春秋 1981 年版，第 222 頁。
　　②　『司馬遼太郎全集』第 26 卷『坂の上の雲』第 3 卷，文藝春秋 1981 年版，第 512 頁。
　　③　高橋誠一郎：『司馬遼太郎の平和観「坂の上の雲」を読み直す』，東海教育研究所 2005 年版，第 88—93 頁。

しかし、帝国主義というのは、現在のように戦争を好む、非難されるべき存在ではなく、領土拡張と戦争というのは国際社会上不正義でも何でもなかったのです。力の強いものが勝ち、支配する。それによって、略奪、殺戮等の非常に不幸な事態を招くけれども、それはそれで仕方がない、そういうものなんだ。戦争は国家紛争の一つの解決手段なんだ、というのが国際上の常識だったのです。力が正義（power is right）これが国際社会の法則でした。[①]

鹫田认为过去的时代遵循弱肉强食的原理，领土扩张和战争虽然带来掠夺与杀戮，但是并不是非正义的，这是国际上的常识。所以，为了保护自己的国家只有扩大军事力量，这是谁也不能逆转的法则。司马对于当时的价值观也有评论：

人類は多くの不幸を経、いわゆる帝国主義的戦争を犯罪としてみるまでにすすんだ。が、この物語の当時の価値観はちがっている。それを愛国的栄光の表現とみていた。[②]

司马认为把帝国主义的战争定性为犯罪是在人类经历了很多的不幸之后才这样认识的，而《坂上之云》那个时代的价值观有所不同。《坂上之云》时代的战争是爱国的，光荣的。

但是，也有一些专家表示了质疑。成田龙一指出司马在作品中对反战言论的介绍极少，在批判俄罗斯的白人意识时，把"二战"时的美国也搬出来一道指责。[③]

司马在创作完成《坂上之云》后再一次把日俄战争定性为祖国防卫战：

---

① 鷲田小彌太：『司馬遼太郎　人間の大学』，PHP 研究所 2004 年版，第 125 頁。
② 『司馬遼太郎全集』第 24 巻『坂の上の雲』第 1 巻，文藝春秋 1981 年版，第 211 頁。
③ 成田龍一：『司馬遼太郎の幕末・明治』，朝日新聞社 2003 年版，第 210 頁。

第五章　司马辽太郎笔下的日俄关系　◇　183

　　日露戦争はロシアの側では弁解の余地もない侵略戦争であったが、日本の開戦前後の国民感情からすれば濃厚にあきらかに祖国防衛戦争であった。が、戦勝後、日本は当時の世界史的常態ともいうべき帝国主義の仲間に入り、日本はアジアの近隣の国々にとっておそるべき暴力装置になった。①

　　由此看来，司马认为日俄战争中俄罗斯一方是不容置疑的侵略者，战争对日本而言是显而易见的"祖国防卫战"。同时，司马认为日俄战争之后日本才开始对其他国家进行暴力侵犯。但司马认为，不能因为之后的战争性质是侵略战争，而否定日俄战争对日本来说是一场保卫性质的战争。
　　那么日本对俄罗斯的这场战争是"祖国保卫战"还是侵略战争呢？

五　司马辽太郎的日本立场

　　司马辽太郎对侵略战争是有一定的认识的。司马作为日本士兵"二战"时期在中国东北服过兵役，对日本对中国的侵略很痛心。中日恢复邦交的1975年，司马来中国访问期间，十分担心代表团会遇到被中国民众谴责的尴尬场面。但是，却一切平安无事。

　　……私自身、中国へ行って、街角でもって石をぶつけられ、重傷を負ってしまった、ということになっても、それは仕方がないことだと肚をくくっていた。②

　　虽然当时中国对国人宣传侵华战争是日本军国主义的罪行，个体的日本人没有罪，但是司马还是希望中国民众打骂自己。认为被打骂也是没有办法的，甚至这样更觉得中国人可爱。因为这是民族间矛盾的正常反映。

---

①　司馬遼太郎：『歴史の中の日本』，中央公論社1976年版，第96頁。
②　司馬遼太郎：『長安から北京へ』，中央公論社1986年版，第180頁。

司马对"二战"期间日本的侵略表示痛心，但是关于日俄战争，他却一再强调日俄战争性质为"祖国保卫战"，而非"侵略战争"。司马在20世纪80年代后期谈到《坂上之云》的创作动机时还在强调这一点：

> 書いた動機を申し上げますと、どうも当時の風潮といいますか、日露戦争というものを侵略戦争だと思っているらしいということがありました。私はちょっと違う考えがありまして、いくら考えても一種の祖国防衛戦争という面でとらえるほうが、きちっといくのではないかと思っていました。①

司马承认在创作《坂上之云》时，社会上关于日俄战争的定性是侵略战争。但是自己想法不同，认为从祖国防卫战的视角看会更好些。那么，什么是侵略战争，司马对"侵略"是如何定义的呢？

> ……侵略とは単に他民族の土地に踏み込むという物理的な行為ではなく、その民族のそういう心のなかへ土足で踏み込むという、きわめて精神的な衝撃をいう。②

司马认为侵略不只是踏上其他民族的土地，更重要的衡量标准是是否践踏了那个民族的心灵，最主要的是精神层面的打击。但是，与司马的认识不同，所谓侵略首先是指某一国家为了自身发展的利益占领其他国家，武装挑衅，政治奴役和经济掠夺他国。侵略既包括占领其他国家的土地，也包括对其精神的打击，殖民地统治就是其一。回顾历史，甲午战争中国失败，1895年双方签订了《马关条约》，主要内容是：中国承认日本对朝鲜的控制；割让辽东半岛、台湾岛、澎湖列岛等地给日本；向日本赔款白银2亿两；允许日本资本家在中国通商口岸设立各种工厂；

---

① 司馬遼太郎：『昭和という国家』，日本放送出版協会1999年版，第46頁。
② 『司馬遼太郎全集』第24卷『坂の上の雲』第1卷，文藝春秋1981年版，第390頁。

第五章　司马辽太郎笔下的日俄关系　185

向日本开放沙市、重庆、苏州、杭州为通商口岸。甲午战争侵占了中国的领土，剥夺了中国的利益，是侵略战争。而日俄战争结束后不久，日俄签订了《朴次茅斯条约》，该条约使朝鲜成了日本的殖民地，日俄还进一步瓜分了中国的权益。司马对侵略的认识是片面的。《坂上之云》没有涉及以上内容，实质上是掩盖了甲午战争与日俄战争的侵略性质。司马还提到了当时的日本迫于世界形势"不得不"以大英帝国为榜样，勇争殖民地，目标直指朝鲜：

　　日本が朝鮮にこれほど固執しているというのは、歴史の段階がすぎたこんにち、どうにも理不尽で、見様によっては滑稽にすらみえる。問題をあらい晒して本質を露呈させてしまえば、日露の帝国主義の角のつきあいである。日露双方が、大英帝国がモデルであるような、そういう近代的な商業国家になろうとし、それにはどうしても植民地が要る。そのためにはロシアは満州をほしがり、植民地のない日本は朝鮮というものに必死にしがみついていた。①

司马对战争性质的界定还表现在对侵略描写的忽略上。成田龙一指出在谈到日本欲占领朝鲜时，司马认为日本就是像欧洲列强争夺殖民地一样对待朝鲜。同时成田指出司马在创作时"朝鮮は客体として扱われ、地政学的意味に解消され、そこに侵略していった日本への批判はみられません。このことはしばしば指摘してきた司馬の19世紀末の世界史認識と、「帝国主義」観にかかわっています"②。司马避而不谈战争的侵略性质。司马描写中国时也是如此。司马在写上海时认为被侵略的清朝的人们处于猫狗一样的地位，很凄惨，如果不小心日本也会如此，对日本来说是一个眼前的教训。成田指出司马在叙述时"〈西洋〉への危機意識が強く打ち出されていますが、〈西洋〉に「侵略」された清国に対して

---

①　『司馬遼太郎全集』第 24 卷『坂の上の雲』第 1 卷，文藝春秋 1981 年版，第 490 頁。
②　成田龍一：『司馬遼太郎の幕末・明治』，朝日新聞社 2003 年版，第 205 頁。

は同じ課題を抱えた存在としての共感はみられません。〈西洋〉に敗北した、あってはならない見本として清国が論じられています"①。司马仅以日本立场出发，希望日本不要像满洲、朝鲜一样被西方列强欺辱。

司马的日本立场决定了他在对历史事件叙述上的取舍。牧俊太郎也指出《坂上之云》在描写甲午战争时虽然提到了作为日本出兵理由的东学党斗争，但是丝毫没有提到日军对其镇压与讨伐。② 其他还有忽略日本国内的反战运动等情况。

虽然司马辽太郎强调日俄战争的性质是非侵略，为日俄战争唱颂歌，但是实际上他心中也存在一定的顾虑：

  これはちょっと余談になりますけれども、この作品はなるべく映画とかテレビとか、そういう視覚的なものに翻訳されたくない作品でもあります。
  うかつに翻訳すると、ミリタリズムを鼓吹しているように誤解されたりする恐れがありますからね。
  私自身が誤解されるのはいいのですが、その誤解が弊害をもたらすかもしれないと考え、非常に用心しながら、書いたものです。③

司马辽太郎不同意把《坂上之云》拍摄成影视作品，担心被认为自己鼓吹军国主义。但是 2009 年至 2012 年《坂上之云》还是在安倍晋三政权的大力支持之下的拍摄成了 13 集的电视连续剧。其费用投入超过播放一年的"大河剧"。牧俊太郎撰写专著论述司马辽太郎拒绝影视化的原因：

  日清・日露戦争は、侵略ではなく、「祖国防衛戦争」だというの

---

① 成田龍一：『司馬遼太郎の幕末・明治』，朝日新聞社 2003 年版，第 127 頁。
② 牧俊太郎：『司馬遼太郎「坂の上の雲」なぜ映像化を拒んだか』，近代文藝社 2009 年版，第 48 頁。
③ 司馬遼太郎：『昭和という国家』，日本放送出版協会 1999 年版，第 48 頁。

第五章　司马辽太郎笔下的日俄关系　187

がこの作品の立場である。したがって、中曽根康弘元首相など、明治の戦争の侵略性を否定し、美化する人びとから絶賛されてきた。私は、司馬氏が、映像化を拒んだ理由は、作品の基調にある。こうした日清・日露戦争観・歴史認識と深い関わりがあると思う。この作品が生まれた時代背景をも見ながら、作品に即して、司馬氏が危惧した「根」をさぐり、氏の危惧にも関わらずドラマ化にふみきったNHKの意図を問いたい。①

图 5-2　《坂上之云》剧照

日本为什么会把司马拒绝影视化的作品《坂上之云》搬上电视呢？牧俊太郎认为司马该作品的基调与甲午、日俄战争认识以及历史认识有很大的关系，这受到一些想美化这两场战争的政治家们的欢迎。司马担心作品被当作工具利用，因此才拒绝影视化。但是日本放送协会却无视司马的想法推进其影视化。这充分反映了日本当代社会上的一大趋势。

进入 21 世纪，对司马辽太郎批评的声音慢慢增多了一些。不少有识之士指出司马作品中认识上的错误。福井雄三对日本放送协会不顾以上

---

① 牧俊太郎：『司馬遼太郎「坂の上の雲」なぜ映像化を拒んだか』，近代文藝社 2009 年版，第 9 页。

论调而一意孤行地把《坂上之云》搬上荧屏的做法提出谴责。"なぜならば『坂の上の雲』そのものが既に一つの社会現象になってしまっていて、日本の近現代史をどう解釈するのかの重要なものさしの一つとみなされているからだ。"①《坂上之云》的拍摄反映了日本社会的倾向。

综上所述,该作品没有对在中国展开的日俄战争战场上中国受害者的描述,而只是把中国东北和朝鲜作为不能被西方列强凌辱的反面教材来加以设定。② 同时,强调了"祖国保卫战"的战争性质。司马在该作品的创作中主要考虑了日本的利益,其创作存在很大的局限。

---

① 福井雄三:『「坂の上の雲」に隠された歴史の真実』,株式会社主婦の友インフォス情報社 2009 年版,第 8 頁。
② 成田龍一:『司馬遼太郎の幕末・明治』,朝日新聞社 2003 年版,第 127 頁。

第 六 章

司马辽太郎的儒学认识与东亚题材创作

司马辽太郎对中国文化保持有浓厚的兴趣,由于司马在大阪外国语专门学校时学习过汉语,因此司马不仅阅读了大量的中国相关书籍,还可以与中国的百姓用汉语进行简单的交流,了解民情。中日两国恢复邦交以后,司马辽太郎多次访问中国。作为一名历史小说家,司马辽太郎创作了多部中国题材的文学作品,

在这些作品中,以及在受到中国儒教影响的朝鲜、日本题材作品中,司马辽太郎经常对中国的传统文化——儒教加以思考、分析。

第一节 对儒学的思考

在长篇历史小说《菜花盛开的海滨》中,司马辽太郎提到了日本的实学。小说描写在江户开办私塾的本多利明(1743—1820年)对北海道事务极其感兴趣,不仅熟悉天文、地理、航海知识,而且对欧洲事务也很了解。

本多利明从越后地区来到江户是宝历11年(1761年)。当时,出现了在江户时期科学思想基础上发挥独创性的哲学家三浦梅园(丰后)、提倡空想共产主义的安藤昌益(南部),另外,还有作为中医志向于解剖学的山胁东洋(京都)等人物。他们如果从上一个时

代来看完全是奇才、奇学。①

引文中提到的三浦梅园（1723—1789 年）为现今九州大分县人，哲学家，通晓天文、物理、医学、博物、政治、经济；安藤昌益（1703—1762 年）活跃在青森县东部，是藩医，全面否定身份等级制度，提倡男女平等；山胁东洋（1705—1762 年）为京都的医师，通过对死刑犯人的尸体解剖，1759 年出版了日本最初的实证性解剖记录《藏志》。他们均为江户时代中期投身于实学的儒者。这种实学倾向以及规模在中国的儒学界是很难看到的。中日儒学究竟区别在哪里？原因何在？为此，先让我们回顾一下中国儒教的历史。

儒教兴起于中国。汉武帝采纳董仲舒的建议，罢黜百家，独尊儒术，儒家思想被确定为中国官方统治思想。经过唐代、宋代的不断演变，直到 1912 年的辛亥革命儒教才失去了其官方思想的地位。

虽然在中国，"儒教"一词很常用，但是在日本，"儒学""儒家""儒教"三种说法混用，并没有被严格区分开来。

>……一部分学者把"儒学"和"儒教"混用。用"儒家"或者"儒学"称呼的学者大概是不认可它是宗教吧，但是，即使使用"儒教"一词的学者也不一定认为"儒教"是宗教。"教"这个字的意思大概是指"教说"或者"教谕"吧。比如津田左右吉常使用"儒教"这一用语。"传到日本的中国思想中应当说最主要的是儒家学说，它是道德以及政治的教导……而且如果说是教，也是实践性的东西……"正像他以上指出的那样，"教"的意思在他来说不是宗教，而是"儒家的教说"。②

---

① 『司馬遼太郎全集』第 43 卷『菜の花の沖』，文藝春秋 1984 年版，第 80—81 頁。原文为日文。——引者注。
② 王家骅：『日中儒学の比較』，六興出版 1988 年版，第 20—21 頁。原文为日文。——引者注。

第六章　司马辽太郎的儒学认识与东亚题材创作

又比如在《广辞苑》中，关于"儒教"这一词条的解释为："孔子を祖とする教学。儒学の教え。四書・五経を経典とする。"① 意思是儒教是以四书五经为经典的儒学教诲。在日本，即便采用"儒教"一词，其意义也仅仅局限于"教诲"这一层面，没有界定为宗教层面。以上内容证明：日本普遍认为儒教不是宗教。

那么，"儒教"是否是宗教呢？其实，这是一个颇有争议的问题，第一次论争可以上溯到利玛窦来华，第二次重大争议为康有为创立"孔教会"前后，第三次论争发生于"文化大革命"之后，20世纪70年代末"儒教是教"的论点被提出来，80年代初出版的《宗教词典》列出了"儒教"这一词条。但是直到现在仍然存在着争议。②

"儒教"是否是宗教，需要考察"宗教"这一概念。宗教的具体条件是什么呢？这里存在一个问题：孔子是否信神以及儒者们是否把孔子当作神。另外，作为宗教往往要具备教规、宗教仪式、宗教场所等基本条件。在这些方面，儒教与基督教、伊斯兰教等宗教形式之间存在着差异。有人说"儒教"不是"宗教"，而只是指"教化规范"。但是，在中国，儒教经常被与道教、佛教等宗教形式相提并论。可见比较起日本，在中国儒教被认为是与道教、佛教一样具有宗教色彩的情况比较多。

在中国，儒教以科举制的形式被固定下来。从隋朝开始，直到清末1905年被废止，科举制前后经历了1300年的时间。"科举"本来的宗旨是选拔各方面的人才，分为"秀才科、明经科、进士科、明法科、明字科、明算科"等。到了宋代，唯有进士科受到重视，成为最具权威的考试科目，将经义、论、策作为考察的重点，其他科目就随之逐渐被废止了。

儒教不只在中国受到重视，它的影响波及朝鲜、日本等许多亚洲国家，尤其是朝鲜。由于汉武帝（前141—前87年在位）在朝鲜半岛设立"太学"，而使朝鲜较早受到儒教的影响，之后也不断地受到中国历朝历

---

① 意为："以孔子为始祖的理论与研究。儒学的教诲。以四书五经为经典。"
② 李申：《儒学与儒教》，四川大学出版社2005年版，第113页。

代的儒教影响。高丽王朝（918—1392年）第四代国王光宗（949—975年在位）积极导入科举制。

在朝鲜儒教史上具有重大意义的一件事是958年开始科举制。以录用人才为目的的这个考试一直到1894年甲午改革才被废止，持续了940年。①

虽然科举有各种内容的考试，但是在高丽时代，科举重视测试辞章的"进士科"，并以此来选拔官僚，而忽视了测验儒教经典的"明经科"，极不重视地位低下的应试者参加的技术性强的"杂科"，更是没有设定"武科"。文武"两班"制度是朝鲜从高丽时代开始实行的。"两班"虽然指文官与武官的两个集团，但是也许是为了抵制高丽王朝建立初期的私兵集团的缘故，"武"被轻视。"两班"变成了文官权势集团的象征，成为重视家族、实践儒教伦理道德的集团。朱子学传入朝鲜之后，逐渐成为占统治地位的意识形态，全面、持久地影响了朝鲜500年，直到1910年被日本侵占为殖民地。1945年日本投降后，朝鲜开始复兴儒教文化，并于当年成立了儒教组织"儒道会"，其组织渗透到全国各地，以至于拥有1000万儒林及其儒道会组织成员。

朝鲜不仅受到了中国儒教的影响，而且自认为继承了中华正统。朝鲜在异族建立的清朝成立之后，"西人派"推翻了对明清之争保持中立态度的国王光海君（1575—1641年）占了上风，他们"崇明排清"，立仁祖（1595—1649年）为国王。

朝鲜的儒教界从那以后就认为中国的中华文明传统被清朝夷化而加以鄙视。把他们蔑称为"胡虏"或"犬羊"。于是，自认为仅有朝鲜才继承了中华正统思想的唯我独尊的"小中华"思想开始风靡起来。②

---

① 姜在彦：『朝鮮儒教の二千年』，朝日新闻社2001年版，第86页。原文为日文。——引者注。

② 姜在彦：『朝鮮儒教二千年』，朝日新闻社2001年版，第354页。

自此，朝鲜一直主张自己为正宗儒学的子孙。他们认为清代异族政权的建立使得中国大陆上的儒教已经被异化，失去了正统性，朝鲜的儒教思想才是仅存的儒教正统思想。这种排他性导致朝鲜的儒者一直到近代都对包括清朝在内的全世界各个国家加以鄙夷，唯我独尊，其世界观极其闭塞，不能顺应时代的变迁加以变革。

以上分析证明，无论是中国还是韩国，其儒教多为道德伦理，而非实学。下边让我们来看看日本的儒学发展。

与朝鲜相比，日本由于距离中国较远，而且由于日本本土的神道教的存在，日本人从儒教中受到的影响则弱得多。主要分三个阶段。首先，公元500年左右开始有经文被传送到日本，后经过遣隋使、遣唐使，儒教才在日本得以传播。但是，只是局限于少数贵族，并没有得到延续。之后，镰仓时代（1192—1333年）日本受到禅宗的影响，儒教也由去日本的中国僧侣得以适当传播。直到1603年德川家康建立了江户幕府（1603—1868年）之后，时态趋于平和，没有了频繁的战争。为了稳定武士的心态，丰富其精神生活，提高武士阶层的修养，幕府大力提倡儒学，儒学开始受到重视。儒学经典的学习成为提高武士以及庶民修养的重要手段。综上所述，儒学对日本产生较大影响的时期为江户时代，不超过300年的历史。而且江户时代中期的1735年开始，日本由于受到荷兰等西方国家学说的影响，儒学的影响力受到较大的削弱。

日本儒学的形态与中国儒教原来的差异体现在哪几个方面呢？

首先，日本特别强调"忠"。在江户时代，日本社会大体分为"士农工商"四个等级。"士"指的是"武士"，是江户时代最高阶层，日本江户时代是尚武的。虽然在中国作为儒教的原来形态向来是把"仁"放在首位，但是在日本由于武士阶层为最高阶层，他们强调的不是"仁"，而是把最利于武士集团统治的"忠"放在了儒家思想的第一位。这是日本儒学与中国最大的不同。"忠"在日本的历史小说、时代小说中反复被描写，但是司马辽太郎没有特别加以强调。

即使同样一个"忠"字，中日儒教仍然存在较大的差异。在中国，"忠孝不能两全"，"孝"的血缘关系的先天意义优先于"忠"的后天意

义；但是，在日本则不执着于血缘关系，把"孝"的对象提升到主君、天皇，并进一步把"忠"与"孝"合为一体，强调"忠孝一体"。

> 日本武家几乎在所有的家训书或遗书中，都只论"忠孝"，而没有谈到"仁"。①

日本追求"忠孝一体"，把"忠"与"孝"看似矛盾的二者结合在了一起，而且"忠孝一体"又成为武士的道德标准，受到广泛推崇，成为"武士道"的核心。

其次，日本儒学与中国的差异还体现在对劳动的态度上。司马特别关注了这一点。中国把读书人的地位置于劳动者之上，而日本则不同，

> 江戸期は士分でさえ、正統儒教ふうにいえば「小人」であった。たとえば、中津藩士の福沢諭吉は咸臨丸で渡米するとき、幕臣の従者——荷物持ち——になったし、……また長州藩では在郷に屋敷をもつ石取の藩士のほとんどが、当主みずからが耕して、その生活は農民とかわらなかった。②

司马列举了很多作为最高层的武士不把劳作当作耻辱，而积极参与的事例。司马辽太郎在撰写《韩国纪行》叙述韩国的传统职业"海女③"时提到古代对这一职业的歧视，并把原因也归结为这一点。

最后，日本的儒者在儒学的基础上充分发掘了实学因素。这一点是司马辽太郎特别加以强调的。他认为中国儒家学说没有充分发掘或者是本来就不具备实学特质。

---

① 张崑将：《德川日本"忠""孝"概念的形成与发展——以兵学与阳明学为中心》，华东师范大学出版社 2008 年版，第 200 页。
② 司馬遼太郎：『街道をゆく』第 20 巻『中国・蜀と雲南のみち』，朝日新聞社 1987 年版，第 133—134 頁。
③ 海女：一种职业。潜入海里捕捞鱼、贝类和海藻等的女子。

应该指出,所谓"实学",本是宋明理学用来批判佛老之学和汉唐训诂之学的武器。他们把佛老之学称为虚学,而把圣贤之学即孔孟及其正统的宋明理学标榜为实学。这种划分方法被日本近世儒学的创始人藤原惺窝和他的弟子林罗山所继承并用于同一目的。但是,随着社会的变动和经济科学的进步,实学这一思想武器却渐渐被用来批判正统朱子学。在荻生徂徕那里,实学已具有鲜明的经验化色彩,到幕末洋学家那里,实学更是占据了自然科学领域。……启蒙思想的一个重要历史功绩,就在于把西方哲学、经济学等社会科学划入实学的领域,从而把儒教赶下社会科学的统治宝座,开辟了向西方学习近代思想,建立近代社会科学的道路。①

图6-1 一万日元纸币上的福泽谕吉肖像

---

① 崔世广:《近代启蒙思想与近代化——中日近代启蒙思想比较》,北京航空航天大学出版社1989年版,第68—69页。

虽然朱子学主张"格物",与科学有一定的关联,但是在中国,儒教与科学的关联并没有被发展起来。然而在日本,与观念性的儒学相对照,逐渐出现了以科学与技术为基础的实用性儒学倾向。其先驱者是对非实用主义的朱子学持批判态度的儒者新井白石(1657—1725年)等。他们主张振兴产业,从而产生了不少通晓医学、草药、马匹改良、天文等方面知识的人才。进入明治时代,福泽谕吉(1834—1901年)等"启蒙思想家们继承了前辈批判正统儒学的方法,明确举起'实学'的大旗,展开了对儒佛的批判"①。福泽谕吉所提倡的实学也是实学主义影响下的产物。

司马辽太郎在《菜花盛开的海滨》中描写到了江户末年高桥三平、船形五平等多个崇尚实学的儒者。他们不怕艰辛,到北海道进行扎扎实实的实地考察、勘测。司马赞颂了实学家们的贡献,这既是对这些儒者的颂扬,也是对日本儒学的实学倾向的一个肯定。

事实上,在司马辽太郎的创作中除了对从事实学研究的儒者的赞颂之外,更多的是对儒学的批判。

第二节 儒家人物形象塑造

那么司马辽太郎是针对儒学的哪些方面展开批判?其具体观点是什么?为此我们分析一下他的中国题材长篇历史小说《项羽与刘邦》便可明了。由于战国末期还是儒家的初期阶段,所以还称不上儒教或儒学。司马辽太郎也是用的"儒家"这一说法。因此,下文也使用"儒家"一词展开分析。

一 儒生风貌

司马辽太郎通过中国题材历史小说《项羽与刘邦》,不只描写了当时

---

① 崔世广:《近代启蒙思想与近代化——中日近代启蒙思想比较》,北京航空航天大学出版社1989年版,第68页。

的历史背景,而且试图以历史小说的形式探索中国文化的特质,尤其是对儒家的认识问题。

战国末期,百家争鸣,学派众多,儒家还处于初期阶段,仅仅是学说之一,没有像被统治者利用之后那样势力强大,但是作为活动集团拥有比较强大的影响力。它在日常生活中发挥的作用主要体现在礼数的传授上,而遵守、传播这些礼数的人就是儒生。在《项羽与刘邦》这一作品中,出现了很多儒生形象。司马辽太郎正是借助对儒生形象的相关描述展示了他的儒学观。

> ……儒生身穿柔软的儒服,像妇女总是在意发型一样不断以手指扶冠,生怕有一点点不正,笑的时候也只是轻启双唇,微露一点笑容,绝不会张开嘴放声大笑。①

以上可以看出儒士在日常生活中对戴冠的高度重视。司马辽太郎在作品中多次谈到了"戴冠"的问题。比如刘邦的戴冠。虽然刘邦不是儒生,但是作品中的刘邦在戴冠问题上很执着。刘邦在作为亭长时期,手下只有几个平民属下,而亭长属于官吏,属于士,与平民百姓身份不同。最大的区别是平民属下只能在脑后戴一块白头巾,不能戴冠,亭长则可以。为此,司马辽太郎描写刘邦煞费苦心发明了"刘氏冠"。其材料用的是竹子皮,是派手下专门去薛跑了一趟弄回来的。竹皮闪闪发光,"更有趣的是,整个冠的底上还鼓起一些浓淡相间的微妙的纹路,仪表堂堂的他戴上这顶冠,谁看了都会大开眼界的"②。"刘邦即使在建立汉朝当上皇帝之后,平时也总是戴在头上。"③

刘邦之所以戴冠,与他一直生活在中原地区有关系。在那个时代,虽然儒家被秦压制,还属于初级阶段。但是:

---

① 司马辽太郎:《项羽与刘邦》下,赵德远译,南海出版公司2006年版,第54页。
② 司马辽太郎:《项羽与刘邦》上,赵德远译,南海出版公司2006年版,第79页。
③ 司马辽太郎:《项羽与刘邦》上,赵德远译,南海出版公司2006年版,第79页。

> 说到儒家，大多是指礼的学术团体。以最简洁的语言来讲，其内容就是指传授贵族绅士式的礼仪的学术团体。更极端一点，就是指唯有古代服制的精神和做法才是"郁郁乎"之文明。而用比较简单的说法，则是指从事"士者必正冠以戴"这一运动的学术团体。
> ……
> 冠则是表示士的身份和自我期许的标志，甚至可以说，冠是被当成思想方面的东西来对待的，已超出了单纯服制方面的意义。①

作者在这里强调了戴冠对于儒家的象征性意义。所谓儒士是必须要戴冠的，这也是儒士的标志。作者进而分析道：所谓古代也就是贵族时代，士是讲门第的，或者学问渊博、技艺高超，冠的意义也就在于此。因此，可以说戴冠是身份的象征。于是戴什么样的冠，以及冠的端庄与否就成为主人需要重视的问题。儒士对戴冠就像妇女对待发型一样，戴得是否端正也是作为儒士所必须重视的问题。

刘邦不是儒士，但是在当时的文化氛围中，他认识到拥有与众不同的一个冠的重要性，他极其重视戴冠。刘邦戴的这个冠让刘邦克服了他作为沛的无赖头目出身的自卑，同时也显示了刘邦希望拥有大的江山的野心。在这里，刘邦虽然不是一个儒生，但是，他想拥有一定的社会地位。所以，戴冠的问题暗示了刘邦对将来的远大设想，他的这一行为是在儒学氛围下产生的。

二 儒生形象塑造

刘邦虽然重视戴冠，拘泥于儒学的形式，但是另一方面，作品中的多处描述表现了刘邦对儒士的讽刺态度，主要是通过几个儒学人物形象的塑造表现出来的。

首先，在第十七章"汉王使臣"中，作者用一整章的篇幅通过对汉王刘邦的使臣、儒生随何的描写，对外表谦逊的儒士的实质进行了剖析。

---

① 司马辽太郎：《项羽与刘邦》上，赵德远译，南海出版公司2006年版，第78页。

作品中，随何是一个兢兢业业、一丝不苟的儒生。虽然 30 岁刚出头，但是却留着颇有儒者风度的胡须，"无论在什么场合都端端正正地戴着冠，通过自我的训练，始终保持着温文尔雅的举止"①。

随何是伺候在刘邦左右的一个小官，在刘邦彭城大败一路西逃，逃回现在河南省的虞时，他发挥了作用。当时，刘邦手下士兵武器破烂不堪，溃不成军，于是刘邦想到项羽手下的"九江王"黥布，计划劝说黥布加入到汉军营。随何主动请缨出使自己的家乡——淮南的一个叫"六"的城池，劝说同乡黥布归顺汉军。随何之所以主动承担重任，不是因为敬爱刘邦，而仅仅是一心想让刘邦取胜而已。他的理智告诉自己：项羽如果取胜后果会不堪设想。随何一直用儒家典籍中的内容衡量自己行为举止的正确与否。为此，他积极强调自己使节团团长的身份，要求大家对自己有礼，以自己作为汉王使者的尊贵来显示汉王的尊贵地位。在黥布的"六"城池里，随何努力争取黥布未成，后来在楚的使者也来到"六"城的危急情况下才机智地扭转局面，把黥布争取到了刘邦这一方。在这一过程当中，随何没有动用一兵一卒，也没有动用任何武器。他把拥有 5 万步兵、5000 骑兵的黥布争取了过来。

虽然周边对随何的评价很高，但是刘邦对随何一直采取的是鄙视的态度。刘邦对随何的评价始终是"只顾装饰外表"。而且，刘邦看一眼随何就会感到肉麻，经常称随何为"那个家伙"。虽然随何争取到了黥布，但是也没有赢得刘邦的赞许与信任。这是因为刘邦很讨厌儒生主持的各种典礼仪式，他认为那些全是徒有其表的花架子，他不喜欢那些读书人的高傲神气。

刘邦对儒生的鄙视体现在他日常的行为举止上。作品描写到两个实例，一个是刘邦突然把一个儒生头上的冠扯了下来，一个是冷不防抓住随何的裤裆，试图激怒这个一直温文尔雅的儒生。对于最讲求礼仪的儒生来说，以上两种行为是对儒生的最大侮辱。这两个极端的例子鲜明地体现了刘邦对儒生嗤之以鼻的态度。

---

① 司马辽太郎：《项羽与刘邦》下，赵德远译，南海出版公司 2006 年版，第 54 页。

另外，司马又设定了一个在刘邦军营中当食客的儒生陆贾，并设定了另一个称陆贾为卑劣小人的食客——侯公。在作品第二十五章的"平国侯潜逃"中，陆贾作为儒生，说话声音柔和，举止彬彬有礼，风度儒雅。刘邦曾经邀请他担任军中的将军，但是被陆贾以自己没有担当将军的资质而婉言拒绝了，展示出了谦逊的风范。陆贾受到绝大多数同伴的赞赏。然而，另一个食客——侯公举止粗俗，大大咧咧，他对陆贾评价极低。侯公的理由是陆贾婉言谢绝担任将军一职的行为实质上体现了明哲保身的态度，它的背后隐藏了企图摆脱征战沙场的危险的目的。同时，侯公指出：陆贾口头上虽然说想当个食客，但实际隐含了希望以后给他机会担任一名文官的意思。因为陆贾并没有说"只想当个食客"。所以说陆贾是以求仕为目的的，是一个追求功名，追求荣华富贵的俗人而已。

儒生陆贾没有像之前的随何一样立下战功，而是被描写成一个夸夸其谈的无用之人。在广武山的战役中，刘邦被项羽军一箭击中胸部的铠甲，而这一时期刘邦的父亲以及妻子吕氏被抓获成为楚营中的人质。刘邦心情沮丧地回到关中，接受萧何的提议计划向项羽提出休战，并决定派陆贾担任说客去完成说服项羽的任务。结果，陆贾到了项羽的面前旁征博引赞扬刘邦倡导的古代圣贤之道，大谈不能崇尚战争，劝项羽休战，反而激怒了项羽，被项羽赶了回来。刘邦得出结论："所以说儒生令人讨厌。"①

> 刘邦心里简直无法忍受，陆贾故意到项羽面前去夸奖他的头号敌人，关键的外交任务没有完成，却还要说什么"唯有君命丝毫没有受辱"！儒家思想的本质正是这一大套令人震惊的、专门崇尚形式的东西。②

在这里，作者并没有戛然而止，而是继续描写与陆贾相对照的反儒

---

① 司马辽太郎：《项羽与刘邦》下，赵德远译，南海出版公司2006年版，第288页。
② 司马辽太郎：《项羽与刘邦》下，赵德远译，南海出版公司2006年版，第288页。

家性格的侯公被派到项羽营中,并顺利地完成了任务,由此体现了儒生陆贾的无能,同时描述了侯公不同于陆贾的劝服策略。在项羽营地中,侯公为项羽展示了一套当时流行的叫作"导引"的符合老子哲学思想的、世界上最早的体操。其动作从头到尾都是圆弧形的,加入呼吸术,试图将整个身心融入大气中。侯公强调说:"我没有思想理论方面的主人。风啊,太阳啊,土呀,火呀,这些才是我的主人。也是我的朋友和奴仆。"① 侯公以天地和命运的代言人的身份上演了这样一场戏,成功说服项羽以"鸿沟"为界与刘邦停战。

在第二十五章里,并没有像第十七章那样设定刘邦对儒生的讽刺,但是除了表现刘邦本人对儒生的讥讽之外,设定了陆贾和侯公的对比。虽然陆贾儒雅,侯公粗俗,但是侯公不是夸夸其谈,而是在现实中发挥了自己的作用。陆贾知识渊博,但是他的本领是在于自圆其说,追名逐利。本章就是通过这样的对比来进一步加强对儒生的讽刺。在作品临近结尾的这一章作者没有像之前对随何一样描写如何发挥好作用,却对儒生陆贾的作用加以贬低。由此可看出作者对儒教的态度。

《项羽与刘邦》正是通过刘邦与儒生,儒生与他人的对比设置表述了对儒生的批判态度,也间接表述了对儒家的批判性认识。

三 对儒者的态度

作品中对儒教的批判态度也体现在对儒者的评述中。

首先,对崇尚形式的嘲讽。之前提到的儒生陆贾被刘邦派为使者到楚营项羽处求和,没有成功,回来之后居然还说"唯有君命丝毫没有受辱"。刘邦对此给以冷笑,评论说:"儒生令人讨厌。"作品中多处写到刘邦讨厌儒生对形式、细节拘泥的反感。文中指出:"儒家思想的本质正是这一大套令人震惊的、专门崇尚形式的东西。"② 所谓专门崇尚形式当然也包括之前提到的戴冠以及礼节等具体内容。还比如,儒生"笑的时候

---

① 司马辽太郎:《项羽与刘邦》下,赵德远译,南海出版公司2006年版,第288页。
② 司马辽太郎:《项羽与刘邦》下,赵德远译,南海出版公司2006年版,第288页。

也只是轻启双唇,微露一点笑容,绝不会张开嘴放声大笑"①。

其次,司马在作品中对陆贾等儒生表现出对其以追求功利为目的的批判态度。他在作品中指出:

> 人们所说的儒生,与崇尚非攻的墨子之徒及主张无为的老庄之徒并不相同,倘若一语道破,他们乃是以仕途为目的。儒生至少要取得功名,才能使自己的思想充分发挥作用。②

在这里,司马强调了儒生的生活目的就是获取功名,求仕途,并不是表面上所表现的虚怀若谷。他们归根结底是世俗的。

另外,司马辽太郎对儒家所崇尚的道德标准——"仁、义、礼、智、信"也提出了质疑:

> 仁和忠恕成为儒生们的伦理核心。
> 所谓忠,不是后世日本那种意义,只是单纯地指诚心。所谓恕,则是指对他人的同情。处于原始学术团体时代的儒生,由于必须要以身体来显示儒家学说的本质,因而大多是运用动作来演示,或表现具体的技巧。人心本是一个容器。作为一个儒生,为了在外貌上显示出这股忠恕之水已把容器装得满满的,就必须不断地做出煞似可怜的表情和姿态,随何这位谒者所表现出来的就是这样。③

这里指出儒生所表现出来的忠与恕主要在外表上、形式上,不能体现人的自然的一面,而是做作的、不自然的,是与一般人生活方式格格不入的做法。这些都是违反人的天性的,让人窒息的。

关于"义",作品分析如下:

---

① 司马辽太郎:《项羽与刘邦》下,赵德远译,南海出版公司2006年版,第54页。
② 司马辽太郎:《项羽与刘邦》下,赵德远译,南海出版公司2006年版,第64页。
③ 司马辽太郎:《项羽与刘邦》下,赵德远译,南海出版公司2006年版,第54页。

第六章　司马辽太郎的儒学认识与东亚题材创作　　203

> 一般认为，义可能是战国时期产生的一种道德观念。后来被儒家学说接受过去，内容才变得复杂起来，走向另一个极端，就像从义字本身再创造出一个礼仪的仪字一样，儒家在很大程度上将其空洞化，使其含义降到只讲礼仪成规或交往方法等内容上去了。①

这是第二十七章也就是最后一章"乌江之畔"中的一段话。在这一章里，司马描写了公元前202年项羽彻底失败的过程。其中，描写到项羽的伯父项伯十分重义。项伯虽然归属于项羽集团，但是在鸿门宴中救了刘邦等人。在刘邦和项羽集团最后决战之际，张良传话给项伯，为了感谢项伯的救命之恩，自己以性命担保，保证项伯毫发无伤。作者分析说：张良不在意项伯与自己所属集团的敌对关系，而主张报答项伯的救命之恩，这样就和项伯结成了情谊，这就是"义"。项伯被刘邦手下张良的"义"所感动，不由自主地向张良派来的密使透露了项羽军中的情况。项伯谈到项羽的军队已经失去了锐气，徒有其表。这样的内部信息给了刘邦集团以战斗下去的勇气。作品批评说，这种"抹杀人情自我，以达伦理道德之美，即宁可豁出性命也要体面"②的"义"为项羽军带来了灭顶之灾。

最后，对于人的性欲问题儒生是如何看待的呢？作品通过对随何的一名年轻随员、儒生沈鸿的描写反映了儒生的观点。

> 沈鸿的本意，仿佛是可能的话就先逃走，跑回故乡去，为祖先而搂抱妻子。他虽然在哭泣，两眼却充满了愤怒。从这一点看，在狂热的儒家信徒的精神中，性这个东西似乎还是被包含在孝敬祖先这一伦理范畴之内。③

沈鸿出生在临近鄱阳湖的庐山脚下，家中没有弟弟，也没有孩子，

---

① 司马辽太郎：《项羽与刘邦》下，赵德远译，南海出版公司2006年版，第322页。
② 司马辽太郎：《项羽与刘邦》下，赵德远译，南海出版公司2006年版，第233页。
③ 司马辽太郎：《项羽与刘邦》下，赵德远译，南海出版公司2006年版，第74页。

如果死在黥布的军营中的话，家族就会绝后，连祭祀祖先的人都会没有。在性这一点上，儒生的性被冠以孝敬祖先的名义。作者有意强调了作为儒家之徒必须发生性行为，生儿育女，以此来孝敬祖先的可笑思想。

《项羽与刘邦》还批判了儒生的理想化倾向。韩信追击项羽树立的齐王田横，把齐王逼进高密城时，韩信手下的一个纵横家谋士分析齐王和项羽的动向时说了一句话："儒者碰上这种事态，是无法做出预测的。因为他们头脑里一开始就对国家或世道抱有某种理想的模式，还总是力图把事物纳入这条道路。"① 谋士认为儒者不现实，应该像纵横家一样重视分析国家所具有的利己主义。他认为两个国家均面临危机之时，即使以往有过恩怨也会以超越亲兄弟的情感联起手来。

在司马看来，儒生乃是以仕途为目的，至少要取得功名，才能使自己的思想充分发挥作用。由此可见其儒者急于求仕，追求现世利益的一面。

儒家思想在东亚是长期被赞颂，被采纳的。那么，对儒学的批判是何时开始的呢？在中、日、韩有什么不同？司马辽太郎的儒学批判占据了什么样的位置呢？

第三节　司马辽太郎的儒学批判

回顾历史，中、日、韩三国均出现过儒学批判的浪潮。

首先让我们追溯一下中国儒学批判的轨迹。在中国，进入近代，鸦片战争、甲午战争、日俄战争等让我们有过多次丧权辱国的经历。这期间中国试图在变革中改变遭受西方列强侵略的命运，陆续有洋务运动、戊戌变法、辛亥革命等发生，但是最终还是没有敢于在思想上进行大的变革，总是尝试回到儒学寻找答案。因此，始终没能对禁锢社会进程的儒教进行彻底的批判，中国还是处于不断被殖民的噩梦中。

1915年陈独秀创立《新青年》，开始宣传儒学批判思想，1919年

---

① 司马辽太郎：《项羽与刘邦》下，赵德远译，南海出版公司2006年版，第196页。

第六章　司马辽太郎的儒学认识与东亚题材创作　205

"五四运动"开始。"五四"的先驱们立志于对传统文化的批判，以及对西方文化的接受。对孔孟儒学的批判首推陈独秀（1880—1942年）、李大钊（1889—1927年）、胡适（1891—1962年）、鲁迅（1881—1936年）等人。他们反对儒教文化背景下的专制主义，反对孔教的束缚，提倡尼采的"重新估量一切价值"，鼓动人们向着生活、思想的真义迈进。在近代又出现了"打倒孔家店""批林批孔""文化大革命"等一系列对儒家的批判，儒家思想成了碎片，彻底失去了其系统性与影响力。近年，中国才开始掀起提倡国学，恢复传统文化的浪潮。

在朝鲜半岛，出现儒学批判比中国早一些。这是因为受到了日本的影响。朝鲜文明开化最有影响力的思想家是俞吉濬（1856—1914年），他是第一个官费留日学生，也是第一个官费留美学生。1881年俞吉濬进入日本文明开化代表人物福泽谕吉（1834—1901年）开办的庆应义塾学习，受到文明开化的极大影响。但是他还是比较保守的，试图在保证儒教秩序的情况下进行文明开化。也就是说虽然提倡学术、政治、法律、机械、事物的开化，但是否定了人伦观念的开化。因此他提倡的文明开化是以儒教为中心的文明开化，与福泽谕吉的以西方文明为中心的文明开化有着本质上的不同。①

在日本占领的1910—1945年期间，由于日本在朝鲜采取断绝儒教文化传统的政策，儒学受到挤压，但是"二战"结束之后马上得以恢复，并呈现较强的势头。而且在"亚洲四小龙"时期，儒教被认为是促进经济增长的文化动力而大受推崇。直到20世纪90年代中期，韩国社会一直被认为是"用儒教道德来武装的高度紧张型的社会"，连天主教徒都表示他们也进行儒教式的祭祀，承认男性家长的主导权等儒教价值观。②

然而，1997年的经济危机促使韩国对儒教进行反思，韩国总统金大中开始尝试新自由主义的经济改革。

---

① 朴倍暎：『儒教と近代国家——「人倫」の日本、「道徳」の韓国』，講談社2006年版，第62—65頁。
② ［韩］崔英辰：《韩国儒学思想研究》，邢丽菊译，东方出版社2008年版，第389页。

1997年11月,韩国发生金融危机。其后,韩国开始了新自由主义的经济改革,即将政府主导下的大财阀垄断经营模式,改革为企业的自主经营;开放金融市场,允许外国资本进入韩国企业,实现贸易自由化。这两方面的改革,由于在根本上触动了韩国儒教社会的传统文化精神而遭到了坚决抵抗:对大财阀垄断经营模式的改革,直接批判了建立在等级制观念基础上的"儒教资本主义"模式,因而首先遭到了大财阀及其政治代言人的反对;允许企业解雇工人的改革规定,则因违背终身雇佣制的儒教群体精神而引发了强大的工人罢工浪潮;而开放自己的资本市场,放弃政府对外国资本进入本国市场的强力控制,尤其令儒教社会不能容忍。在他们看来,这意味着国家权力的丧失,因而惊呼其为"国家危机"。①

金大中的这一改革虽然受到了儒教势力的坚决反对,但是使韩国在短短的2年时间内走出了金融危机的阴影,甚至出现《孔子应该死亡,国家才能生存》(金京日,海洋出版社1999年版)一书。此书令人震惊地对儒教文化进行了全方位的批判。其后上台的卢武铉政府在中青年一代的支持下进一步进行改革,儒教价值观念已经被越来越多的社会阶层所抛弃,甚至一直以来作为儒教教育圣地的成均馆大学儒学部到了难以为继的地步。2005年韩国宪法法院在儒林的强烈反对声中,判定一直以来的"户主制"违反宪法。户主在家庭中占有绝对权力、男尊女卑的户主制被废除了。儒教面临着衰落的命运,由此而产生的当代儒教社会的文化困惑与精神痛苦是明显存在着的。

那么,日本的情况如何呢?儒学在江户时代备受推崇。儒学即使到了近代,仍然被加以借鉴。比如日本明治政府陆续颁布了以儒教思想为基础的《军人敕谕》(1882年)与《教育敕语》(1890年)。《军人敕谕》借用儒教的传统道德,要求军人对天皇绝对忠诚与服从,同时强调礼仪、

---

① 周月琴:《儒教在当代韩国的命运及其传统文化意义》,《哲学动态》2005年第11期,第56页。

武勇、信义、素质。这实际上是借用儒教的思想来束缚军人。而《教育敕语》是以天皇的名义发布的关于国民道德、国民教育根本宗旨的敕语。以上内容均借用了儒教道德的相关准则,直到第二次世界大战日本战败以后二者才被废除。战败后,很多社会规范还是沿用了儒教的做法,比如年功序列的"终身雇佣制"就是其一。其做法就是明确树立终身服务于公司,忠诚于公司的理念,并随着工作年限的增长而逐步提高职工待遇。很多公司,尤其是大企业采用此种方式,企业内部信息共享,集团意识得以加强,经济增长迅猛,并在20世纪六七十年代达到高度增长期。德国学者Hans Wilhelm Vahlefeld在专著《儒教产生的经济大国》中谈到日本得益于儒教思想:

> 经济共同体是用社旗、社歌、誓约、制服、徽章来象征的夫妻式的契约、兄弟似的关系。在这个巢穴的温暖中,劳动者感受到了终身雇佣的安心。所以日本的大企业可以不用担心内部的不安定,而推进预想的合理化调整与自动化。劳动者不用担心由于导入机器人而导致失业。①

在日本,由于公司内部这种稳定的上下等级制度以及以集团为中心的管理模式,使职场中的职员处于平和的气氛中。而员工对于这种平和的追求往往超越了对收入的追求。

但是,日本同样存在儒学被激烈批判的时期,那就是江户时代末期到近代初期。而且,在中、日、韩三国中,日本的儒教批判进行得最早。这是由于日本意识到了西方的强大,采取了以西欧为中心的"文明开化"。所谓"文明开化"是以引进西方各国的经济、政治制度以及思想、文化,批判佛教、神道教、儒教等封建文化的形式来展开,以达到"富国强兵"的目的。政府首先于1872年取缔了私塾和"寺子屋",自古以

---

① [德] Hans Wilhelm Vahlefeld:『儒教が生んだ経済大国』,出水宏一訳,文藝春秋1992年版,第191頁。原文为日文。——引者注。

来的藩校也多被关闭。这样，没有了教授儒学的机构，连东京大学汉语专业的学生也变得寥寥无几。1873年政治家森有礼（1847—1889年）留美归来创立了"明六社"，启蒙思想家们以此为阵地，主张积极学习西方思想，大胆批判儒学等传统思想。他们提倡"实学"，批判"虚学"儒学。批判儒学的禁欲主义、名分观念、附庸思想，提倡"自由平等""独立自尊"。① 其中最尖锐、系统地对儒教加以批判的是福泽谕吉（1834—1901年）。他是日本文明开化论的最具影响力的启蒙思想家。其代表作《劝学篇》（1872—1876年刊）发行总册数高达70万册，还有盗版10万册，当时日本人口3500万，平均60人读过1本。② 这在当时刚刚推行义务教育的情况下，可以说是影响力很大的书籍。

福泽谕吉的《劝学篇》《文明论之概略》（1875年）等充满了对儒学的批判。比如谈到儒学的创立者孔子时说：

> 孔子一辈子想的不是协助周天子执政，就是在自己窘迫之时从仕于诸侯或地方官，只要诸侯、地方官有能用得到自己的地方。他想尽办法依靠统治着土地与人民的君主来完成自己的事业，除此之外别无他法。③

福泽谕吉认为孔子依附于统治阶级，说明了孔子的功利心与偏颇性，从而从根底动摇了孔子在人们心目中至高无上的地位。

同时，福泽认为儒学所追求的最基本要素"仁"是不切实际的。

> ……只教人以私德，以万物之灵的人类，仅仅努力避免这种非人的不道德行为，并且以避免这种行为当作人生的最高准则，企图只用这种道德来笼络天下人心，反而使人们天赋的智力衰退，这种行为

---

① 王家骅：『日中儒学の比較』，六兴出版1988年版，第308—309页。
② 福泽谕吉：《劝学篇》合订本《劝学篇序》，商务印书馆1960年版。
③ 『日本现代文学全集』第2卷『福沢諭吉·中江兆民·岡倉天心·德富蘇峰·三宅雪嶺集』，講談社1980年版，第77页。原文为日文。——引者注。

就是蔑视人，压制人，从而阻碍人的天性的发展。①

福泽谕吉剖析了追求"仁"实质上是为了避免"恶"。但这是消极被动的。只是用这种简单的方式来解决问题会导致人的智力低下，对"仁"的彻底追求是对人的压制，阻碍人的天性的发展。福泽谕吉通过以上儒学批判认为儒学不适应时代，提倡学习西方文明。

另外，福泽谕吉明确指出欧美是最高阶段的文明，中国、日本、土耳其并列算是半开化国家，而非洲和澳洲土著为未开化民族。所有文明形态都会逐步趋向较高阶段，欧洲文明是日本的未来前进方向。② 福泽的进化观点与儒教的尚古观点截然不同，这是福泽谕吉儒教批判的又一个主要观点。这一点中国与日本的态度迥然不同。中国人抱有巨大的文化优越感，要承认自己是"半开化民族"几乎是不可想象的。

福泽谕吉的儒教批判比中国早了40年，因为中国对儒教同一程度的批判到20世纪初才由胡适和陈独秀进行。在这40年里，中国虽然经历了洋务运动、戊戌变法、辛亥革命这些从技术到政治的变革，但是直到新文化运动才实现了对旧文化的批判。与此不同的是，日本比中国更早地认识到了思想意识调整的必要性，从而进行了对儒教的全面清算，对吸收西方文明做好了铺垫。

虽然日本明治初期有过一段时期的儒学批判，提倡平等、自由。但是过度的自由会阻碍政府的中央集权统治，于是，1875年明治政府开始对言论自由加以压制，明六社自动解散。1878年政府发布了"演说取缔令"，1879年发布了"集会条例"，1887年发布了"屋外集会条例"，明治政府压制了言论、出版、集会的自由。随着《军人敕谕》与《教育敕语》的颁布，天皇成为最高统治者，日本逐渐走上军国主义的道路。

日本军国主义在其恶性发展的过程中，与儒学结下了不解之缘。

---

① 福泽谕吉：《文明论概略》，商务印书馆1960年版，第91页。原文为日文。——引者注。

② 福泽谕吉：《文明论概略》，商务印书馆1960年版，第9页。

这主要表现在国内,日本的军国主义者利用以儒家德目为基本内容的武士道精神毒化日本人民的思想;在国外,则以建设"王道乐土"作为侵略亚洲各国的宣传工具。①

日本军国主义的罪恶行径是众所周知的,它以武士道为基础。日本的儒教强调"忠孝一体",这也是所谓武士道精神的核心。这一点在近代日本得到最大限度的发挥。日本儒教之所以能够做到"忠孝一体",恐怕与其自古以来以天皇为中心的意识分不开。

……因为对天皇尽忠,是自先祖而来,因而尽忠就等于尽孝,不忠就等于不孝,是一种忠孝一元性的思考模式,"忠于"一个具有神性的天皇与"孝"是从超越血缘关系着眼,这两者皆带有超越的宗教意义。因此,日本阳明学者强调"孝"的宗教性,勤皇的兵学者着重"忠"思想的超越性,都含有古代日本"忠""孝"的思维……②

在近代,日本天皇取代了藩主、幕府将军,成为近代日本的最高统治者。"忠孝一体"更是使天皇成为全体日本国民效忠的对象。日本政府通过对军人与国民要求对天皇效忠而走上了民族主义、对外侵略扩张的道路。

以上分析表明,中、韩、日的儒学批判,因国情不同而有所差异,走过了不同的路。

司马辽太郎是日本当代少数儒教批评家之一。关于对儒学的批判,司马辽太郎在其中国题材文学作品以及游记、随笔中均有表现。具体观点如下:

首先,批判儒学中提倡的各种不平等的限制人类发展的等级秩序以

---

① 王家骅:《儒家思想与日本文化》,浙江人民出版社1990年版,第181页。
② 张崑将:《德川日本"忠""孝"概念的形成与发展——以兵学与阳明学为中心》,华东师范大学出版社2008年版,第159页。

第六章 司马辽太郎的儒学认识与东亚题材创作　◆　211

及对劳作的轻视。比如儒学设立的君子及小人的等级秩序、儒学提倡的长幼之序等。

　　伝統的な中国社会にあっては、君子、あるいは士大夫や読書人などとよばれるひとびとは、精神を労する人ということで、肉体を労するひとびとより上位に置かれる。
　「君子」
　というのは、孔子が興した儒教にあっては高度の道徳性をそなえた理想的人格ということだが、同時に官僚という意味もある。有徳でない人が官僚になるはずがないという、多分に架空の前提から、このふたつの意味は、観念的には矛盾しないことになっている。君子の反対語が小人だが、基本的には、庶民、労働者という意味である。同時に、徳のない者、という意味ももつ。①

司马认为儒教把最理想者称为"君子"，也指代官僚，同时也意味着无德之人就当不上官僚。这样一来，有德就成了官僚的专利。而一般人、老百姓就成了无德之人。司马认为儒教就是这样抬高自己，贬低他人，制造了不平等。同时，所谓君子、士大夫等读书人被置于体力劳动者之上，贬低了劳动者。

同时，他还批判了长幼有序的儒学主张。

　　……儒者よ、あなたは私より年長であり、年長であるからといって長幼の序をやかましく言い、その躾（しつけ）を核にして浅薄な思想を作りあげているが、それは錯覚である。長幼の序などというそんなばかなものは実際には存在しないのだ。②

---

　① 司馬遼太郎：『街道をゆく』第 19 巻『中国・江南のみち』，朝日新聞社 1987 年版，第 132 頁。
　② 司馬遼太郎：『空海的風景』，『司馬遼太郎全集』第 39 巻，文藝春秋 1983 年版，第 50 頁。

作者写到单凭年长就可以对幼小者指手画脚，是很浅薄的，长幼秩序是很愚蠢、不切实际的。

其次，司马辽太郎认为儒学已经被统治者所利用，皇帝成了最高统治者。

> ……儒教は、多分に私の体系である。仁をやかましくいう。仁は私人である為政者の最高徳目で、それが人格としてにじみ出るのが徳であった。
>
> 中国は前漢の武帝以来、儒教が国教とされ、二千年もそれがドグマとしてつづいた。
>
> つらぬいて人治主義だった。
>
> 身もふたもなくいえば、歴朝の中国皇帝は私で、公であったことがない。その股肱の官僚もまた私で、たとえば地方官の場合、ふんだんに賄賂をとることは自然な私の営みだった。このため近代が興りにくかった。①

司马认为统治者所谓的"仁"是对自己的"仁"，而不是对广大民众的"仁"。于是，就导致了贿赂等谋私利的不合理现象。儒教作为国教已经有了2000年的历史，儒教的教义也持续到现在，甚至其影响根深蒂固，影响着近现代社会，阻碍其发展，大有弊害。

另外，司马批判以"孝"为中心的思想。"孝"是儒教的根本道德，孝的思想由对父母的孝不断发展，以至于发展成对家族的忠诚与维护。

> 儒教は地域を公としない。孝の思想を中心に、血族を神聖化する。
>
> つまりは血族主義の儒教に馴致されて、古き越人の末裔たちは同姓をもって同血とし、械闘の目標を他姓にむけるようになった。

---

① 司馬遼太郎：『街道をゆく』第19巻『台湾紀行』，朝日新聞社1998年版，第43頁。

第六章　司马辽太郎的儒学认识与东亚题材创作　❖　213

　これでは国家が興らないとなげいたのは、孫文だった。
　孫文は「三民主義」のなかで、中国の一般人民には「ただ家族主義と宗族主義があるだけで、国族主義がない」と指摘した。①

司马辽太郎在福建走访时，询问了关于集团与集团之间动用武器进行争斗的"械斗"问题。由此得知，双方不管牺牲多少生命与财产都在所不惜。关于这一点，司马辽太郎借用了孙中山"三民主义"的观点，认为中国过于重视"孝"而引发了族群之间的争斗，阻碍了国家意识的形成，阻碍了社会前进的步伐。

除了以上方面之外，司马还批判了儒教的固化现象。司马辽太郎在20世纪70年代与陈舜臣、金达寿对谈日本、中国、韩国三国文化交流与差异时，谈到儒教的固化问题。

　そのときに儒教を採用して、いにしえを尊しとするということでかちっとやれば、何とかこの社会は流動を食い止められて固体になるんじゃないか。固体にするには儒教が一番いいということが、大もとにあったんじゃないかと思うんです。
　やがて中国はその弊害から抜け出しても、なお朝鮮は、日本占領時代という空白期がありますから、その間は一種の凍結状態で、民衆のエネルギーは凍結されていた。民衆の好奇心も凍結されていた。日本が敗けて去っていってから、ワッと出てきたら、自分の価値の基準をどこに置くかというと、やっぱり一時期だけれども朱子学になった。②

司马辽太郎指出，儒学在漫长的历史发展过程中，长期被统治者树立为官学，备受崇拜。但是这样一来，就失去了价值的多样化认识，导

---

① 司馬遼太郎：『この国のかたち』第1巻，文藝春秋1992年版，第137頁。
② 司馬遼太郎、陳舜臣、金達寿：『歴史の交差路にて——日本・中国・朝鮮』，講談社2000年版，第183頁。

致人们对外界的感受能力下降。中国已经经历了对儒教的批判，情况会有所改善。但是，朝鲜在近代初期沦为日本的殖民地，民众的动力、好奇心被冻结，日本战败离开之后还是暂时把价值取向放在了儒学上面，对儒教的批判直到20世纪七八十年代还没有办法进行。唯儒教独尊的做法就是这样使朝鲜社会受到了禁锢，阻碍了前进的步伐，阻碍了时代的发展。

司马辽太郎的以上观点使人回想起福泽谕吉对儒教的批判。福泽在著名的《劝学篇》的开篇就指出，"天不生人上之人，也不生人下之人，即天生的人一律平等，不是生来就有贵贱上下之别的"①，以此来提倡人人平等，开始对儒家文化的等级差别等进行立场鲜明的批判。同时，福泽谕吉强调实学，鼓励人们学习技术。福泽谕吉通过对儒教的批判，督促人们摆脱旧的思想束缚，学习新的思想与技术，实现"脱亚入欧"，尽快摆脱贫困。司马辽太郎对儒教的批判与福泽谕吉观点接近。可以看到福泽谕吉对他的影响。

综上所述，司马辽太郎是在对历史的梳理与记述中认识到了儒教对社会的阻碍而加以批判的。那么，当今社会对儒教的批判声音多，还是赞扬声音多呢？和司马同龄的人对儒教持何种态度呢？

和司马辽太郎同一年出生的庆应大学名誉教授村松暎指出：

> 我近年经常进行儒教批判。于是，不是遭到强烈的反对，就是被说成违反道德的人。到目前为止关于儒教的批判也就是福泽谕吉稍稍提了些，可以说几乎没有。在这样的日本，在世界中也算取得了一些成功，但是到了最近感觉有点要抬高儒教而常常说什么"儒教圈"。②

---

① 福泽谕吉：《劝学篇》，商务印书馆1960年版，第1页。
② 村松暎：『儒教の毒』，PHP研究所1994年版，第16页。原文为日文。——引者注。

第六章　司马辽太郎的儒学认识与东亚题材创作

当今，在日本对儒学的认识存在一定的分歧。有人认为儒学有助于经济大国的形成，也有人认为儒学仍然在毒害人们的思想。村松暎儒学批判的主要观点是什么呢？他否定了德能治天下的追求"仁"治的儒学基本学说。

> 之前也引用过，孔子曰："君子之德风，小人之德草。草上之风必偃。"意思是说，上层执政者的本性好比风，平民百姓的本性好比草。就像风一来，草就会倒一样，百姓会被执政者的德行感化。真的可以这样乐观对待吗？所谓执政者，描述理想的百姓形象就可以进行政务吗？主要是百姓认识的问题。人为了实现欲望，连娇小可爱的孩子都能杀害。只用环境论就能说明这一问题吗？人治是包括这一切的。从百姓一定会被执政者的德行所倾倒这种乐观的前提出发不可能做好政治。①

由此可见，村松暎认为社会的治理不是那么理想化、简单化的，德行不是治国的根本。

著名历史小说家陈舜臣在《儒教三千年》中阐明了自己对儒教的观点。在书中，他介绍了儒教的历史与发展。他认为儒教有利也有弊。在近代化的进程中儒教的利在于：在虔诚于天地、祖先这一点来说能帮助人们保持对近代化的虔诚；近代的经济发展需要社会安定做保障，重视秩序的儒教式生活做到了这一点；"学而时习之"使人们保持了对学习的热情，推动了近代化……同时，他也谈到了儒教的弊端。他列举了中国明末思想家李贽（1527—1602年），明末清初思想家黄宗羲（1610—1695年）、王夫之（1619—1692年），清末思想家谭嗣同（1865—1898年）、严复（1853—1921年），近代思想家鲁迅（1881—1936年）以及日本明治维新思想家福泽谕吉对儒教的批判。他认为儒教的弊端在于：古代至上的尚古主义，使人们对未来不抱有理想；过于重视形式阻碍了社会的

---

① 村松暎：『儒教の毒』，PHP 研究所 1994 年版，第 83—84 页。

发展；已发展为脱离实践，轻视技术的学问，对近代科学技术的发展很不利……①另外，陈舜臣反对"亚洲四小龙"的成功在于儒教这一观点，他认为日本的发展在四小龙之上，但是受到儒教的影响比四小龙中的韩国少得多，新加坡的中国人离开中国已经很久了，他们的儒教思想已经极其淡薄。他认为儒教圈是四小龙成功的一个重要因素，但是它们的成功还有一个重要因素，那就是它们都是"复合文化经济圈"。韩国与台湾地区沦为日本的殖民地，香港地区和新加坡是在沦为英国的殖民地之后又接收了大量中国人。不管以上哪一种情况都是两种文化在本地的融合。虽然这样给很多人带来了深深的痛苦，但是两种文化的交融成为促进近代经济发展的要素。他认为这是形成四小龙的另一个因素。

第四节　对华夷思想的反思

司马辽太郎对华夷思想持批判态度，他对儒教华夷思想的批判可以说是儒教批判的关键。

> 少年のころ、夢想の霧の中でくるまっているほど楽しいことはない。
> 私の場合、口もとに薄ひげが生えてくるころになっても、この癖は癒らなかった。
> そのころの夢想の対象は、東洋史にあらわれてくる変な民族についてだった。漢民族は、自分の文化のみが優越しているという意識を中心にして、他民族を考えた。
> 古い時代の漢民族文明は、かれらの種族名を漢字にする場合、ひどい文字をつくった。
> ……
> 渤海沿岸や朝鮮北部の海岸で漁労していた連中はムジナ扁で、

---

① 陳舜臣：『儒教三千年』，朝日新聞社1992年版，第224—242頁。

第六章　司马辽太郎的儒学认识与东亚题材创作　217

　　貊とよばれた。似た地帯に豸+歳（あい）というのもいた。いかにもよごれて垢くさい、という感じの文字である。
　　勢力のある異民族に対しては、さすがに犭や豸はつけないが、決していい文字は選ばない。
　　漢帝国が倒れてから華北を占拠した五つの遊牧民族は、匈奴、羯、鮮卑、氐、それに羌であった。羯はいまの山西省で遊牧していた連中だが、文字では人扁にされず、羊扁である。氐はひくいとか賎しいとかという意味があるが、ケモノでないだけましであろう。羌も文字の上部が羊だが、下部は人を意味するから、まだ結構といわねばならない。①

　　由此可见，司马辽太郎在少年时代就关注到了华夷思想。他注意到中国把周边的异族在表示成文字时显示了对其歧视的态度。这是因为他们被标识成带"犭"或"豸"的偏旁，稍好一点的也被带以"羊"字的偏旁。这些偏旁表示野兽或牲畜，因此可以看出中国古代对异族的歧视。可以说司马对华夷思想很敏感。而他选择学习蒙古语对中国来说也可以说是对此歧视的一个挑战吧。
　　什么是华夷思想呢？司马辽太郎是这样分析的：

　　中国人には、中華思想があるという。たしかに、歴史的には存在した。
　　「華夷の別をたてる」
　　というのは、歴史的中国の伝統思想で、価値はすべて華（文明）であることのみに集約される。「華」の内容のほとんどは倫理的習慣のことで、武力や科学文化を指さなかった。夷（非文明）もまた人種論ではなく、漢民族のもつ倫理的習慣を持っていない集団お

---

① 司馬遼太郎：『街道をゆく』第 5 巻『モンゴル紀行』，朝日新聞社 2001 年版，第 9—10 頁。

よび状態をさしている。歴史的な漢民族というのは、夷のひとびとを禽獣にひとしいものとしてきた。①

司马认为所谓"华夷思想"是"中华思想"的产物。它是中国传统思想，它确立自己的价值观，并以此价值观对事物加以衡量，把不在这个价值范围之内的集团称为"夷"，把他们视为禽兽。这实际上是一个极大的不平等。

对于"华夷思想"司马辽太郎在众多作品中加以批判。在游记《中国·江南之路》"茶について"一节中先用了6页的篇幅写到了有关华夷思想的内容。指出只有追随中华的文明，才被视为自己人。之后才写到茶来自于云南少数民族地区。

司马辽太郎论述了华夷思想的弊害。

朝鮮はアヘン戦争という、文明史的な大事件に対し、鈍感だった。
この鈍感さは、おそらく儒教体制の弊によるものだったろう。官学である朱子学が、空論と固陋さ、さらには自己の文明についての強烈な自己崇拝を朝鮮に植えつけていて、外界の音響からひとびとの鼓膜を厚くしていた。②

司马辽太郎指出华夷思想造成了中国的"大国主义"，唯我独尊，影响了中国对新事物的重视，阻碍了近代化的进程。在这一点上由于朝鲜受到儒教思想的影响极大，也出现了类似的现象。比如对在中国爆发的鸦片战争没能及时地反应，不能及时了解时代的脉搏等均属此类现象。

司马辽太郎认为日本是华夷思想的受害者之一。比如日本被称为"倭"，反映了中国对非礼教国家的鄙夷态度。

---

① 司馬遼太郎：『街道をゆく』第19巻『中国・江南のみち』，朝日新聞社1987年版，第125頁。
② 司馬遼太郎：『この国のかたち』第4巻，文藝春秋2003年版，第108頁。

第六章　司马辽太郎的儒学认识与东亚题材创作　219

图 6-2　日本相扑

……「倭」というのはどういうイメージであるのかというのが、私のながい関心であった。むろんせは矮(ちい)さい。ハダカでいる。どうもフンドシ一本で大刀を背負って肩ひじを張っているイメージではあるまいか。

　礼教（儒教）の国というのは、男子は（むろん女子も）人前では決してハダカにならない。いまでも朝鮮人がいくら暑くても上半身ハダカになって夕涼をしているとか、あるいは人前で水をかぶったりしているという風景はけっしてない。①

日本人被称为"倭"。而在"倭"这个字里司马感觉到了中国对非同一文化圈的否定。虽然在朝鲜，由于接受了儒教，行为规范严格按照教义行事，但是在日本并非如此。为了磨炼意志，往往有一些人无论什么季节都光着身子，只穿一条兜裆布，往身上泼凉水。一般老百姓也会偶

---

① 司馬遼太郎：『韓のくに紀行』，『司馬遼太郎全集』第 47 卷，文藝春秋 1984 年版，第 76 頁。

尔为之。在日本，光着身子并不是特别丢脸的一件事。又比如，在日本连妇孺都非常喜欢的传统体育项目"相扑"比赛，选手就是穿着兜裆布来参赛的。日本对赤裸身体没有那么深的禁忌，并没有受到"男女授受不亲"的儒教束缚。

事实上，男女混浴的温泉虽然第二次世界大战结束之后被美军取缔，但是现在在比较偏远的地区仍在运营；在宫崎骏的动画片《龙猫》里父亲和孩子（包括女儿）一起洗澡被看作是家庭其乐融融的场景；川端康成的名作《伊豆舞女》中女主人公——14岁的舞女很喜欢20岁的男主人公——第一高等学校的学生，当她在泡温泉看到男主人公时，忍不住从温泉中跑出来远远地打招呼，而男主人公也从她的举动中感受到头脑被擦拭过的清爽。的确可以说，日本不是儒教国家，有一些举止不符合儒教国家的礼仪。司马辽太郎认为日本之所以被称作"倭"是与对儒教礼仪的冒犯相关的。

陈舜臣在《儒教三千年》第四章"中华思想的周边"中也专门批判了"华夷"思想。

> この「夏」、あるいは「華」に対して、そうでない人たちを「夷」「狄」「戎」「蛮」といったことばでよんでいます。ケモノヘンやムシという字がありまして、字づらをみただけで、少なからず異様です。①

陈舜臣认为"中华思想"中的"华"实质上指的是中国古代的"夏"，是一种排斥其他的思想，他认为"儒が中華思想を助長したのはまぎれもありません"②。在这一点上司马和陈舜臣有着共识，他们认为儒教强化了中国的中心主义、大国意识，加强了对外族的贬低与排斥。

值得关注的是，司马辽太郎反复对华夷思想加以批判。除了以上引

---

① 陳舜臣：『儒教三千年』，朝日新聞社1992年版，第134頁。
② 陳舜臣：『儒教三千年』，朝日新聞社1992年版，第149頁。

第六章　司马辽太郎的儒学认识与东亚题材创作

用的作品《蒙古纪行》《江南之行》《这个国家的形态》《韩国纪行》之外，在其他多部作品中也是如此。比如：

　　ロロ族（イ族）は、漢族からよほど卑しめられていたらしく、ロロをあらわす漢字は、玀猓だけでなく、猓猓、猓猡、猺猺、玀鬼などがある。①
　　ついでながら、私は口ぐせとして、蒙古のことをモンゴルという。蒙古というのは中国が——むろん古い時代の中国だが——漢字表記するにあたって、このモンゴル高原にいる有害な遊牧民族に対し、卑しい意味の字をあてたと思っているのである。蒙とは、智恵が足りない、くらい、という意味がある。蒙士といえば愚人のことであり、蒙昧とはバカという意味である。②

司马辽太郎评论了中国历史上对少数民族彝族以及对蒙古的称呼均带有歧视意味。就像以上作品一样，司马辽太郎在多部作品中谈到华夷思想导致的对异族的歧视。可见司马辽太郎对中国大国中心主义的华夷思想的反感程度之深。

综上所述，司马在多部作品中批判了儒教的陈腐，以及儒教对社会发展的阻碍，批判了华夷思想。司马甚至在与中国关系不多的作品中也出现了对儒教的批判。比如，在葡萄牙游记中，批判了儒教对社会发展的阻碍。

　　……後漢がおわるころから中国における好奇心の沸騰は減退しつづけたと思える。武帝の時代、儒教という、文明の停頓を正しいとする原理が国教として採用されたのは偶然ではないような気が

---

① 司馬遼太郎：『街道をゆく』第 20 卷『中国・蜀と雲南のみち』，朝日新聞社 1987 年版，第 173 頁。
② 司馬遼太郎：『街道をゆく』第 28 卷『耽羅紀行』，朝日新聞社 1998 年版，第 152 頁。

する。①

在整本游记中，谈到中国的内容不到一页的篇幅，其内容就包含了对儒教的批判。在此，司马提到了黄土高原的古代文明，并指出儒教尚古的态度导致了对外界好奇心的降低，也导致了文明的停滞。同样地，在长篇小说《菜花盛开的海滨》中，分析到长崎奉行②要求荷兰商馆③长官行日本式见面礼不被荷方认同双方产生摩擦，并分析其原因为长崎奉行是效仿儒教礼数而已。

关于儒教的认识，日本近代作家也在作品中有所体现。比如谷崎润一郎（1886—1965年）创作有短篇小说《麒麟》（1910年），表现了孔子追求仁德的理论在现实生活中行不通，因为他没有办法帮助卫灵公抵挡妖艳动人的南子夫人的肉体诱惑。另外，井上靖（1907—1991年）创作有《孔子》（1987年）一书。如果说谷崎润一郎的《麒麟》完全是想象的空间的话，井上靖努力实地调查，曾两次去山东，五次去河南。甚至努力还原孔子下榻之处。④ 在作品中井上靖描写了孔子把一切希望寄托在"圣天子"的出现上，以至于希望经常落空。但是即便如此，孔子以及作为作者的井上靖对未来仍然充满着信心。由此可见，对于儒教的认识，每个作家都有着自己的视角和见解。

像司马辽太郎一样，在作品中多次这样批判儒教的作家并不多见。其批判有一定的道理，但是反复这样做的结果是，可以让读者一次次认识到中国大国主义对外界的鄙夷态度，会让人产生摆脱大国主义的愿望与冲动。这对日本民族意识的增强会起到促进的作用，增强日本的自信。这一点让人感觉与福泽谕吉的"脱亚入欧"有着异曲同工的作用。

---

① 司馬遼太郎：『街道をゆく』第28卷『南蛮のみち』，朝日新闻社1988年版，第12页。
② 奉行：行政长官。
③ 荷兰商馆：1609年为了贸易往来在日本设立的荷兰东印度公司的分公司。1941年后搬至长崎的长岛。
④ 井上靖：《孔子》，王玉玲等译，春风文艺出版社1991年版，第250—255页。

结　　语

如前所述，司马的视野极广，司马辽太郎对中国、朝鲜、蒙古、俄罗斯等东亚国家十分关注，历史小说创作涉及周边东亚各国，撰写了相关方面的历史小说和随笔、对谈等文学作品，尤其是43本系列游记《街道行》足迹扩展到欧美各国，而这一切又是与他对日本历史与国家的认识密不可分的。

司马辽太郎于1996年去世，日本社会各界对司马辽太郎的逝世都表示了哀悼。比如文艺春秋杂志社的司马辽太郎纪念文集《司马辽太郎的世界》[①]中，除了著名作家的悼词之外，还包括经济界、政治界的知名人士，其中，日本前首相桥本龙太郎、小渊惠三等都撰写了悼念的文章。可见，司马辽太郎的作品无论在一般大众，还是在高级领导层都保持着极大的影响。

司马辽太郎是日本第二次世界大战结束以后至今最著名的历史小说家。作为"国民作家"，创作了大量的"国民文学"作品。所谓"国民文学"是为了国民确立人生观、价值观而需要被广大国民所阅读的文学。司马作为作者，为现代国民进行创作的意识是比较强烈的。

在日本，自古以来历史题材的文学作品众多。近代的历史小说同样拥有众多的读者，这是日本近代文学的特色之一。"国民作家"司马辽太郎的影响力极大。在日本，司马辽太郎作品的销售量在日本战后文学界更是位居榜首，他的作品吸引了众多的读者。在读者层中，各行各业工

[①] 文藝春秋编集，文藝春秋1999年版。

薪阶层的男士占了绝大多数，大量主宰日本政治的政府高级官员、主宰日本经济的大公司经理一直以来也都热心于阅读司马辽太郎的作品。司马作品的影响极其广泛。

同时，作品的影视化也是司马影响力的特征之一。司马辽太郎的很多作品被陆续搬上电影银幕以及电视屏幕。《坂本龙马》（1962—1966年）、《功名が辻（功名转折点）》（1963—1965年）、《国盗物语》（1963—1966年）、《最後の将軍（最后的将军）》（1966年）、《花神》（1969—1971年）、《宛如飞翔》（1972—1976年）等作品分别于1968年、1973年、1977年、1990年、1998年、2006年被拍摄成电视连续剧，在日本唯一一家国家电视台NHK上全年播放，其影响力之大可想而知。2011年《坂上之云》也被改编成电视连续剧，受到多方关注。

司马东亚观随着司马作品的影响而影响到日本读者。其影响存在以下几个特征：

第一，极大地激励了战败后处于经济振兴时期的日本各界人士。第二次世界大战结束以后，日本由于战争期间的大量军事开支使经济陷入极其窘迫的境地，国民生活穷困。不仅如此，在精神上，"二战"的失败使日本人的自信荡然无存，陷入迷茫。很多人绝望，没有了生活的勇气。虽然到了20世纪60年代日本经济出现了上升的势头，但是人们仍然需要精神上的支撑。司马的不少作品鼓舞读者的斗志，发挥了振奋人心的作用。

司马虽然有忍者小说获奖，但是成名作可以说是长篇历史小说《竜馬がゆく（坂本龙马）》（1962年6月在《产经新闻》上连载，1966年5月连载完毕，共计连载1335回）。它是司马1961年成为专职作家后39岁至43岁期间的创作，描写了促成萨摩藩与长州藩的联盟的明治维新功臣坂本龙马。实际上《坂本龙马》的第一版销路并不好。1968年虽然作为HNK电视台的大河连续剧被播放一年，但是一开始收视率并不理想，在中途换成导演和田勉之后收视率才上升起来。因为受电视剧的影响，作品的销售量才有上升。《坂本龙马》成为司马辽太郎的代表作。

在《坂本龙马》的结尾，作者这样写道：

天がこの国の歴史の混乱を収拾するためにこの若者を地上にくだし、その使命が終わったとき惜しげもなく天へ召しかえした。
　　この夜、京の雨気が満ち、星がない。
　　しかし、時代は旋回している。若者はその歴史の扉を手で押し、そして未来へ押しあけた。①

作品中的坂本龙马通过自己的努力，成立了神户海军塾，设立了贸易组织海援队，促成了萨长联盟，为明治维新立下了不朽的功勋，但是就在明治维新的曙光来临之际，被刺客杀害。很明显，司马辽太郎把坂本龙马定位为一个可以扭转乾坤的英雄形象。

司马就是这样塑造了一批勇往直前的英雄形象，鼓舞了国民。他的创作使得日本读者为之一振的原因还有一个。

　　現在、「司馬遼太郎ブーム」ともいえる余熱が続いている。それは今、注意深く考えねばならない問題をも生み出してきているように思う。司馬遼太郎という存在を、戦後の「自虐史観」「暗黒史観」の呪縛から日本人を解放した「国民作家」であるという「物語」のなかに回収しようとする動きも顕著になってきている。大きな「物語」が望まれる時代なのだろう。「物語」の居心地のよさにそのまま身をゆだねれば、人は苦痛を伴うそれぞれの自己検証を回避することもできるからだ。②

第二次世界大战以后，日本对"军国主义"进行了彻底的批判，人们的价值观受到了彻底的颠覆。"自虐史观"是指第二次世界大战以后对日本社会、历史学界、教育学界历史观的否定与批判。后期被认为是过度地批判日本历史的负面因素。"暗黑史观"是指战后的人们认为日本第

---

① 『司馬遼太郎全集』第5巻『龍馬がゆく』第3巻，文藝春秋1981年版，第574頁。
② NHK「街道をゆく」プロジェクト：『司馬遼太郎の風景』，日本放送出版協会1997年版，第196—197頁。

二次世界大战之前以及战争时期经历了战乱、疾病，政治极其不稳定，社会混乱，文化发展明显停滞，是一个没有希望的时代。以上导致了日本国民的萎靡不振。不少政治家为此担忧，开始对自虐史观、暗黑史观加以批判。

第二，适应了近代化与国际化的需要。历史学家成田龙一就认为《坂上之云》的主题为近代化。

> ……『坂の上の雲』は、歴史の「大きな物語」としては、〈西洋〉の圧力のもとで近代国民国家として出発した「日本」が、近代の制度と装置を学び、近代社会へと〈転換〉し〈文明〉化することによって〈西洋〉に〈認知〉してもらおうとする物語として展開されていきます。この（〈西洋〉に対しての）〈認知〉と〈承認〉の要求の物語こそが、『坂の上の雲』の主旋律にほかなりません。①

日本虽然于1868年明治维新，但是作为一个近代国家，很多方面都在发展，尤其是在国际上相对于西方的地位有待增强。《坂上之云》描写了日俄战争前夕以及战争期间日本极力加速近代化从而受到世界瞩目的过程。

司马认为比起日本人，自己更是亚洲人，所以称自己为"在日日本人"。他年轻的时候对日本没有尊敬的心情，甚至想以后到国外去生活。② 这很大成分上是对自己体验到的昭和日本的失望，同时也是司马自己国际化视野的追求。东亚题材创作更是展示了司马的国际化背景，给读者提供了国际化的视角。

第三，司马历史小说的现代性。司马辽太郎的历史小说与现代社会的关联十分密切。20世纪60年代日本已经进入经济社会。司马辽太郎不只是在精神上激励日本人，同时他也在观念上改变着日本人。他通过《坂本龙马》《菜花盛开的海滨》给了日本读者以经济意识，这是日本经

---

① 成田龍一：『司馬遼太郎の幕末・明治』，朝日新聞社2003年版，第168頁。
② 遠藤芳信：『海を超える司馬遼太郎——東アジア世界に生きる「在日日本人」』，フォーラム・A 1998年版，第14頁。

济发展不可或缺的要素。之所以如此,是因为日本长期以来在武士政权的掌管之下,片面提倡精神上的磨炼,避免接触金钱,因而商人的地位低下。然而近代经济与利益的追求是密不可分的。这与日本的传统思想发生了矛盾。司马辽太郎在《菜花盛开的海滨》中用了大量的篇幅描写了主人公高田屋嘉兵卫的经济理念,给读者以靠经济来强国的意识,并且把视野投向世界,眼光放得更远。在作品《坂本龙马》中坂本龙马的志向是:"日本の乱が片づけばこの国を去り、太平洋と大西洋に船団を浮かべて世界を相手に大仕事がしてみたい。"①

高田屋嘉兵卫作为等级分明的下层人士,追求了人人平等的理念,提高了当代读者对民主主义建设必要性的认识。同时,嘉兵卫以离开故乡的形式去除了故乡的旧有思想束缚,他以沟通日本与他国的形式引领了当时的时代潮流。20世纪六七十年代,去除旧有的藩县意识仍然是社会的需要。由于经济发展的需要,这一时期有很多人从地方到大城市打工。他们带着对故土的留恋,离开了家乡。他们是出来创造世界、改造世界的,这样一个意识对他们来说很重要。这是他们的精神支柱,也是努力的方向,是司马的作品给了外出打工者以信心。

值得注意的是虽然坂本龙马、高田屋嘉兵卫等主人公成为日本读者心目中的英雄,但是他们的性格与行为并不像传统的日本人。作品塑造了突破常规的、开拓型的人物形象,这是给现代日本读者开阔视野的又一个设计。司马的历史小说符合了时代的需求。

第四,青春小说的形式给日本年轻人提供了榜样。作为一个年轻人,司马辽太郎把坂本龙马形象展现给读者,表明了作为一般的年轻人可以塑造历史的可能性。坂本龙马没有显赫的出身背景,而且是一个被认为非常没有出息的孩子。他十二三岁还不改尿床的习惯,是一个流鼻涕的爱哭哭啼啼的男孩子。即使长大以后,他仍然是一个很少洗澡、不修边幅、边说话边喷口水、当面抠鼻屎,甚至随处解手的不讲究的人。1862年坂本龙马脱离土佐藩,成为浪人,才开始为寻求更广阔的世界、探索

---

① 『司馬遼太郎全集』第5卷『龍馬がゆく』第3卷,文藝春秋1981年版,第259页。

日本的未来而努力。在坂本龙马32年的短暂生涯中，这一年他26岁，他虽然拥有波澜壮阔的人生，但是在幕末的志士当中是属于最大器晚成的一个人。司马辽太郎描写坂本龙马28岁在千叶师傅的家里还尿床，① 全书用了接近三分之一的篇幅描写了他个人的缓慢成长。即使是脱藩以后，坂本龙马也始终是在摸索中寻求奋斗的目标与方向，可以说这部作品本身就是描写年轻主人公的彷徨、探索与不懈的努力。

事实上，作者司马辽太郎也是有着同样彷徨经历的一个人。坂本龙马讨厌学塾刻板的学习，不擅长死记硬背，一训就哭，只好退学，而司马辽太郎自幼时起就不擅长数学，由于数学的关系，中学屡试不中，自尊心严重受挫，后来才考上不需要考察数学水平的大阪外国语学校学习蒙古语。司马辽太郎创作《龙马离去》时已经39岁，经历了漫长的探索，在文学创作方面大器晚成，创作出大量出色的历史小说。

因此，《坂本龙马》是一部青春小说，描写了四国岛土佐藩的一个身份低微、没有能力的下级武士的成长过程。读者通过阅读这部作品，可以感受主人公成长的轨迹，欣赏其不断成熟的成长过程。年轻读者在阅读的过程中感受到与主人公年龄相仿的自己的彷徨与成长。

其他作品同样如此。关于《坂上之云》，鹫田小弥太对于司马以上的创作动机这样理解：

图1　坂本龙马雕像

---

① 『司馬遼太郎全集』第4卷『龍馬がゆく』第2卷，文藝春秋1981年版，第263頁。

明治維新の国家はまったくのひよこです。形も姿もほとんどわからない状態から始まって、ずっと坂を登っていく。その過程を描こうとしたのが、『坂の上の雲』という小説です。いってみれば、日本近代の青春小説ですね。①

　　作品不只描写了日本近代的发展，还主要以秋山好古、秋山真之、正冈子规等三个青年的成长为中心加以描述。因此是一部描写明治青年的青春小说。《菜花盛开的海滨》描写主人公高田屋嘉兵卫在故乡遭到的排挤，以及他的成长，同样是一部青春小说。

　　出生于1923年的司马辽太郎经历了战前、战争时期、战败等几个阶段。他深深地了解经历了战争之后人们心中的挫败感、无力感。为了振奋国民的精神，司马辽太郎在作品《坂本龙马》《坂上之云》《宛如飞翔》等作品中描写了明治维新的志士。坂本龙马这样的新时代的青年、新时代的缔造者为了日本的变革、振兴冒着生命危险，投身于运动，为明治维新、明治时代做出巨大贡献。坂本龙马、秋山兄弟、高田屋嘉兵卫在当时并不被广泛知晓，司马使他们成为众人皆知的英雄。

　　第五，史实多，是学习历史的教材。司马辽太郎博览群书，收集有大量的历史资料，司马辽太郎纪念馆内部设计为高达10米的书墙，但是也只能容纳司马藏书的一部分。司马对历史有独到的见解，给人以启发。

　　いずれにせよ、日本の国民は文学『坂の上の雲』によって日露戦争の世界史的意味や明治人の活き活きとした姿を大摑みにとらえたといえよう。②

　　日本读者通过司马的历史小说《坂上之云》学习了日俄战争在世界

---

① 鷲田小彌太：『司馬遼太郎　人間の大学』，PHP研究所2004年版，第123頁。
② 山内昌之：「司馬さんはなぜ「坂の上の雲」を書いたのか」，『文藝春秋』2009.12，第281頁。

史上的意义以及感受到了明治时代人们活生生的生活姿态。同样地，司马也挑战了其他近代史题材。

　　日露戦争にしろ西南戦争にしろ、アカデミズムの歴史家が重要視しなかった近代史に司馬遼太郎は挑戦しつづけた。歴史家がこれに注目しなかったのは、「明治以後は史料が誰にでも読めるということで、古文書解読とか、語学とかいった特殊技能を売物にできないからであり、さらには、史料が多すぎ、それをこなすだけの力量に自信がなかったからだ」と会田雄次はいう（前掲書）。まるで二流の参謀のようだ。対して司馬遼太郎は果敢であり誠実であった。いま歴史家が司馬作品を批判する口ぶりは、登山ルートをひらいたパイオニアを、山に登らない通が書斎であれこれ月旦する風情のようでなくもない。①

　　司马把历史学家认为资料过于繁杂而不敢触碰的近代史写到了自己的作品中。虽然遭到了历史学家的批评，但是作家、评论家关川夏央认为司马比起那些对此什么也不做只是品头论足的学者更有行动力。
　　需要注意的是司马用各种方式把自己的历史认识传播开来。
　　首先，司马辽太郎在进行历史小说的创作时，采取回顾历史、纵观历史整个发展过程的手法。这种方法，不是像以往的历史小说那样给人以悬念，让读者去关心情节的发展，而是在必要时把相关人物、事件后期的发展和影响提前介绍给读者，给读者以一个概括性的印象。这一点在历史小说中比较突出的表现就在于经常采用的"余谈"和"插话"的形式。作者运用这种形式，把人物、事件的前后串联在了一起。同时，在作品中穿插进形势的介绍，使读者增加了思考的深度。除此之外，司马辽太郎还不断地加入历史文献中的材料、引文来加以说明。以上这些手法的主要作用是通过对历史事件与人物的描述使读者加深思考。引经

---

① 関川夏央：「昭和と平成　三たび「坂の上」に登る」『文藝春秋』2003.7，第197頁。

据典的方式让读者感受到了学术性，容易被说服。

比如在《菜花盛开的海滨》，司马就安排了大量历史背景的铺垫。司马用六节的比重介绍了俄罗斯的发展并重点介绍了18世纪末到19世纪初的日俄关系史，这六节中没有主人公嘉兵卫的登场，就仿佛是叙述史实。这是司马作品中常见的现象，司马把他的历史认识写进了作品中。

但是，外国学者 Edward George Seidensticker[①] 对日本的历史小说提出了质疑。

> ……つまり、一般的に言って歴史小説は文学か否かという問題である。歴史小説によって呼び起される感動が作品の事実性にもとづいており、歴史小説の持つ重さがその多くを事実の持つ重みに負うていることは、否定できないことである。この問いかけの背後にはもちろん、小説というものは元来虚構の物語であるという考え方が支配している。そして、この考え方はヨーロッパの小説の歴史に照らせば疑う余地のないことである。従って、外国人が日本のいわゆる歴史小説に対したとき、この問いかけはさらに尖鋭な形を取ってくる。[②]

以上观点认为历史小说可以唤起读者的感动不容置疑。但是历史小说到底是不是文学作品？西方的学者很有质疑。因为虽然日本的历史小说以史实为基础，但是毕竟是虚构。对照欧洲小说的发展历史，这一点是他们很难理解的。这个疑问实际上是作家在作品中的观点有多少客观性，能不能把历史小说当作历史来学习的问题。司马辽太郎的历史小说也在这个问题的范围之内。

其次，司马采用小说这一形式进行了历史题材的创作，是一个比较轻松地传达自己观点的方式。关于这一点，司马在《坂上之云》后记中

---

① Edward George Seidensticker：日文译名为サイデンステッカー（1921—2007年），美国日本学学者，通过对日本文学作品的翻译广泛介绍日本文化。

② 福田宏年：『井上靖評伝覚』，集英社1979年版，第226頁。

这样写道：

> 小説という表現形式のたのもしさは、マヨネーズをつくるほどの厳密さもないことである。小説というものは、一般に、当人もしくは読み手にとって気に入らない作品がありえても、出来そこないというものはありえない。
> そういう、つまり小説がもっている形式や形態の無定義、非定型ということに安心を置いてこのながい作品を書きはじめた。①

司马认为小说不需要那么严密，也不容易失败，可以比较安心地创作。但我们需要注意的是很多读者试图通过历史小说去了解历史，这样司马的历史观、东亚观就会影响到众多读者。

另外，司马采用了便于读者阅读的文字处理方式。司马在作品创作中为方便读者阅读考虑了很多。比如历史话题专业术语多，让人感到生涩。为此，司马尽量减少汉字的使用，比如在上边引用的《坂本龙马》第一部的后记中，司马在文中用了"つくる"、"書きはじめた"、"ながい"等，用日语假名来写词语，然而这三个词本来有"作""始""長"三个汉字可以用，是最常用的汉字。所谓"常用汉字"，在2010年日本政府宣布的"常用汉字表"里一共有2136字。司马为什么这样做呢？在日本由于孩子小的时候对汉字掌握得不多，所以孩子阅读的绘本中大量使用假名。而司马在创作中减少常用汉字的使用会给读者阅读起来比较轻松的感觉。这样，读者才有余力去理解历史术语，间接减轻了历史术语的大量运用给读者带来的阅读困难，从而减少了读者的阅读疲劳。

综上所述，司马辽太郎作品深受日本读者的喜爱，他的东亚观的影响十分深入、广泛。中国已经翻译出版了多部司马辽太郎的作品。如何看待司马作品、如何看待司马的东亚认识是值得重视的问题。

---

① 『司馬遼太郎全集』第24卷『坂の上の雲』第1卷，文藝春秋1981年版，第273頁。

司马辽太郎阅读了大量的史料，有自己深入的思考，在一定程度上能站在更高的角度来看待历史。这是司马的长处。但是司马毕竟是日本人，有其日本人的立场。虽然他对20世纪30年代以来日本发动的战争持否定的态度，也承认是侵略战争，但是主要思考的是日本人为什么会失败。而对甲午战争和日俄战争，司马则更是脱离不开日本的立场，把主要的出发点放在了"祖国防卫战"上，忽略了被侵犯国家与民众的苦痛。随处可见的对儒教的批判虽然有一定的道理，但是在某种程度上摆脱不了论证日本"脱亚"进行对外扩张的正当性的嫌疑。这是司马辽太郎历史小说创作的局限所在。

总之，司马辽太郎的东亚历史认识存在一定的片面性，他的作品不免有偏颇。他的作品在某种程度上也是其历史认识的传播，需要我们认真加以辨别分析。对其东亚题材创作以及影响进行研究是研究日本文学、日本社会与文化的重要切入点。同时也需要加强对其他历史小说、时代小说作家作品的研究。

参考文献

作 品

中国：

井上靖：《天平之甍》，人民文学出版社1980年版。

井上靖：《敦煌》，董学昌译，山西人民出版社1982年版。

夏目漱石：《心》，董学昌译，湖南文艺出版社1982年版。

司马辽太郎：《丰臣家的人们》，陈生保等译，外国文学出版社1983年版。

井上靖：《杨贵妃传》，林怀秋译，陕西人民出版社1984年版。

井上靖：《冰壁》，周明译，上海译文出版社1984年版。

井上靖：《孔子》，王玉玲等译，春风文艺出版社1991年版。

司马辽太郎：《项羽与刘邦》（上下册），赵德远译，南海出版公司2006年版。

陈舜臣：《风云儿郑成功》，卞立强译，重庆出版社2008年版。

陈舜臣：《成吉思汗》，易爱华译，新星出版社2009年版。

司马辽太郎：《源义经：镰仓战神》，曾小瑜译，重庆出版社2009年版。

村上春树：《奇鸟行状录》，林少华译，上海译文出版社2009年版。

司马辽太郎：《鞑靼风云录》，高士平、金满绪译，重庆出版社2010年版。

大江健三郎：《冲绳札记》，陈言译，生活·读书·新知三联书店2010年版。

陈舜臣：《敦煌之旅》，余晓潮译，广西师范大学出版社2010年版。

孟松林、石映照编著：《诺门罕战争》，新世界出版社2010年版。

司马辽太郎:《坂本龙马》（全 4 册），岳远坤译，南海出版公司 2011 年版。

司马辽太郎:《德川家康：霸王之家》，冯千、沈亚平译，重庆出版社 2013 年版。

司马辽太郎:《日本时代小说精选系列：幕末》，尹蕾、陶霆译，重庆出版社 2014 年版。

司马辽太郎:《新史太阁记》（上下册），何晓毅译，广西师范大学出版社 2014 年版。

司马辽太郎:《国盗物语·斋藤道三》（前编、后编），马静译，广西师范大学出版社 2014 年版。

司马辽太郎:《新选组血风录》，张博译，重庆出版社 2014 年版。

村上春树:《边境·近境》，林少华译，上海译文出版社 2015 年版。

司马辽太郎:《城塞》（共 3 册），周洁、李青译，广西师范大学出版社 2015 年版。

司马辽太郎:《功名十字路》（上下册），欧凌译，重庆出版社 2015 年版。

司马辽太郎:《风神之门》，周晓晴译，重庆出版社 2016 年版。

司马辽太郎:《马上少年过：司马辽太郎历史小说选集》，王星星译，重庆出版社 2016 年版。

日本:

海音寺潮五郎:『蒙古の襲来』（『現代人の日本史』第九卷），河出書房新社 1959 年版。

井上靖、岩村忍:『西域』，筑摩書房 1963 年版。

早乙女貞:『伊賀忍法』，春陽堂書店 1972 年版。

陳舜臣:『風よ雲よ』，中央公論社 1973 年版。

司馬遼太郎:『長安から北京へ』，中央公論社 1976 年版。

司馬遼太郎:『歴史の中の日本』，中央公論社 1976 年版。

司馬遼太郎:『風神の門』，『司馬遼太郎全集』第 2 卷，文藝春秋 1977 年版。

司馬遼太郎、山崎正和：『日本人の内と外』，中央公論社 1978 年版。

井上靖：『西域物語』，新潮社 1980 年版。

山田風太郎：『魔界転生』，角川書店 1980 年版。

『日本現代文学全集』第 2 巻『福沢諭吉・中江兆民・岡倉天心・德富苏峰・三宅雪岭集』，講談社 1980 年版。

『司馬遼太郎全集』第 3 巻『龍馬がゆく』第 1 巻，文藝春秋 1981 年版。

『司馬遼太郎全集』第 4 巻『龍馬がゆく』第 2 巻，文藝春秋 1981 年版。

『司馬遼太郎全集』第 5 巻『龍馬がゆく』第 3 巻，文藝春秋 1981 年版。

『司馬遼太郎全集』第 24 巻『坂の上の雲』第 1 巻，文藝春秋 1981 年版。

『司馬遼太郎全集』第 25 巻『坂の上の雲』第 2 巻，文藝春秋 1981 年版。

『司馬遼太郎全集』第 26 巻『坂の上の雲』第 3 巻，文藝春秋 1981 年版。

井上靖：『風濤』，『井上靖歴史小説集』第 5 巻，岩波書店 1981 年版。

松本清張：『昭和史発掘』第 3 巻，文藝春秋 1982 年版。

井上靖：『歴史小説の周囲』，講談社 1983 年版。

『司馬遼太郎全集』第 35 巻『翔ぶが如く』第 1 巻，文藝春秋 1983 年版。

『司馬遼太郎全集』第 36 巻『翔ぶが如く』第 2 巻，文藝春秋 1983 年版。

『司馬遼太郎全集』第 37 巻『翔ぶが如く』第 3 巻，文藝春秋 1983 年版。

『司馬遼太郎全集』第 38 巻『翔ぶが如く』第 4 巻，文藝春秋 1983 年版。

司馬遼太郎：『空海の風景』，『司馬遼太郎全集』第 39 巻，文藝春秋 1983 年版。

『司馬遼太郎全集』第 42 巻『菜の花の沖』第 1 巻，文藝春秋 1984 年版。

『司馬遼太郎全集』第 43 巻『菜の花の沖』第 2 巻，文藝春秋 1984 年版。

『司馬遼太郎全集』第 44 巻『菜の花の沖』第 3 巻，文藝春秋 1984 年版。

司馬遼太郎：『韓のくに紀行』，『司馬遼太郎全集』第 47 巻，文藝春秋 1984 年版。

司馬遼太郎：『歴史の舞台　文明のさまざま』，中央公論社 1984 年版。

司馬遼太郎：『ある運命について』，中央公論社 1984 年版。

伊藤桂一：『静かなノモンハン』，講談社 1984 年版。

陳舜臣：『西域余聞』，朝日新聞社 1984 年版。

陳舜臣：『曼荼羅の人　空海求法伝』，ティビーエス・ブリタニカ（TBS-BRITANNICA）1984 年版。

司馬遼太郎：『街道をゆく』第 15 巻『北海道の諸道』，朝日新聞社 1985 年版。

司馬遼太郎：『アメリカ素描』，読売新聞社 1986 年版。

司馬遼太郎：『土地と日本人』，中央公論社 1986 年版。

司馬遼太郎：『ロシアについて』，文藝春秋 1986 年版。

司馬遼太郎：『果心居士の幻術』，新潮社 1987 年版。

司馬遼太郎：『街道をゆく』第 19 巻『中国・江南のみち』，朝日新聞社 1987 年版。

司馬遼太郎：『街道をゆく』第 20 巻『中国・蜀と雲南のみち』，朝日新聞社 1987 年版。

司馬遼太郎：「女真人来り去る」，『中央公論』1987.9。

井上靖：『私の西域紀行』（上、下），文藝春秋 1987 年版。

司馬遼太郎：『街道をゆく』第 28 巻『南蛮のみち』，朝日新聞社 1988 年版。

陳舜臣：『中国歴史の旅』（上、下），徳間書店 1988 年版。

司馬遼太郎：『明治という国家』，日本放送出版協会 1989 年版。

司馬遼太郎：『街道をゆく』第 25 巻『中国・閩のみち』，朝日新聞社

1989 年版。

松本清張:『昭和史発掘』第 4 巻，文藝春秋 1989 年版。

井上靖:『おろしや国酔夢譚』，文藝春秋 1990 年版。

陳舜臣:『琉球の風』，講談社 1992 年版。

陳舜臣:『儒教三千年』，朝日新聞社 1992 年版。

司馬遼太郎、ドナルド・キン:『世界の中の日本　16 世紀までさかのぼって見る』，中央公論社 1992 年版。

海音寺潮五郎、司馬遼太郎:『日本歴史を点検する』，講談社 1993 年版。

井上靖:『わが一期一会』，三笠書房 1993 年版。

司馬遼太郎:『故郷忘じがたく候』，文藝春秋 1994 年版。

［美］アルヴィン・D・クックス:『ノモンハン』，朝日新聞社 1994 年版。

［俄］ゴローニン:『ロシア士官の見た徳川日本』，徳力真太郎訳，講談社 1994 年版。

司馬遼太郎:『この国のかたち』，文藝春秋 1995 年版。

司馬遼太郎、陳舜臣:『中国を考える』，文藝春秋 1996 年版。

司馬遼太郎:『歴史と視点』，新潮社 1996 年版。

司馬遼太郎、井上ひさし:『国家・宗教・日本人』，講談社 1996 年版。

司馬遼太郎:『街道をゆく』第 11 巻『肥前の諸街道』，朝日新聞社 1997 年版。

司馬遼太郎:『日本人と日本文化』，中央公論社 1997 年版。

司馬遼太郎:『手掘り日本史』，文藝春秋 1998 年版。

司馬遼太郎:『街道をゆく』第 28 巻『耽羅紀行』，朝日新聞社 1998 年版。

司馬遼太郎:『草原の記』，新潮社 1998 年版。

司馬遼太郎:『街道をゆく』第 19 巻『台湾紀行』，朝日新聞社 1998 年版。

司馬遼太郎:『昭和という国家』，日本放送出版協会 1999 年版。

司馬遼太郎:『梟の城』，新潮社 1999 年版。

半藤一利：『ノモンハンの夏』，文藝春秋 1999 年版。
司馬遼太郎：『街道をゆく』第 38 巻『オホーツク街道』，朝日新聞社 2000 年版。
司馬遼太郎：『街道をゆく』第 41 巻『北のまほろば』，朝日新聞社 2000 年版。
司馬遼太郎、陳舜臣、金達寿：『歴史の交差路にて——日本・中国・朝鮮』，講談社 2000 年版。
海音寺潮五郎：『蒙古来たる』（上、下），文藝春秋 2000 年版。
松本清張：『神々の乱心』，文藝春秋 2000 年版。
司馬遼太郎：『歴史と小説』，集英社 2001 年版。
司馬遼太郎：『街道をゆく』第 5 巻『モンゴル紀行』，朝日新聞社 2001 年版。
井上靖：「蒼き狼」『井上靖全集』第 12 巻，新潮社 2001 年版。
『文藝春秋』別冊『追悼特集　山田風太郎　綺思の歴史ロマン作家』2001 年 10 月。
陳舜臣：『道半ば』，集英社 2003 年版。
『司馬遼太郎全講演集』，朝日新聞社 2004 年版。
司馬遼太郎：『殉死』，文藝春秋 2004 年版。
山之口洋：『瑠璃の翼』，文藝春秋 2004 年版。
津本陽：『八月の砲声』，講談社 2005 年版。
山田風太郎：『甲賀忍法帖』，講談社 2005 年版。
司馬遼太郎：『アジアの中の日本』，集英社 2006 年版。
司馬遼太郎：『近代化の相剋』，文藝春秋 2006 年版。
司馬遼太郎：『司馬遼太郎　歴史のなかの邂逅』，中央公論社 2004 年版。
司馬遼太郎：『街道をゆく』第 6 巻『沖縄・先島への道』，朝日新聞出版 2008 年版。
司馬遼太郎：『風塵抄』，中央公論社 2009 年版。
司馬遼太郎：『街道をゆく』第 13 巻『壱岐・対馬の道』，朝日新聞社 2011 年版。

司馬遼太郎、陳舜臣：「日中「文明の相剋」」，『文藝春秋』2012.12。

专　著

中国：

福泽谕吉：《劝学篇》，商务印书馆 1960 年版。

福泽谕吉：《文明论概略》，商务印书馆 1960 年版。

严绍璗：《中日古代文学关系史稿》，湖南文艺出版社 1987 年版。

王晓平：《近代中日文学关系史稿》，中华书局香港分局 1987 年版。

樋口清之：《日本人与日本传统文化》，王彦良等译，南开大学出版社 1989 年版。

崔世广：《近代启蒙思想与近代化——中日近代启蒙思想比较》，北京航空航天大学出版社 1989 年版。

王家骅：《儒家思想与日本文化》，浙江人民出版社 1990 年版。

陈山：《中国武侠史》，上海三联书店 1992 年版。

［美］刘若愚：《中国游侠与西方骑士》，罗立群译，中国和平出版社 1994 年版。

王向远：《中日现代文学比较论》，湖南教育出版社 1998 年版。

藤原（王）文亮：《圣人与日中文化》，社会科学文献出版社 1999 年版。

兰草：《武魂侠骨》，解放军出版社 1999 年版。

王向远：《"笔部队"和侵华战争》，北京师范大学出版社 1999 年版。

严绍璗：《汉籍在日本的流布研究》，江苏古籍出版社 2000 年版。

杨义：《中国现代小说史》，人民文学出版社 2001 年版。

朱谦之：《日本哲学史》，人民出版社 2002 年版。

新渡户稻造：《武士道》，孙俊彦译，商务印书馆 2002 年版。

王铁桥：《儒教文化とその変容》，军事谊文出版社 2002 年版。

［美］鲁思·本尼迪克特：《菊与刀》，吕万和、熊达云、王智新译，商务印书馆 2002 年版。

陈平原：《千古文人侠客梦》，新世界出版社 2002 年版。

王晓平:《梅红樱粉——日本作家与中国文化》,宁夏人民出版社 2002 年版。

李文:《武士阶层与日本的近现代化》,河北人民出版社 2003 年版。

袁良骏:《武侠小说指掌图》,新华出版社 2003 年版。

周洁:《中日祖先崇拜研究》,世界知识出版社 2004 年版。

叶渭渠、唐月梅:《日本文学史》,昆仑出版社 2004 年版。

李申:《儒学与儒教》,四川大学出版社 2005 年版。

中村雄二郎:《日本文化中的恶与罪》,孙彬译,北京大学出版社 2005 年版。

汪涌豪:《中国游侠史》,复旦大学出版社 2005 年版。

王向远:《日本右翼言论批判——"皇国史观"与免罪情结的病理分析》,昆仑出版社 2005 年版。

王向远:《源头活水 日本当代历史小说与中国历史文化》,宁夏人民出版社 2005 年版。

铁军等:《中日乡土文化研究》,中国传媒大学出版社 2006 年版。

关立丹:《武士道与日本近现代文学》,中国社会科学出版社 2006 年版。

王向远:《中国题材日本文学史》,上海古籍出版社 2007 年版。

刘家鑫:《日本近代知识分子的中国观:中国通代表人物的思想轨迹》,南开大学出版社 2007 年版。

张崑将:《德川日本"忠""孝"概念的形成与发展——以兵学与阳明学为中心》,华东师范大学出版社 2008 年版。

[韩] 崔英辰:《韩国儒学思想研究》,邢丽菊译,东方出版社 2008 年版。

曹志伟:《陈舜臣的文学世界:独步日本文坛的华裔作家》,天津人民出版社 2008 年版。

严绍璗:《日本中国学史稿》,学苑出版社 2009 年版。

源了圆:《德川思想小史》,郭连友译,外语教学与研究出版社 2009 年版。

九鬼周造:《"粹"的构造》,黄锦容等译,中国台湾联经出版事业股份有限公司 2010 年版。

林少华:《为了灵魂的自由——村上春树的文学世界》,中国友谊出版公

司 2010 年版。

卢茂君：《井上靖中国题材历史小说研究》，九州出版社 2010 年版。

王勇主编：《东亚文化的传承与扬弃》，中国书籍出版社 2011 年版。

卢茂君：《井上靖与中国》，九州出版社 2011 年版。

吕顺长：《清末中日教育文化交流之研究》，商务印书馆 2012 年版。

何志勇：《井上靖历史小说的中国形象研究》，新华出版社 2014 年版。

刘研：《日本"后战后"时期的精神史寓言——村上春树论》，商务印书馆 2016 年版。

马勇、寇伟编著：《甲午战争简史》，中国社会科学出版社 2017 年版。

张海鹏主编：《甲午战争的百年回顾》，中国社会科学出版社 2017 年版。

［意］弗拉基米尔：《甲午战争》，孔祥文译，商务印书馆 2018 年版。

唐纳德·金：《日本发现欧洲》，孙建军译，江苏人民出版社 2018 年版。

和田春树：《日俄战争》，易爱华、张剑译，生活·读书·新知三联书店 2018 年版。

陈舜臣：《甲午战争》，李长声译，文化发展出版社 2018 年版。

子安宣邦：《何谓"现代的超克"》，董炳月译，生活·读书·新知三联书店 2018 年版。

郭阳：《甲午战争与东亚近代历史进程》，社会科学文献出版社 2018 年版。

李洁：《1904—1905：晚清三国》，九州出版社 2019 年版。

横手慎二：《日俄战争：20 世纪第一场大国间战争》，吉辰译，社会科学文献出版社 2019 年版。

薛天依：《辛亥革命至国民革命时期日本的对华认识》，社会科学文献出版社 2019 年版。

日本：

真田增誉：『明良洪範』，国書刊行会 1912 年版。

『山鹿素行文集』，有朋堂書店 1934 年版。

新井勲：『日本を震撼させた四日間』，文藝春秋 1949 年版。

松下芳男：『乃木希典』，吉川弘文館 1960 年版。

村山七郎：『漂流民の言語』，吉川弘文館 1965 年版。

中村吉治：『武家の歴史』，岩波書店 1967 年版。

家永三郎、井上清：『近代日本の争点』，毎日新聞社 1968 年版。

相良亨：『武士道』，塙書房 1968 年版。

家永三郎：『日本道徳思想史』，岩波書店 1969 年版。

源了圓：『義理と人情』，中央公論社 1969 年版。

村上重良：『国家神道』，岩波書店 1970 年版。

奈良本辰也：『武士道の系譜』，中央公論社 1971 年版。

河上徹太郎：『吉田松陰——武と儒による人間像』，講談社 1972 年版。

藤原彰：『日本民衆の歴史』，三省堂 1975 年版。

色川大吉：『ある昭和史——自分史の試み』，中央公論社 1975 年版。

南博：『大正文化』，勁草書房 1977 年版。

遠山茂樹：『明治維新』，岩波書店 1978 年版。

横尾賢宗：『禅と武士道』，国書刊行会 1978 年版。

見田宗介：『近代日本心情史——流行歌の社会心理史』，講談社 1978 年版。

尾崎秀樹：『海音寺潮五郎・人と文学』，朝日新聞社 1978 年版。

池田敬正：『坂本龍馬』，中央公論社 1979 年版。

福田宏年：『井上靖評伝覚』，集英社 1979 年版。

佐伯彰一：『狂気の時代』，株式会社サンケイ出版 1979 年版。

加藤周一：『日本文学史序説』，筑摩書房 1980 年版。

加藤周一：『日本人とは何か』，講談社 1980 年版。

［美］Stanley Washburn：『乃木大将と日本人』，目黒真澄訳，講談社 1980 年版。

高尾一彦：『近世の庶民文化』，岩波書店 1980 年版。

斎藤道一：『名探偵松本清張氏』，東京白川書院 1981 年版。

向坂寛：『恥の構造』，講談社 1982 年版。

鶴見俊輔：『戦時期日本の精神史』，岩波書店 1982 年版。

飛鳥井雅道：『坂本龍馬』，平凡社 1983 年版。

旺文社編：『現代視点　戦国・幕末の群像　坂本龍馬』，旺文社 1983 年版。

金達寿：『古代日本と朝鮮文化』，筑摩書房 1984 年版。

谷沢永一：『円熟期　司馬遼太郎　エッセンス』，文藝春秋 1985 年版。

井上清：『天皇・天皇制の歴史』，明石書店 1986 年版。

会田雄次：『歴史小説の読み方——吉川英治から司馬遼太郎へ』，PHP 研究所 1986 年版。

［俄］ゴローニン：『日本俘虜実記』，徳力真太郎訳，講談社 1986 年版。

島田俊彦：『関東軍』，中央公論社 1986 年版。

高橋紘：『象徴天皇』，岩波書店 1987 年版。

中野久夫：『日本歴史の精神分析』，時事通信社 1987 年版。

樋口清之：『逆・日本史』，祥伝社 1987 年版。

［美］アリアス・B ジャンセン：『坂本龍馬と明治維新』，平尾道雄、浜田亀吉訳，時事通信社 1987 年版。

王家驊：『日中儒学の比較』，六興出版 1988 年版。

戸川幸夫：『人　乃木希典』，光人社 1988 年版。

坂本藤良：『坂本龍馬と海援隊——日本を変えた男のビジネス魂』，講談社 1988 年版。

中嶋繁雄：『戦国武将 100 話』，立風書房 1988 年版。

陳舜臣：『日本人と中国人——"同文同種"と思いこむ危険』，祥伝社 1989 年版。

柳田聖山：『禅と日本文化』，講談社 1989 年版。

水川隆夫：『漱石「こころ」の謎』，彩流社 1989 年版。

五野井隆史：『日本キリスト教史』，吉川弘文館 1990 年版。

尾崎秀樹：『大衆文学の歴史』，講談社 1990 年版。

秋山駿：『時代小説礼賛』，日本文芸社 1990 年版。

尾崎秀樹：『歴史文学夜話』，講談社 1990 年版。

尾崎秀樹：『大衆文学の歴史』，講談社 1990 年版。

勝田吉太郎：『世紀末から見た大東亜戦争——戦争はなぜ起こったの

か』，プレジデント社 1991 年版。

縄田一男：『時代小説の読みどころ』，日本経済新聞社 1991 年版。

尾崎秀樹：『歴史の中の地図　司馬遼太郎の世界』，文藝春秋 1991 年版。

［徳］Hans Wilhelm Vahlefeld：『儒教が生んだ経済大国』，出水宏一訳，文藝春秋 1992 年版。

猪飼隆明：『西郷隆盛』，岩波書店 1992 年版。

坂野潤治：『大系　日本の歴史』13『近代日本の出発』，小学館 1993 年版。

松本三之介：『明治精神の構造』，岩波書店 1994 年版。

金達寿：『古代朝鮮と日本文化』，講談社 1994 年版。

奈良本辰也：『図説　幕末・維新おもしろ辞典』，三笠書房 1994 年版。

村松暎：『儒教の毒』，PHP 研究所 1994 年版。

竹内誠等編：『教養の日本史』，東京大学出版会 1995 年版。

『松本清張の世界』『国文学　解釈と鑑賞』別冊，1995.2。

朝尾直弘、宇野俊一、田中琢等：『日本史辞典』，角川書店 1996 年版。

末木文美士：『日本仏教史』，新潮社 1996 年版。

藤岡信勝：『汚辱の近現代史』，徳間書店 1996 年版。

時代小説会：『時代小説百番勝負』，筑摩書房 1996 年版。

尾崎秀樹：『歴史・時代小説の作家たち』，講談社 1996 年版。

石井寛治、藤原彰等：『大系　日本の歴史』，小学館 1997 年版。

吉田昌彦：『幕末における「王」と「覇者」』，ぺりかん社 1997 年版。

セシル・サカイ：『日本の大衆文学』，朝比奈弘治訳，平凡社 1997 年版。

『山本五十六　"常在戦場"の生涯と連合艦隊』，『歴史群像シリーズ』52，1997 年。

平川祐弘：『西欧の衝撃と日本』，講談社 1997 年版。

寺田博：『ちゃんばら回想』，朝日新聞社 1997 年版。

NHK「街道をゆく」プロジェクト：『司馬遼太郎の風景』，日本放送協会 1997 年版。

中村政則：『近現代史をどう見るか——司馬史観を問う』，岩波書店

1997 年版。

山岡鉄舟:『新版武士道——文武両道の思想』,大東出版社 1997 年版。

山口昌男:『「敗者」の精神史』,岩波書店 1998 年版。

石田健夫:『敗戦国民の精神史』,藤原書店 1998 年版。

鑪干八郎:『恥と意地——日本人の心理構造』,講談社 1998 年版。

古川清行:『スーパー日本史』,講談社 1998 年版。

童門冬二:『浪人精神」で克つ!——男が意地を見せる時』,日本経済新聞社 1998 年版。

野島博之:『謎とき日本近現代史』,講談社 1998 年版。

色川大吉:『近代日本の戦争』,岩波書店 1998 年版。

ファーザーアンドマザー:『時代小説ベスト100』,ジャパン・ミックス株式会社 1998 年版。

遠藤芳信:『海を超える 司馬遼太郎——東アジア世界に生きる「在日日本人」』,フォーラム・A 1998 年版。

三浦浩:『司馬遼太郎とそのヒーロー』,大村書店 1998 年版。

梅原猛:『空海の思想について』,講談社 1998 年版。

司馬遼太郎等:『司馬遼太郎』,小学館 1998 年版。

歴史と文学の会:『松本清張事典』,勉誠出版 1998 年版。

島田荘司、笠井潔:『日本型悪平等起源論』,光文社 1999 年版。

文藝春秋編:『司馬遼太郎の世界』,文藝春秋 1999 年版。

桜井秀勲:『この時代小説は面白い』,編書房 1999 年版。

桂英史:『司馬遼太郎はなぜ読むか』,新書館 1999 年版。

文藝春秋編:『司馬遼太郎の世界』,文藝春秋 1999 年版。

土門周平:『参謀の戦争 なぜ太平洋戦争は起きたのか』,PHP 研究所 1999 年版。

田中宏巳:『東郷平八郎』,筑摩書房 1999 年版。

日本史広辞典編集委員会:『日本史人物辞典』,山川出版社 2000 年版。

河合敦:『目からウロコの近現代史』,PHP 研究所 2000 年版。

関川夏央:『司馬遼太郎の「かたち」』,文藝春秋 2000 年版。

大衆文学研究会：『歴史・時代小説事典』，実業之日本社 2000 年版。

松平進：『近松に親しむ　その時代と人・作品』，和泉書院 2001 年版。

小山内美江子、鶴見俊輔等：『司馬遼太郎の流儀』，日本放送出版協会 2001 年版。

鎌倉英也：『ノモンハン　隠れた「戦争」』，日本放送出版協会 2001 年版。

松本健一：『司馬遼太郎　司馬文学の「場所」』，学習研究社 2001 年版。

姜在彦：『朝鮮儒教二千年』，朝日新聞社 2001 年版。

尾崎秀樹：『大衆文学論』，講談社 2001 年版。

岡田幹彦：『乃木希典　高貴な明治』，展転社 2001 年版。

笠谷和比古：『武士道——その名誉の掟』，教育出版株式会社 2001 年版。

梅沢惠美子：『天皇家はなぜ続いたのか』，KK ベストセラーズ 2001 年版。

山折哲雄：『悲しみの精神史』，PHP 研究所 2002 年版。

南博：『日本人の心理』，岩波書店 2002 年版。

呉善花：『日本式精神の可能性』，PHP 研究所 2002 年版。

特集『近松——人形浄瑠璃と歌舞伎の劇場空間』，『国文学解釈と教材の研究』2002. 5。

島内景二：『歴史小説真剣勝負』，新人物往来社 2002 年版。

小林龍雄：『司馬遼太郎考——モラル的緊張へ』，中央公論新社 2002 年版。

加藤陽子：『戦争の日本近現代史　征韓論から太平洋戦争まで』，講談社 2002 年版。

佐高信：『司馬遼太郎と藤沢周平』，光文社 2002 年版。

延吉実：『司馬遼太郎とその時代』戦中編・戦後編，青弓社 2002 年版。

中島誠：『司馬遼太郎と「坂の上の雲」』，現代書館 2002 年版。

竹田篤司：『明治人の教養』，文藝春秋 2002 年版。

会田雄次：『日本人の精神構造』，PHP 研究所 2003 年版。

度会好一：『明治の精神異説——神経病・神経衰弱・神がかり』，岩波

書店2003年版。

成田龍一:『司馬遼太郎の幕末・明治』, 朝日新聞社2003年版。

山本博文:『武士と世間——なぜ死に急ぐのか』, 中央公論社2003年版。

山本博文:『切腹——日本人の責任の取り方』, 光文社2003年版。

永坂嘉光、静慈圓:『空海のみち』, 新潮社2004年版。

菅野覚明:『武士道の逆襲』, 講談社2004年版。

中嶋繁雄:『明治の事件史　日本人の本当の姿が見えてくる!』, 青春出版社2004年版。

白石一郎:『蒙古襲来　海から見た歴史』, 講談社2004年版。

青木彰:『司馬遼太郎と三つの戦争』, 朝日新聞社2004年版。

鷲田小彌太:『司馬遼太郎。人間の大学』, PHP研究所2004年版。

福田和也:『乃木希典』, 文藝春秋2004年版。

佐高信、高橋敏夫:『藤沢周平と山本周五郎』, 毎日新聞社2004年版。

高橋誠一郎:『司馬遼太郎の平和観　「坂の上の雲」を読み直す』, 東海教育研究所2005年版。

森三樹三郎:『「名」と「恥」の文化』, 講談社2005年版。

山本博文:『江戸時代を"探検"する』, 新潮社2005年版。

内田順三:『精神武士道——高次元的伝統回帰への道』, CHC株式会社2005年版。

笠谷和比古:『武士道と日本型能力主義』, 新潮社2005年版。

佐佐木英昭:『乃木希典——予は諸君の子弟を殺したり』, ミネルヴァ書房2005年版。

藤原正彦:『国家の品格』, 新潮社2006年版。

シーシキン他:『ノモンハンの戦い』, 岩波書店2006年版。

朴倍暎:『儒教と近代国家——「人倫」の日本、「道徳」の韓国』, 講談社2006年版。

保坂正康:『松本清張と昭和史』, 平凡社2006年版。

高橋敏夫:『時代小説に会う! その愉しみ、その怖さ、そのきらめきへ』, 原書房2007年版。

潮匡人：『司馬史観と太平洋戦争』，PHP 研究所 2007 年版。

志村有弘：『司馬遼太郎事典』，勉誠出版 2007 年版。

備仲臣道：『司馬遼太郎と朝鮮——「坂の上の雲」もう一つの読み方』，批評社 2007 年版。

藤井省三：『村上春樹のなかの中国』，朝日新聞社 2007 年版。

日本博学倶楽部：『日露戦争の人物がよくわかる本』，PHP 研究所 2008 年版。

石原靖久：『司馬遼太郎を読んで「歴史」につよくなる』，新講社 2008 年版。

森史郎：『松本清張への召集令状』，文藝春秋 2008 年版。

成田龍一：『戦後思想家としての司馬遼太郎』，筑摩書房 2009 年版。

中塚明：『司馬遼太郎の歴史観』，高文研 2009 年版。

牧俊太郎：『司馬遼太郎「坂の上の雲」なぜ映像化を拒んだか』，近代文藝社 2009 年版。

塩澤実信：『「坂の上の雲」——もうひとつの読み方』，北辰堂出版株式会社 2009 年版。

福井雄三：『「坂の上の雲」に隠された歴史の真実』，主婦の友インフォス情報社 2009 年版。

小林竜雄：『司馬遼太郎が書いたこと、書けなかったこと』，小学館 2010 年版。

谷口昌也：『元気が出る司馬遼太郎作品「竜馬がゆく」』，日本文芸社 2013 年版。

川原崎剛雄：『司馬遼太郎がみた世界史——歴史から学ぶとはどういうことか』，明石書店 2015 年版。

片山杜秀：『見果てぬ日本——司馬遼太郎・小津安二郎・小松左京の挑戦』，新潮社 2015 年版。

森史郎：『司馬遼太郎に日本人を学ぶ』，文藝春秋 2016 年版。

土居豊：『司馬遼太郎「翔ぶが如く」読解——西郷隆盛という虚像』，関西学院大学出版会 2018 年版。

论文

中国：

李德纯：《理想的探求与讴歌——司马辽太郎及其历史小说》，《读书》1984 年第 2 期。

李德纯：《司马辽太郎论》，《日语学习与研究》1988 年第 1 期。

《蒙古出版多部司马辽太郎作品译本》，大正译，《出版参考》1997 年第 9 期。

佟君：《司马辽太郎及其中国文化史观》，《日本学刊》2000 年第 1 期。

刘曙琴：《论司马辽太郎的战争观——以〈坂上云〉为中心》，《日本学刊》2000 年第 1 期。

任其怿：《司马辽太郎与日本国家的形象——以〈这个国家的形象〉为中心》，《内蒙古大学学报》（人文社会科学版）2001 年第 5 期。

杨永良：《〈无名小卒〉与〈死而未死〉——兼论司马辽太郎历史小说的创作态度》，《山东外语教学》2003 年第 4 期。

王刚：《日俄战争研究状况述评》，《文史知识》2005 年第 8 期。

周月琴：《儒教在当代韩国的命运及其传统文化意义》，《哲学动态》2005 年第 11 期。

王刚：《日俄战争期间中日两国围绕海上中立权的干涉》，《郑州大学学报》（哲学社会科学版）2008 年第 2 期。

岛村辉：《「忍者」という立场（スタンス）——『忍びの者』における「民族」と「大众」》，《日语学习与研究》2009 年第 1 期。

高义吉、杨舒：《司马辽太郎的历史小说研究——以〈枭之城〉为例》，《东北师大学报》（哲学社会科学版）2011 年第 3 期。

王志松：《小说虚构与历史叙述——论司马辽太郎的〈项羽与刘邦〉》，《日语学习与研究》2012 年第 6 期。

苏萌：《司马辽太郎的萨摩论：读〈宛如飞翔〉》，《外语学界》2013 年 6 月。

高义吉、杨舒:《论历史小说的叙事艺术——以〈鞑靼疾风录〉为例》,《东北师大学报》(哲学社会科学版) 2014 年第 6 期。

刘素桂、叶琳:《溶解、超越与文化的回归——井上靖"西域"小说中的文化观初探》,《北京社会科学》2014 年第 8 期。

杨栋梁、杨朝桂:《在"理性"的名义下——司马史观"新探"》,《日本学刊》2015 年第 1 期。

高义吉:《"史诗化"叙事与"个人化"叙事的同构——论日本历史小说〈坂上风云〉的叙述模式》,《东疆学刊》2015 年第 3 期。

李国磊:《被湮没的诺门罕——司马辽太郎所疏离的战争视角》,《外国文学动态研究》2015 年第 5 期。

鲍同、原炜珂:《司马辽太郎的"中国观"批判——以〈坂上云〉为中心》,《日语学习与研究》2015 年第 6 期。

关冰冰、杨炳菁:《历史小说中的"历史"——以围绕〈苍狼〉而展开的论争为中心》,《浙江外国语学院学报》2016 年第 1 期。

李国磊:《战争叙述与"被害"意识的预设——评司马辽太郎的历史小说〈坂上之云〉》,《广西社会科学》2017 年第 3 期。

日本:

山田宗睦:「風太郎忍法と映画」,『国文学』臨時増刊『大衆文学のすべて』1965.1。

尾崎秀樹:「流転の相と叙情の質——初期井上靖文学の大衆性」,『国文学 解釈と鑑賞』1965.7。

田中保隆:「井上靖の歴史小説」,『国文学 解釈と鑑賞』1965.7。

武田勝彦、村松定孝:「井上靖の文学について」,『国文学』1967.3。

水谷昭夫:「司馬遼太郎『竜馬がゆく』」,『国文学』臨時増刊号 1974.3。

三木紀人:「司馬遼太郎『新選組血風録』」,『国文学』臨時増刊号 1974.3。

佐伯彰一:「井上靖における歴史と「私」」,『国文学』1975.3。

磯貝秀夫:「井上靖と私小説」,『国文学』1975.3。

池田敬正：「司馬遼太郎『竜馬がゆく』をめぐって」，『歴史評論』1976.9。

絲屋寿雄：「竜馬像の虚像・実像——司馬遼太郎『竜馬がゆく』によせて」，『歴史評論』1976.9。

足利巻一：「司馬遼太郎——そのすぐれた感性と歴史観」，『本の本』1976.5。

福島行一：「大佛次郎の世界——戦中・戦後を中心に」，『防衛大学校紀要』1976.9。

「変容せるに肉体の博物館——山田風太郎忍法小説論」，上野昂志：『紙上で夢見る——現代大衆小説論』，蝸牛社1980年版。

小瀬千恵子：「乃木殉死をめぐる文学——鴎外・漱石たち」，『論究日本文学』立命館大学日本文学会，1980.5。

向井敏：「巨匠の余韻——司馬遼太郎『菜の花の沖』を読む」，『文藝春秋』1983.2。

関幸夫：「戦争・ボレオ・少年——大佛次郎の戦中・戦後」，『文化評論』1983.5。

関幸夫：「野火と地熱と——『天皇の世紀』の日本人観・歴史観」，『文化評論』1983.6。

三上次男、小山富士夫、金達寿、長谷部楽爾：「土器・陶磁器工人の渡来」，『日本の朝鮮文化』，中央公論社1984年版。

菅原克也：「二十世紀の武士道——乃木希典自刃の波紋」，『比較文学研究』1984.4。

鯉淵信一：「モンゴルの蒼い天空」，週刊朝日別冊『司馬遼太郎の遺産「街道をゆく」』，朝日新聞社1986年版。

中川まさ子、山口真弓：「司馬遼太郎作『殉死』」，『東京成徳国文』1986.3。

山崎正和：「司馬遼太郎・人と作品」，『昭和文学全集』第18巻『大仏次郎　松本清張　山本周五郎　司馬遼太郎』，小学館1987年版。

山田輝彦：「乃木殉死——その近代文学史への残響」，『九州女子大学紀

要』1987.3。

長谷川泉:「井上靖文学の魅力」,『国文学　解釈と鑑賞』1987.12。

安藤幸輔:「井上靖と自然」,『国文学　解釈と鑑賞』1987.12。

陳舜臣、森浩一:「中国人にとっての海　日本人にとっての海」,『中央公論』1988.3。

金子博:「司馬遼太郎『空海の風景』」,『国文学　解釈と鑑賞』1989.12。

松本健一:「お仮構の発生する場所——仮説の力」,『群像』1990.4。

磯貝勝太郎:「司馬遼太郎と中国」,『大衆文学研究』第110巻,1996。

尾崎秀樹:「忍術考今昔」,『大衆文学研究』第110巻,1996.5。

清原康正:「早乙女貢の忍者小説——滅びゆく者への挽歌として」,『大衆文学研究』第110巻,1996.5。

安宅夏夫:「村山知義『忍びの者』」,『大衆文学研究』第110巻,1996.5。

高橋千劔破:「忍者とは何か——その歴史的考察」,『大衆文学研究』第110巻,1996.5。

磯貝勝太郎:「司馬遼太郎の忍者小説と山伏」,『大衆文学研究』第110巻,1996.5。

古山登:「娯楽小説の教本——柴田錬三郎の忍者小説」,『大衆文学研究』第110巻,1996.5。

縄田一男:「忍者・列内の男たち——山田風太郎作品の忍者」,『大衆文学研究』第110巻,1996.5。

尾崎秀樹:「忍術考今昔」,『大衆文学研究』第110巻,1996.5。

曽根博義:「『蒼き狼』論争をめぐって」,『新潮』1997.1。

熊木哲:「井上靖『おろしや国酔夢譚』」,『大妻国文』1997.3。

磯貝勝太郎:「司馬遼太郎と『項羽と劉邦』」,『大衆文学研究』第113巻,1997.3。

高橋千劔破:「井上靖『孔子』と日本の儒教」,『大衆文学研究』第113巻,1997.3。

篠田正浩：「『梟の城』に見る忍びの歴史と権力の本質」，『週刊朝日』増刊，朝日新聞社 1999 年版。

尾上新太郎：「司馬遼太郎『殉死』論」，『大阪外国語大学論集』1999.3。

井上ひさし、ジェームス三木、妹尾河童：「「菜の花の沖」司馬さんのメッセージ」，『文藝春秋』1999.4。

佐藤泉：「『文学史』以前のカノン形成——司馬遼太郎『殉死』」，『日本文学』2000.11。

細谷正充：「風太郎忍法帖」，『文藝春秋』別冊『追悼特集 山田風太郎 綺想の歴史ロマン作家』2001.10。

大本泉：「司馬遼太郎の文学——『竜馬がゆく』・『殉死』を中心に」，『仙台白百合女子大学紀要』2001.1。

半藤一利：「清張さんと司馬さん」，『文藝春秋』2003.2。

中曽根康弘ら：「偉大なる明治の『プロジェクト X』」，『文藝春秋』2003.7。

関川夏央：「昭和と平成三たび「坂の上」に登る」，『文藝春秋』2003.7。

後藤正治：「司馬遼太郎、『坂の上の雲』を語る」，『文藝春秋』2003.7。

小林照幸：「「故郷忘じがたく候」」，『司馬遼太郎ふたたび』『文藝春秋』臨時増刊号 2006.2。

平川新：「レザーノフ来航資料にみる朝幕関係と長崎通詞」，『東北大学東北アジア研究センターシンポジウム 開国以前の日露関係』，東北大学東北アジア研究センター 2006 年版。

出久根達郎：「一千八十七名」，『司馬遼太郎ふたたび——日本人を考える旅へ』文藝春秋臨時増刊 2006.2。

川西政明：「大佛次郎と司馬遼太郎——日本人の歴史における理想について」，『すばる』2007.1。

成田龍一：「松本清張の『大日本帝国』——文学者の想像力と歴史家の構想力」，『歴史評論』2009.1。

山内昌之：「司馬さんはなぜ「坂の上の雲」を書いたのか」,『文藝春秋』2009.12。

関立丹：「中国における日本の忍法文学」,『忍者文藝研究読本』笠間書院2014年版。

関立丹：「司馬遼太郎の忍法小説——『梟の城』を中心に」,『忍者の誕生』,勉誠出版2017年版。

后　　记

笔者关注日本近代文学中的历史题材小说创作是从 2002 年开始的。先是研究了武士道与日本近现代文学的关系，并从纯文学和大众文学两个角度进行了探讨，出版了专著《武士道与日本近现代文学——以乃木希典和宫本武藏为中心》（中国社会科学出版社 2009 年版）。其中对司马辽太郎的历史小说创作有所涉及。

司马辽太郎是日本战后最著名的日本历史小说家，给日本读者以很大的影响。甚至有读者通过阅读司马辽太郎的作品来学习日本历史。在司马的文学作品中不乏中国、朝鲜、蒙古、俄罗斯的题材。这些题材都描写了什么？与日本题材的描写有何种关联？司马是如何进行这些题材的创作的？本人很想对这些问题进行深入的探讨。

2010 年，笔者有幸到早稻田大学高桥敏夫教授处做访问学者，得到了不少帮助。回国之后又被邀请参加了早稻田大学举办的国际研讨会"越境的历史×时代小说——领域的交错、研究的国际化"。

以上促成我 2011 年申请了教育部社科项目"司马辽太郎研究——日本历史小说家的东亚观"。本书也是在此课题研究成果的基础上改写完成的。

在中国出版界，2004 年以来陆续翻译出版了不少日本历史小说，司马辽太郎的历史小说也被译介了不少。作为一名高校日本文学课程的讲授者、日本文学的研究者，本人深深感到日本的纯文学并不是日本近代文学的全貌。在日本，历史小说的读者众多，加强对日本历史小说的分析才能更全面地了解日本文学、日本文化。

该研究成果不只是日本文学的研究，还涉及日本历史、日本文化、宗教等多方面因素，是一个跨学科的课题，希望有助于中国读者加深对司马辽太郎作品以及日本历史小说、日本文化的理解。

最后感谢师长、家人和朋友的支持！

关立丹

北京语言大学

2020 年 9 月